昨日的边城

1589-1950的马边

龚静染 著

四川文艺出版社

图书在版编目（CIP）数据

昨日的边城：1589—1950的马边 / 龚静染著. -- 2版.
-- 成都：四川文艺出版社，2021.6
ISBN 978-7-5411-5936-7

Ⅰ. ①昨… Ⅱ. ①龚… Ⅲ. ①随笔－作品集－中国－当
代 Ⅳ. ①I267.1

中国版本图书馆CIP数据核字（2021）第104729号

ZUO RI DE BIAN CHENG

昨日的边城

1589—1950的马边

龚静染 著

出 品 人	张庆宁
责任编辑	张亮亮
封面设计	叶 茂
内文设计	史小燕
责任校对	王思鈜
责任印制	崔 娜

出版发行　四川文艺出版社（成都市槐树街2号）
网　　址　www.scwys.com
电　　话　028-86259287（发行部）　　028-86259303（编辑部）
传　　真　028-86259306

邮购地址　成都市槐树街2号四川文艺出版社邮购部　610031
排　　版　四川最近文化传播有限公司
印　　刷　成都东江印务有限公司
成品尺寸　143mm×210mm　　　　开　本　32开
印　　张　9.75　　　　　　　　　字　数　250千
版　　次　2021年6月第二版　　　印　次　2021年6月第一次印刷
书　　号　ISBN 978-7-5411-5936-7
定　　价　54.00元

凉山，在夷地，是山高出云霄，左通建昌，右通云南，前通马边、雷波，其地山高风寒，雪积山顶，六月不化，故名凉山。

——《马边厅志略·山川》

大凉山山不大，小凉山山不小。

——四川凉山地区民谚

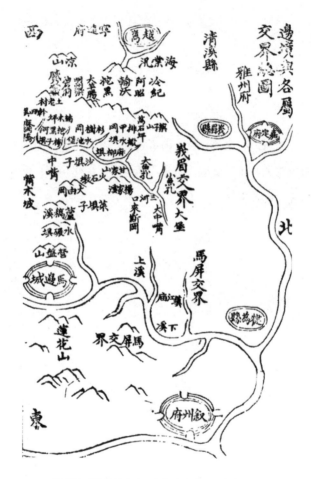

嘉庆版《马边厅志略》中的马边城与周边府县图

从马边走进万历十七年

龚静染

从成都出发，一个人开车去马边。

这是个初冬季节，收割后的土地上农人寥寥，空气中漫延着残禾的气息。车过乐山，在犍为口转入省道，而平原也在这里止步。看了看车程，离成都才不过一百多公里，但地貌陡变，让我突然怀疑这个盆地是否装下了那个刚刚过去的秋季。如果打开地图，就会发现这里已经进入了地理的断层和皱褶区域，那些线条密集、颜色深重的地方，就从眼前的丘陵山地上向南无穷无尽地延伸过去，而汽车也随即进入了重重叠叠的峰峦之中。

我是第一次去马边。关于马边，过去我知之甚少，真正让我了解马边的是李伏伽先生的自传《旧话》。这本书是我在乐山婺嫣街上的一个旧书摊上买的，但我第一次读它的时候，就被里面的故事深深吸引了。这是一个马边人写的关于马边的书，正是这本书让我产生了去马边的想法。而我的朋友罗国雄先生当时正好在马边工作，去马边走走一下就变成了顺理成章的事情。

伴随我去马边的就是这本《旧话》。我要感谢李伏伽先生笔下的民国马边，它让我的心中已经有了一个马边的形象，当然，那是一个有传奇色彩的马边。所以虽然我走在去马边的路上，却总与某种"历史性"不谋而合，而这样的"历史性"不时与车窗外的景物碰撞、碎裂，然后化为乌有。一个个书中熟知的地名在车轮下碾过，沐川、黄丹、舟坝、利店、荣丁、下溪、川秧，然后抵达马边县城，我算了算时间，五个小时。当年李伏伽描述中的路程应该最少需要三到四天，翻山越岭，风餐露宿，如今交通状况已大为改观，但我的疑问也是从这时升起的：被缩短的时间是不是我们的记忆中失去的那一段？

犍沐马公路，这是马边通往外界的交通干道，它沿着马边河，北与岷江交接。岷江沿线历来是四川主要的经济带，这条公路对马边的意义不言而喻。但实际上，要从历史的角度进入马边，我更应该选择另一条路，即现在的马新公路，它经过靛兰坝、菇坝、中都、新市镇进入屏山，东与金沙江交接。在过去这是一条古道，也叫叙马驿道，叙府（今宜宾）曾经是川西南的行政中心，而金沙江是穿越西南边地的重要水系，马边最早就是同它们发生联系的。也就是说，在马边的东、北方向横亘着两条大河，它们在不同的时期和阶段，对马边产生过不同的影响。我行驶在这条路上，也恍若走进了茫茫的历史之境。

这是关于一个小城的书。过去我的写作一直比较关注小城题材，写过《桥滩记》一书，它是关于川南小城五通桥的，而这次我又将目光投向了马边。不过，这是两个非常不同的地方，一个是岷江码头上的盐业重镇，一个是彝汉杂处的小凉山边地，从写作的角度来说这不能不说是一个新的尝试。但它们为什么会吸引我呢？我想这可能跟我的小城情结有关，我从小就生活在小城里，对小城叙事有一种天生的亲近感。相对而言，马边对我来说是陌生而新鲜的，它跟我见到的很多蜀中小城不一样，这体现在人文历史、风土人情、民俗习惯等方面。马边是一个宁静的边城，山峦不言，白云悠悠，河水静静流淌；它又是一个充满动感的彝族小城，语言、服饰和色彩，这是走在大街小巷随时能感受到的三种东西，我想，这或许就是吸引我走进马边的主要原因吧。

当然，很多人可能从来没有听说过马边，但这不证明它不重要。实际上在清朝以前，西南边塞的核心区域有两片，一个是以马边、雷波等为代表的小凉山地区，一个是以大小金川为代表的川藏地区，它们过去都是如石头般坚硬的地方，被视为危险的边疆。这两个地区在《清实录》中比四川的其他地方记录的多得多，而记录的内容大多跟征剿和安抚有关。所以，马边是西南边疆一个标本式的小城，由夷变夏，历史的波诡云谲在这里也有反映，小历史中有大历史。

关于马边的历史可以追溯到很远的时期，它的建城史始于万历十七年（1589）。在过去，马湖地区是四川少数民族的主要聚居地之一，马边处在马湖地区的西北部，位置非常显要。如果拿当时的幽州（今北京）与马湖相比，会是一个有意思的话题，在隋唐以前，幽州不过是曾被契丹人占领的一个藩镇，而马湖管辖的地域并不比幽州小多少，明朝时领一县四长官司，地域覆盖了现在小凉山的大部分地区；在边防方面，它们分别是华夏版图南北两端最为重要的边关之一，当然，这就跟马边有了关系。在史家的眼里，明朝万历年间是个风云动荡的时期，明清易代的关键跟这个万历朝关系甚巨，黄仁宇先生的《万历十五年》就反映了这个时期。而马边一名就诞生在万历年间，当年的"三雄之乱"是凉山历史上影响最大的一场战争，平定战乱之后，马湖的实际控制区域沿着屏山县（当时的马湖府驻地）向西延伸了近百公里，并在此设城驻军，而这个地方就是马边。

这个话题似乎还可略略扩大一点。在阅读有关凉山的大量史料时，我还产生过这样的历史疑问：由于诸侯的征战、王朝的更迭，中国历史上的疆域变化是非常频繁的，而从秦汉以后，版图的变化集中在北方，经年的征伐和侵掠不仅使边界屡屡被铁蹄踏破，还产生过几个北方少数民族入主中原的大王朝。但在西南边疆却从来没有出现这样的情况，虽然也有过战争和割据，甚至出现过一些小王国，如马边就曾经是"罗普王"的地盘，但都没有产生过僭越中原的强大势力。那么，是什么原因造成了这样的状况？难道北方少数民族真的要比西南的少数民族强悍？后来在北方战火连天的时候，这里却有一种奇异的静谧，在北方沦陷的时候，这里却成为复兴的大后方，这中间有没有必然的联系？我想，这样的问题就可以通过马边一地来解答，马边是西南边疆史的一面镜子，也是四川小凉山的一扇窗，而万历十七年可能就是一个最佳的时间切入点。

后来我多次去马边，对很多书中涉及的地方进行实地考察，而探访地实际就是万历十七年后的历史发生地。2016年夏初，为了了解马边周边的地理状况，我专门沿着马新公路走过一次，去了黄琅，晚上住在马湖，突然就搞明白了一个问题，即为什么万历十七年要在现在的马边建城？这个问题之前我一直没有去认真想过，因为书上写的是朝廷钦定。但实际上，马边处于马边河和中都河的延伸交汇点上，这个点把马边推到了小凉山北部要塞，成为边疆布防的准确坐标点，也就是说地理的隐形因素决定了马边应该就在这个位置，而不是别处，这才接近了历史的本相。

　　那一次的考察有个小插曲，路况极为糟糕不说，中途还在中都河一段误入歧路，耽搁了不少时间，而这一切的不顺利反倒让我思考了一点地理上的问题，万历十七年的迷雾突然就有豁然开朗的感觉。说到这里，我要特别感谢国雄兄，在马边采访期间，他陪我走了很多地方，大院子、烟峰、官帽舟、莜坝、石丈空、分水岭、明王寺、玛瑙苗寨等，可谓不辞辛苦。他甚至同我一起去了人迹罕至的挂灯坪，寻找当年的教堂遗址，厘清了一段法国传教士在彝区传教的真实历史。如果没有这样带有田野考察性质的行走，我很难获得第一手的写作材料，也绝对没有那些真切的感受，可以说这是他对这本书的默默奉献。

　　也可能正是上面那些行走，这本书呈现出了一种非虚构的特征。显然，这不是一本掌故式、民间传说式或者文学创作式的书，也非学术专著，也许这就是适应现代阅读的新写作方式吧。这几年非虚构写作逐渐被重视，实际上这不仅仅是时代语境的变化，也是对虚假表述的遗弃，当然它对写作者的要求更高，最少需要完成两个最基本的工作——对历史事实的追寻和客观真实的叙述。我想，这本书为此也做了不少的努力，比如在对史料的遴选和采用上就比较谨慎，务求史料之间形成互证和旁证的关系，以获得叙述的可信性。我曾将嘉庆版的《马边厅志略》、光绪版的《雷波厅志》和乾隆版的《屏山县志》拿来做对比，因为这三个地方互为邻县，在彝族家支关系上千丝万缕，同时在历史上共同经历过一些大事件，但因撰史者的角度不同，记录也有不少差异，但正是这些差异的呈现，为读者带来了更大的认知空间。同时，我也非常关注故事与故事、故事与人物、故事与时代之间的勾连，每一个看似单独的故事，其实反映的是马边历史中一个重要时期或事件，整本书大致串联出了一个小凉山边城的通史脉络，我相信这一切都是建立在非虚构叙事的基础上的。

在写作过程中，我得到了马边当地政府的支持，特别是县旅游局和县档案馆的大力协助，为我提供了很多工作便宜。同时，马边各界的朋友也给了我诸多帮助，并为本书提出了不少宝贵的意见，这都是我应该铭记在心的。在马边，有朋友的盛情如7月的火把，有小凉山的美酒醇厚浓烈，还有莲花山上的轻雾让人浮想联翩，这一切都是如此美好难忘，时时让我从历史的沉陷中抽身，回到那一个个有着民族风情和现代气息的欢乐相聚中来。

就在写完这本书的时候，我才发现季节在不经意间已经到了秋天。据说这是到国家级自然保护区马边大风顶旅游的绝佳时期，那个四千多米海拔，栖息着大熊猫等珍稀动植物，有着珙桐、杜鹃、高山草甸、林海的森林花园正在静静怒放，可惜当年的英国植物学家威尔逊错过了这个地方，他曾被称为是打开中国西部花园的人，却无法走进这里，这不能不说是他人生的一大遗憾。而就在几个月前，传来了仁沐新高速、乐西高速即将动工兴建的消息，马边在几年后将结束没有高速公路的历史，而这两条高速公路将把马边的旅游送进黄金时代。当然，我走过的老公路可能就会渐渐没落，成为城镇间的辅路，最关键的是马边作为一个边城的概念将从此消失。这就是时代的变迁，速度之快甚至让我们来不及怀旧，但这本书的意义就出现了，它或许将我们又带回了过去的那段历史中，重新去体味人间的喧闹和沉寂、闪耀和黯淡。

2016年11月9日于成都

再版序

　　2019年底，我曾同一个搞地理研究的朋友去马边周边考察，结果发现了不少环崖丹霞地貌，那是一片尚未打开的山水，旅游前景巨大，未来可期。在经过荞坝的时候，又看到高速公路过境的高架桥，不禁感慨万千，路已经修到了马边城的门口，这是我没有想到的。确实，世界变化太快了，仅仅是几年间发生的事情，以后到马边将非常方便，再也不会为路途远而发愁。这本书就是写一座小城的变迁的，作为作者，深感这是时间和空间意义上的一次深刻变化，万事日新，让我们不及抓住须臾。

　　2021年元旦，马边终于通了高速。我又去了马边，一路上非常兴奋，当地的朋友告诉我通车以后，很多外地人跑到马边买土特产，茶叶、腊肉、土鸡和新鲜蔬菜等等。确实，从成都到马边仅仅只要三个小时，在短短的旅行后就能够品尝彝乡的风味，真是美妙。但我去的不仅是一座古老的边城，也是一座充满活力的现代小城，历史似乎已经藏在了那些起伏的山峦之中。我知道，当我们把眼光投向未来的时候，历史总是保持着沉默，通往历史的道路上永远也不会有高速公路。

　　这本书已经出版四年，我很少再去翻它，因为我已经把它交给读者了。但在这几年中又出现了一些新的史料，所以这次修订我作了比较大的增删和调整，让叙述更为扎实，文本更趋完善。同时在书后附录中，还增加了长文《非虚构和一座城》，这本是一篇文学讲座发言稿，其中有不少写作心得，正好以补未尽之意。当然，这一切都得要感谢沙万强先生和四川文艺出版社的大力支持，才让这本书以崭新的模样面世。

值得一提的是，今年5月初，我联系上了北京的孙健三先生，在得到他的允许后在书中部分使用1938年其父孙明经先生在马边拍摄的照片。孙明经是民国时期优秀的摄影家，在抗战中其足迹也到了马边，并真实地记录了当地的风土人情。当年，他曾站在马边河畔，感叹那是一条"美丽极了，有趣极了的河流"，这不能不说是一种缘分。孙健三先生告诉我，他父亲当年拍那些照片的目的之一就是为当地服务的。为小城留下珍贵的历史影像，实是一件了不起的功德。

所以在再版之际，我有个小小的愿望，希望这是本有意思的书，可以慢慢读下去的书，当然这样的阅读能够让我们多一些沉思，也多一些对未来生活的憧憬。

2021年5月11日于成都

目录

边疆有事?

道光二十六年（1846），风调雨顺，五谷丰登，国内大部分地方既无酷热，也无恶寒，仅有的小灾小害，不过只是冲毁了几条失修的沟渠桥梁而已。

这一天，道光皇帝接到了四川总督琦善的一封奏书，事因四川那些年连遭灾害，土地欠丰，衙门经费短缺，便盘算起陈年老账来。想来想去，突然想起七八年前还有一笔不小的开支还没有了结，而当事人都已升任高职，虽然人走，但事情未了，多拿走的那些钱也应该是归还的时候了。于是，琦善马上向朝廷上奏，要求前任四川布政使刘韵珂、张日晟把因在马边、雷波"剿办夷务"而欠下的银两追补回来。

很快，他就得到了朝廷的谕书：

四川升任藩司刘韵珂、张日晟于剿办马边、雷波各厅夷务，奏明借动银两之外，刘韵珂溢支银一千九百十八两零，张日晟溢支银五千五百六十四两零，现在无款归补。着即责令该二员照数赔补，以重帑项。

（《清实录·道光朝实录》卷四六四）

这个琦善在道光九年（1829）时就当过四川总督，那年他才三十九岁，后来一路高升，并于1840年接替林则徐的职位担任两广总督，权柄更重。在19世纪中叶的中国，内忧外患，危机四伏，琦善这样的人是被寄予厚望的，而皇帝之所以对他有这样的认识，很大原因是他在四川当总督时，在解决棘手的边疆防务问题上显露出的才干。

但是，琦善显然违背了皇帝的意愿。道光二十一年（1841）一月，虎门一战，清军大败。一月二十一日，英方拿出《穿鼻草约》要求清政府割让香港，赔款600万元。琦善面对这样的局面不知如何处理，在谈判桌上左右摇摆。事情拖到这月底，英军再也没有耐心，强行占领香港，道光皇帝得知这一消息后勃然大怒，立即问罪琦善，"革职锁拿，查抄家产"。

琦善犯下了畏敌之罪，这是他落下卑躬屈膝骂名的由来，这一年他已经51岁。

但就在琦善被圈禁之际，宣宗皇帝又突然回心转意从轻处理——是呀，琦善只不过是个放牛娃，他怎么敢随意把牛卖了呢？事情又出现了缓和的局面，不久就下旨赦免了他，降职为四等侍卫，充任叶尔羌帮办大臣。这一去几年，琦善在仕途上勤勤恳恳，很快他又被任命为四川总督，真是山不转路转，相当于在20年之后，他又原封不动地回到了四川。

我们要说的就是这一天，在经历了惊涛骇浪后的琦善，平静地坐在成都总督府的一张几案上亲自抄写奏书。其实他处理的只是一件旧案，当年的四川布政使刘韵珂如今已升任闽浙总督，而张日晟也位居云南巡抚，这两人曾经都是他的属下，但现在已经跟他一样是朝中显臣，要他们归还多拿的银两早无意义，何况那些陈谷子烂芝麻谁又把它理得清呢，不过是借此事再向朝廷"借动银两"而已。

　　但就在琦善写下马边、雷波这样的地名的时候，他还是放下了笔，抬起了头，眼光缥缈地望向了那个遥远的西南边地小凉山……

壹

万历年风云

说说明朝以前的马边

史书上没有琦善去过马边的记载，但这个地方他一点都不陌生。

马边位于四川盆地西南边缘小凉山区，《马边厅志略·地理志》说它"至省一千零八十里，至京师九千六百五十里"。当然，这样的距离只能想象，而如此的路程计算到底从何而来，也不得而知。

从具体的地理方位来看，马边处在乐山之南、宜宾之西、西昌之北，也可以说马边正处在这三地的交会之处，而这里正是四川盆地西南边缘那些山脉绵延的深处。

但就在这个地方，在明朝以前还没有正式官方的名字，只有民间的称呼。马边一名始于明朝末年，要说马边，我们还得先从明朝以前说起。

厅治在禹贡梁州之域，汉通西南夷，以夜郎旁小邑置犍为郡，为僰道、朱提二县地。蜀汉时分朱提为郡，又置马湖县，隶越西郡。晋东以獠故多荒废。五代因之。唐宋为羁縻蛮夷州，唐曰马湖部，隶戎州，宋隶梓州。元时分其地置六长官司，曰马湖路。明改为马湖府，以土官为之领长官司五，弘治时改流官。

（《马边厅志略》）

寥寥百字，却是千年历史。

这是一段高度浓缩的记述，每句下面都隐含着一个大的时代背景，但正如我们从高空上看一条河流，却看不到其中的舟楫、旅人和波澜。

但一个消失的、庞大的历史横亘在了我们的面前：明朝以前，马边之地随着朝代、疆域和行政版图的变迁，先后分属于不同的政权，郡县交错，更迭频繁。

疆域沿革并不能完全反映这块土地上发生过的事情，作为一个与中原王朝保持着若即若离关系的族群和部落存在，并没有在这段文字中得到具体的呈现。千年以来，马边这个地方形成了两个不同文化长期互动的区域，但它到底是怎么来的，发生过些什么？可能又要从上面那段文字中去寻找一些答案，而其中关键的几点值得我们去注意。

汉通西南夷

"西南夷"是指汉代对分布于今云南、贵州、四川西南部广大地区少数民族的总称。两汉时期，政治经济军事进入鼎盛，先后在此置有八郡，即犍为、牂牁、越巂、汶山、沈黎、武都等，将这些区域纳入中原王朝的统治范围内，所以"汉通西南夷"是中国西南历史上的一个重要时期。

当时马边就在犍为郡中，为僰道（今四川宜宾）、朱提（今云南昭通）县地的一部分。毫无疑问，马边就处在西南少数民族汇聚的地带，汉人先民迁入马边也就在这一时期。

过去大小凉山地区存在着不少土著先民，他们之间可能存在着相互间的征战，但还没有一支独霸天下的部落，直到彝人从云南迁移于此后，情况才逐渐发生了变化。实际上，最早的"夷"是个广义的概念，"夷"常常是过去的中原王朝对一些外族的一种称呼，"西南夷"指的就是西南地区的少数民族，后来的"彝"实际只是"西南夷"中的一部分。

顺带的问题是，为什么后来将夷等同为彝呢？

一个原因是彝族自称"尼"，古代汉语"尼"发音为"夷"，故汉文记载多称"夷"；二是1956年后，西南地区除了一些相对大的少数民族（如苗族、藏族）外，其他的划为了彝族。也就是说，"彝"同"夷"在语义和民族渊源上其实是不能完全等同的，只是在现在的表述习惯上已经约定俗成，用"彝"字来命名一个民族也才仅仅只有60年时间。

以獠故多荒废

《说文》中说"獠，猎也"。现在一般认为獠是比较远古的一支少数民族部落，主要分布在广阔的南方地区，在马边一带称为"獽獠"。"戎（今宜宾）、泸（今泸州）间有獽獠，居依山谷林菁，逾数百里。俗喜叛，持牌而战，奉酋帅为王。"（《新唐书·南蛮》）"獽獠"善战，他们的存在曾经对汉人政权造成很大的威胁，由于山高路远，治理实难，也才导致治地名存实亡、纷纷荒废的景象。

在历史上马边獠人活动频繁，据《马边县志》记载，后来獠人又渐融入另外一支少数民族部落——叟人。又据考证，早期一部分叟人与汉人融合，另有一些叟人部落往西南移动，渐又融入夷人中，这一部分夷人就是逐渐稳定地繁衍下来的彝族先民。这也说明了凉山一带在更久远的时候，是多个族群、部落混居的地区。

羁縻蛮夷州

羁縻指的是统治者的怀柔之术，唐朝的羁縻制度是在一些少数民族地区设立羁縻州、县，其长官由部族首领世袭，相对自治，但置于朝廷的统治之下。

宋代的羁縻制度有变，为了便于管理，在部族首领之外，加派监管官员。当时，朝廷在小凉山区设立马湖部，下辖有殷、驯、骋、浪四个羁縻州，马边地隶属驯、骋两州。唐代长庆三年（823），封马湖部彝族头人为刺史；到宋代四州又变为三十七部，"三十七部王子"董春惜被封为德化将军。这一时期是马边历史上一个较为漫长的土司治理时期。

弘治时改流官

明代弘治时期指公元1488-1505年的18年中，其间废除土司世袭制度，改为朝廷中央政府派任流官，其实是中央王朝看到了羁縻制度带来的弊端，为加强集权统治，削减割据势力，变间接统治为直接统治，这就有了明代中后期开始实行的改土归流政策。

毫无例外，马边也经历了这一时期，而这正是马边一地演变而来的历史契机。

马边处在四川盆地西南方位的崇山峻岭中，在明朝以前不过是个寨子，名叫赖因（彝语是牛棚的意思），而这个寨子的来历有些奇特，因为它并非当地土著聚居形成的，而是外来的一群人筑建的。

北宋治平二年（1065），"把截将"王文揆跑到马边来，"据险立寨，侵耕夷人山坝，名赖因"（《宋史全文》卷三十）。何谓"把截将"呢？即在政府军之外的土将，也就是一些民间武装的头领。他们私募家兵，驻扎在夷地，朝廷不给俸禄，但如果能够立功，接受朝廷招安，就可以"迁转及出官"，这在当时也许是个不错的买卖。

其实，王文揆到马边很有政治眼光，因为当时朝廷对边地不好管理，拿蛮夷无可奈何，便想到用民间力量来制衡，就出现了"把截将"这样的特殊人物。当年，苏东坡也熟知这一情况，他在给梓州路转运副使李琮的信中就曾谈到过"把截将"的来由："（蛮夷）出入山谷，耐辛苦瘴毒，见利则云合，败则鸟兽散，此本蛮夷之所长，而中原之所无奈何也。今若召募诸夷及四州把截将私兵，使更出迭人，则蛮夷之所长，我反用之。"（苏轼《与李琮书》）李琮是苏东坡的朋友，可能是这个运输官员刚到四川不久，便特地告之以地方情状。

苏东坡还在信中写道："嘉、戎、泸、渝四州，皆有土豪为把截将，自来雇一私兵入界，用银七百两，每得一番人头，用银三十两买之，把截将自以为功。"实际上，王文揆是宋朝在西南少数民族地区对土兵实行封赠制度的产物。有意思的是，王文揆当时被称为"知寨"，这个知字，即有政府任命之意，绝非等同于土匪头子或山大王。

但汉人进入夷地也要冒很大的风险的。南宋嘉定四年（1211），赖因寨就与当地人发生了冲突，"董蛮"（当时马边属于酋长董惜春的领地）为岁收"侵地之税"发生暴力事件。这个事件中，赖因寨有寨丁守备，侥幸保住，而附近的利店寨（今属四川沐川）遭了大殃，"尽劫寨民之赀，焚其居，驱老弱、妇女数百人而去"（《宋史全文》卷三十）。这证明汉人在夷地生存出现挑战，而彝汉的争斗始现。

这是马边历史中的一段插曲，也是马边历史源头的涓涓细流。

值得一提的是，这段故事虽然是关于赖因寨的，但实际反映的是彝汉族群间相处的状况，所以关于"夷"的问题还得补充上几句。

过去，中原帝国有历史优胜者的心态，以华夏文明为主流，而将小国或部落称之为戎、狄、蛮、夷，"在民族史观方面，正史和官修史书中，往往具有'内华夏，外夷狄；贵华夏，贱四夷'的观点，充满民族歧视色彩"（王文光《中国西南民族通史》）。但汉族本身就是个多融合的民族，同这些少数民族的交融从来就没有中断过，是你中有我、我中有你，而要论证这样的问题确非本书目的。但要说明的是，为了真实地反映历史，本书中的史籍引用部分仍然保留了"夷"的称法。同时，"彝"与"夷"的使用在不同历史时期的细微区别，也请读者注意分辨。

再来说说彝族同马边的关系。

彝族主要分布在我国的西南地区，云南和四川是最主要的聚居区域。四川彝区主要位于四川省西南部，人们习惯以"凉山"相称。实际上，地理上的凉山是大雪山的东南分支，"凉山，在夷地，是山高出云霄，左通建昌，右通云南，前通马边、雷波，其地山高风寒，雪积山顶，六月不化，故名凉山"（《马边厅志略》）。

凉山又有大小凉山之分，以黄茅埂为界。

黄茅埂位于四川美姑、雷波和马边三县交界，彝语称为井叶硕诺，是彝族人心中的神山。它是一座南北跨度近百公里的山脉，北起大风顶，南至龙头山，横卧在大小凉山之间，形成一道分水岭，往东、往北属小凉山，往西、往南则属大凉山。但大小凉山只是地理上的称呼，小凉山更接近汉区，并无大小之分，四川凉山地区有句民谚："大凉山山不大，小凉山山不小。"

明以前，史籍中对马边的描述极为稀少，旧志中说马边是"地连叙戎，水出黎渡"，《方舆胜览》说马边是"南据戎泸，北走普资"，虽然是寥寥几句，但却说明了马边与周边山川的关系：马边，是小凉山的马边。

过去，小凉山地区生活着成千上万的彝人，据史载，他们的祖先最早在云南昭通一带，后来古侯、曲涅两大原始氏族向四川迁移，而大规模迁入这一地区是在公元4世纪。马边的彝族均系这两大家族的后裔，乌抛和恩扎等家支主要杂居在马边，而这正是一千多年来迁移的结果，所以现在彝族在超度死者时，毕摩（彝族法师）送魂的路线就是从马边经过四川美姑、云南永善再到昭通，而这一线路正是他们的祖先到马边的路线。

彝族有自己独特的民族服装，且外表装束同汉人迥异，"男子椎髻于额或穿一耳"（《雷波厅志》），"男者以发挽髻出于额前，耳环大如钱，系于左耳"（《马边厅志略》）；女人则挽发著裙，耳环系璎珞珊瑚和金银珠宝，饰物极为精巧，"颇爱华丽"，可以说这是个有独特风情的民族。

彝人在这块土地上自由地生活，同中原王朝关系稀疏，每年只有一些很少的朝贡。如明朝洪武十六年（1383），"珉德（马湖世袭知府）来朝献马十八匹，赐衣一袭，米二十石，钞三十锭"。又如明朝宣德八年（1433），平夷长官司（马湖府四长官司之一，设在今屏山县新安镇）遭火灾，仍然献马两匹，这令自高自大的皇帝都很感慨，说"远蛮能恭谨畏法如此"。

　　其实这样的话也只是说给自己听听而已，因为皇帝根本不知道那些为他贡马的地方到底是个什么样子。这也怪不得他，中国的疆域太大了，大得无暇顾及，因为自汉代以来，这些地方虽然早已收入王土，但人们对在这一区域的情况并不清楚，不过视其为边疆闲散之地而已，"其俗或耕田有邑聚，或随畜迁徙而无定居，以道路远阻，多不与中国通，而汉廷亦以其徼外蛮夷，不甚重视之也"（顾颉刚、史念海《中国疆域沿革史》）。

　　其实，即便是到了民国初期，外面的人要进入这片区域仍然很艰难，所知甚微，大小凉山一直独立于巴蜀塞外，成为一个神秘、封闭的区域，"打开地图一看，四川省境，此区是一片空白"（曾昭抡《大凉山夷区考察记》）。

　　而马边就处在这个大片空白的边界上，即彝汉的交接点上。

　　这是一个敏感而特殊的地区，统治王朝一直试图打开这片地区，但就是在唐宋强盛时期也未完成这一治边大业，在忧患之士看来，这里始终是一片未能真正征服的边疆。直到明朝才采取了一系列的措施，"严关防，守要害，修封域，明斥堠，务农讲武，养威蓄锐，不以其归顺也而弛边防"（敖英《东谷赘言》序）。

　　那时候，明朝整顿边陲的雄心显露无遗，在错综复杂的政治军事形势下，边地风声日紧。明以前的马边犹如一块沉睡的土地，而此时已临近新的历史时期的拂晓。在明以前，我们看到的马边只是重峦叠嶂的景象，《通志》中说马边是"江流陡险，山箐崎岖"，"地狭民稀，山高水急"，在那片人烟稀少的地方，没有城垣，没有驿站，也没有快马奔来的邮役，那里只有变换的四季和不变的河山。

一支边徼之末的边防军

那么，马边一名到底是怎么来的呢？

它的出现，跟一个深水湖有很大的关联，这个湖就是马湖，位于四川省雷波县境内，与马边接壤。

在过去，小凉山一带均为少数民族部落，马湖居于中心地带，历史上周边地区的部落政权大多围绕着这个中心，如众星拱月一般，《雷波厅志》上说这一带过去是"自昔启疆，人民繁富，市廛如云，阡陌错绣"。由于马湖的存在，此地历来被视为龙鳞之处，所以汉武帝时期的螳螂县、三国蜀汉时期的马湖县等都曾在附近设置，政权废立轮替。只是到了唐代后，土司势力强大，马湖府是当时这一地区最有名的羁縻府州，皇帝征收贡纳，而世袭首领也在不断壮大。

马湖是地震留下的古冰川堰塞湖，与凉山的邛海、泸沽湖齐名。关于马湖的来历，《通鉴纲目》中说："宋宁宗嘉定九年，东西两川地大震，马湖夷界山崩，八十里江河不通。"但马湖并不是这次地震诞生的，它在之前就已经存在，这说明马湖地区经历过不止一次地震，它应该是多次剧烈的地质运动后留下的产物。

天造地设的马湖，少不了民间神奇传说。

《通志》记载："洪武四年龙马见于马湖。"

这样的神话一直延续下来，就是到了清朝同治元年（1862）人们仿佛又看到了这一壮观的异象："五月五日，龙马见马湖，白色腹下有鳞，精彩照耀。"（《雷波厅志》）

这个龙马是怎么来的呢？

"昔人以牡马系湖岸，湖中龙出与交，后产异马。"

笔者曾经到马湖游览，但可惜在马湖边上没有见到一匹马，更没有见到龙马了。当然，如今已不是马的年代，但马湖之秀美确是名不虚传，站在湖边的任何一角，都能看到四周的山峦仿佛将一颗明珠捧入手心，而在清澈见底的湖水中，日月起落其间，撒下万顷波光。

明人姜麟有佳句："乌蒙江上风和雨，洗出人间一马湖。"

1943年，正值抗战硝烟弥漫之际，著名人类学家林耀华因科研考察也来到了马湖边，他在《川边考察纪行》中写道："湖颇宽大，南北两岸相距较长，由木船渡过需时两句钟。湖之四周皆山，东面较低已有种植包谷之处，湖水洁净碧绿，日光反映成黄金色，湖上空气新鲜，寂无声音，身处其中，不禁胸怀为之一舒。我静坐舟中，默视此良辰美景，依恋不舍。回忆三年前曾在东北省避暑胜地的白山之下，与内子（即妻子）饶毓苏划舟于银湖之上的境况，却依稀相似。我国有此美丽山河，只因地处边区，不能开辟游览，诚为浩叹。"

70年后，我坐在湖边，一位八十多岁的彝族老太太跟我讲起马湖的故事：当年，民国政府雷波县的最后一任县长深爱马湖，他把自己的别墅修在马湖边上，朝夕相处，沉浸其间，而改天换地之后，他知道大势不妙，只有把别墅弃掉逃走；40年后他的后人来到马湖，

马湖图　（图片来自清朝光绪版《雷波厅志》）

想要寻找那个曾经的别墅，但翻遍了山地草丛，居然连残垣断壁都没有找到一块……

这样的故事久远得如马湖边的风。

马湖边很早就有彝族人居住，这里曾经是彝族人的乐园，"马湖之夷，岁暮百十为群，击铜鼓歌舞，饮酒穷尽夜以为乐"（《雷波厅志》）。

因为马湖的存在，它对周边的山川风物都有较大的影响，比如在地名上，因为金沙江流过马湖府辖地，所以它过去在这一段也叫马湖江，徐霞客曾经视其为长江的正源，可见马湖在古代地理发现上有其重要的地位。

当然，这其中也包含了对马边的影响。

元朝至元十三年（1276），设马湖路，属叙南宣抚司，这是元代特有的政区设置。其治所在泪口（今四川屏山县新市镇），此地与马边接壤，相距不过数十里。

明朝洪武四年（1371），置马湖府，领一县四长官司（即屏山县、平夷长官司、蛮夷长官司、沐川长官司、雷坡长官司），管辖范围中就包括现在的马边县境。

明朝万历十七年（1589），由马湖府上报增设"马湖安边厅"，又开始在赖因（今马边县城）建城，派驻"马边营"，驻扎士兵两千，其目的就是为了守备马湖边境的"边徽之末"，而这就是马边之名流传开来的开始。

值得注意的是，在雷波设置宁戎巡检司也是在万历十七年，这个巡检司的驻地在马湖边，即今天的雷波县黄琅镇，它与"马边营"一样，是皇帝同时在小凉山区批准设置的军事机构，它们的作用主要为了管辖"马湖蛮"，使之成为安靖之境，而这中间的关联，后面我们还将谈到。

在过去，镇边屯军本来是个平常之事，像四川这样的省份，盆地西南一带的崇山峻岭，常常是汉人不及的地方，均被称为边疆，朝廷派兵驻守征剿从无间断。

但"马边营"的出现显然改变了这一地区的局面，它不仅勾连出了马边之名，也让兵戈的喧嚣替代了这片土地亘古的蛮荒与寂静。

应该说，"马边营"把马边的历史分成了前后两段，它的存在让马边的历史真正纳入了王朝统治的版图，也可以说有详细记载的历史纪年是从明朝万历十七年开始的，而这一年也似乎可以称之为马边元年。

当然，这样的划分仅仅只是为了让读者更容易了解马边历史前后的不同，因为这两段历史的前后实际是治与未治的历史。

为什么这样说呢？马边之前虽是周边郡县的属地，但居民极为稀少，朝廷鞭长莫及，虚为旷地，基本未治。这其中包括三国时期，蜀国在过去雷波境内的地方设新道县，这个新道的意思就是新开出了一条道路，"盖因经旄牛中之旧道阻绝，而设交通得名也"（方国瑜《中国西南历史地理考释》）。即从金沙江登岸新市镇（现属屏山县），然后沿中都河通往马边的道路之意，后来诸葛亮南征经过此地到卑水、越西等去打仗，在今天的马边尚留有不少民间传说，如马边荞坝乡的"石丈空"一地就传说是诸葛亮"藏甲于此"的地方。

但这个三国时期的遗县在史志中并无确切记载，存在的时间非常短暂，从现在来推断，它起到的可能仅仅是便于粮草供给和战时屯兵的作用。不过，也正是这条新道，有着隐形的地理价值，为后来的马边设城埋下了伏笔，它从金沙江沿着中都河向东南延伸，与横贯马边的来自西北方向的马边河形成交会，恰好在复杂的地理关系中找到了最佳的一个汇聚点，而这个点就是现在的马边。

历史就在地理的肌理之中，但战争是非常态，不是正常的国家治理，新道县的迅速废弃就说明了这点。当然，这里说的未治指的是没有在中原王朝下的直接治理，并不包含原始状态下的部落自治。

从明王朝后，马湖地区局势日益动荡，皇帝觉得这个地方渐显杀戮之气，便开始加强了对其交通、边务、疆民的管治，推进行政设置，筹划靖边大计，这一切仿佛只是为了等待一个新的城池乍然初现，马边成为明朝西南边陲一个地缘政治的产物早已在孕育之中。

而最终这一遽然变化是由一支军队带来的。

万历十七年，明朝的威武之师开进了这一地区，车辚辚、马萧萧，马边从一个旷阔的地理概念变成了一个准确的军事坐标，而历史也就是这样被悄悄地划成了两段，这个"边徼之末"也才真正有了纳入中原王朝叙事的可能。

"马边营"的设置也说明了马边是皇帝的马边，而非外人的马边，它的到来是强势的，不容抗拒；它不仅是为了弹压皇权外的异己力量，也是为了均衡边地间的各种社会矛盾，反映了明代以前这一地区动荡不安而急欲平定的状况。

"马边营"是旷地上突然飞出的一支骑勇，群马嘶鸣，尘埃腾空，它以一种强悍的姿态奔入了马边的历史中。如果说马边之前的历史就是彝汉民族之间碰撞、争斗、融合的历史，那么"马边营"的出现就是这段野性历史的一个象征。

这样的话，问题就来了："马边营"是怎么来的？为什么要在这里设置"马边营"呢？

马湖 　（*龚静染摄*）

堆积成山的耳朵

"马边营"的设置源于三雄之乱。

所谓三雄，指的是撒假、安兴、杨九乍这三个小凉山的少数民族部落首领，他们是明万历时期独霸一方的割据势力。

这三人并非一时兴起之枭雄，他们都是世袭首领，如撒假就是越西邛部长官司的首领普书约伯的儿子，安兴是知府安鳌的后代，撒假的外兄；而杨九乍是雷波长官司的首领（杨系朝廷赐姓），与撒假也有联姻。所以这三雄都是被朝廷任命的土官，同时有亲缘关系，他们分别盘踞在四川美姑、雷波、马边一带，是小凉山区真正的主宰者。

势力最大的当数安氏土司。

起先，安兴的祖辈安济是归顺了朝廷的，这是从汉代起征伐西南夷的结果。到明朝洪武初，安济"率众归附，授土知府，赐诏褒嘉子孙世袭"（《马边厅志略》）。当时的马湖府是明朝洪武四年（1371）沿袭元代"马湖路"而设置的四川九府之一，《雷波厅志》的记载是："安济，明时马湖土知府，领长官司四世袭，系黄琅彝酋，哈拉支最长的土官。"安济死后，由他的儿子安仁承袭，但他不久就病故了，就把这个官职传给了他的侄儿琅德。琅德对朝廷也是听顺的，按时纳贡，如洪武十六年（1383）琅德就向朝廷献马十八匹，其中有一匹马非常漂亮，皇帝一见就喜欢，便赏琅德银三十锭、米十二石、锦衣一套。

但又过了五代，到了弘治四年（1491），安氏土司家族就出了叛逆之人。安鳌承袭后，重权在握，忘掉了"诸夷皆震恐，争求内属"（顾颉刚、史念海《中国疆域沿革史》）的那段历史，而在羽翼渐丰后就开始有些蠢蠢欲动。在安鳌时期，"鳌性残忍，虐民计口赋钱，岁入银万计；土民有妇女多淫之"（《马边厅志略》）。于是，四川布政司就上书朝廷"请治之"。

其实，安姓是皇帝所封，安氏土司世袭八代均与朝廷和平相处，但到了安鳌这一代就变了。按说依安氏土司在马湖地区的势力，虽然安鳌有些胡作非为，但朝廷还没有到完全不能容忍他的地步，因为鞭长莫及的疆土还需要安氏土司，而当时也还找不到更强大的力量去取代他，只要安鳌稍加收敛，便会相安无事。但在这期间出了件大事，安鳌派人去杀平夷长官王大庆，王大庆闻讯逃走，结果把他的弟弟杀了。

安鳌便招来了杀身之祸，朝廷很快就派人诛杀了安鳌，并改马湖府为流官知府，安氏土司世袭124年的历史从此结束。这是弘治八年（1495）发生的事，但这正是三雄之乱的源头，也就是说祸因在万历前早已埋下。

虽然安氏土司被废黜，但后来朝廷又给了他们一个机会。那是在明朝正德十二年（1517），四川筠连夷部汉民与彝民争地，引起彝民反叛，万人围攻筠连，朝廷派兵平剿。安鳌之子安宇率500人从军，然后从中调解，熄灭了一场杀戮，于是他被朝廷任命为"土巡检"，这个职务虽然没有之前的土司有权有势，但让安氏家族重新得到了朝廷的信任。好景不长，安宇去世后，安兴承袭，复仇之心渐生。

在"三雄"之中，撒假是最有反骨的，因为他的父亲普书约伯就因为反叛，独自称王长达四十年。

> 嘉靖年间，越西邛部长官司叛，普书约伯自称噩普王，潜住腻乃（今四川美姑县——下同），地方与马湖、赖因（今马边属地）等处接壤，守土长官有失提防，以致窥伺继而彼此勾连渔利。乘我不备，率众杀掠至隆庆。
>
> （《马边厅志略》）

邛部长官司是明洪武二十五年（1392）设置的，在"越西卫军民指挥使司"之下，辖治范围为"东至马湖沐川司，南至宁番小相公岭，西至喇叭关外，北至大渡河南岸"，大致占有今凉山的北部地区。

撒假之父普书约伯叛后自称"噩普王"，撒假后来也自称"西国平天王"，不过他的野心更大，想进一步扩大势力范围。所以从万历年间起，他就与黄琅的安兴、雷波的杨九乍结盟，频频骚扰劫掠汉夷交界的荣丁、赖因、烟溪（此三处现均为马边属地）等城寨。

这种混乱不堪的局面让朝廷耿耿于怀，其结果必定是派兵镇压，平剿边乱。

在当时的明朝廷，文官当道，对西南边防好像并不太重视，因为在历史上那里从来没有闹出过大动静，基本要算安靖之境，无需大动干戈。所以朝廷只派了都司李献忠、守备刘继祖、指挥尹从寿三将，带兵三千人进剿。但显然他们是低估了"三雄"的实力，那几个古老的黑骨头部落并非想象中那么不堪一击，更没有想到等待这三千人的是羊落虎口，一个不剩地全数吃掉。

其实，就在官兵大举进发之时，撒假等人早有计谋。等大军一到，他们并不与之战，而是打出降旗，宰牛杀羊，与李献忠等人大碗喝酒，承诺归顺，永世做大明的良民。官军信以为真，酒一喝完，就准备打道回府。

后面的故事不难想象，"献忠巽懦，轻与之盟，遂撤营，前趋二千余军出山口，贼忽大噪，掠辎重，后队悉弃甲走，三将死焉"（《马边厅志略·边防志》）。

三雄轻取官军，首战大捷，"杀士卒数千人，势益猖獗"（《李应祥传》）。

李献忠、刘继祖、尹从寿三将被杀后，朝廷大为震怒。确实，在此之前还没有哪个部落敢如此大胆，这样的奇耻大辱刺痛了统治当局，遂下决心清剿三雄，不达目的誓不收兵。

万历十六年（1588）七月，朝廷下旨，点兵点将，进军小凉山区，形势骤然紧张。

> 命松潘李应祥，成都府同知余昭，叙州府唐导钦、同知陈守听，马湖参将郭成、朱文达、万鳌、田中科，中镇将周于德、腾国光，乌蒙土官禄荣、通判杨成，播州宣慰司杨应龙、建昌将王之翰、杨师旦等，从征。
>
> （《叙州府志》）

四川总兵李应祥任此次征剿大军的统帅。

　　李应祥是湖广九溪卫（今湖南慈利）人，素有战功，平定过松潘、茂州的吐蕃势力，而在万历十五年（1587）时，他又平定了在建昌（今西昌）"纠众扇祸"的夷人首领王大咱。由于"腻乃诸夷是咱之后户"，也就是说王大咱与"三雄"实际是里外相通的，建昌一役建功后，断了三雄的接应，所以李应祥是征剿小凉山的最佳人选。

　　进剿行动选定在是年十月发兵，"卜十月出师祭旗誓将"。

　　在进剿过程中，为了整肃军纪，凡办事不力、扰民或有通敌行迹的，均严惩不贷。此间就出现了几起败坏军纪的事情，如"运馈饷者误事""播州（今贵州遵义）兵抢人""雷波通事（即翻译）怀异志"等，当然，处置这几件事是毫不手软：立斩之。

　　大明三路大军人多势众，武器精良，训练有素，而李应祥坐镇马湖府，运筹帷幄，其军事韬略远在"三雄"之上。所以开战不到一月，即万历十六年十一月，官军已经打到了利济山，与"三雄"血战数日后，取得首功，射杀木瓜夷白禄。

　　这个白禄就是"杀李献忠贼也"。

　　关于这段战事，更准确的记载是四川兵部尚书徐元泰的一封上奏，其中说的是"正月八日，中镇营进攻木瓜夷白禄，从大赤口约众千余来拒，中矢死，兵败腻乃，始惧"（《明实录》）。

　　杀死白禄，攻克腻乃是三雄之战的转折点。"腻乃久据凉山地，近马湖，黄琅雷波皆马湖编氓，为之羽翼。又有瓜姓数支，实其党与，而瓜夷中最狡黠者曰白禄，与西姑摆杨九乍结姻，共掠马湖诸处，杀边将，侵入西宁堡、流黄川、两河口，猖獗已极"（《明实录》）。腻乃地处小凉山的中心地带，所以得腻乃相当于得了小凉山的心脏。

　　腻乃兵败后，"三雄"节节败退，战事迅速转入被动，此距开战不过一月时间。

但由于作战在崇山峻岭之中，地势险要，通行极为不便，官军的推进也遇到了诸多困难。

冬天很快就来临了。这年的冬天异常寒冷，雪深数尺。

撒假与杨九乍率万人据山固守，居高临下，拒不出战。

李应祥也深知官兵面临的困境，所以他不能让对方有喘息的机会，当即派最为精锐的播州兵上阵进剿，"悬赏以激之"。

这支播州兵是出了名的能打硬仗的队伍，后来有人还写诗颂扬过他们："当日木瓜群鼠窜，论功应数播州兵。"（王启焜《烟峰城杂咏》）清代的时候，有人在雷波一个叫牛吃水的地方挖到一块巨石，上面刻有"播州营"三个字，这正是当时"播州土司杨应龙随征，最称敢战"（《雷波厅志》）的证明。播州兵让"三雄"不能安然度冬，而是有效地发起了一轮又一轮的冬季攻势。

转入第二年，刚一开春，冰雪初消，官军加紧攻打，形势立转。

此时官军粮草充足，而"三雄"没有了冬季的有利形势，显得更为被动。此时山道不再溜滑，雾霾退尽，太阳高照，一切皆在官军的掌控之中：

> （万历十七年）三月己寅，鏖战于白合口，斩白鲁阿什咱（撒错之弟）。
>
> 庚辰，孔明打卦台擒假妻及男女。
>
> 四月甲寅，朱参将兵渡泸口（即泸水），破鹰雀岩。
>
> 辛酉，郭（成）参将兵破七洞关。
>
> 甲子，破聚兽坡、藤甲岩、黑挖洞……
>
> （《马边厅志略》）

　　四川雷波段的金沙江。三雄之乱被镇压后，部分土司族裔逃往对岸的云南永善县境内，暂时躲过一劫。　　（龚静染摄）

在征剿大军的围困之下，撒假已是精疲力竭，他裹着干粮，带着心腹40人藏进三宝山的一个洞穴里，企图躲过一劫。

这个洞穴非常险要，也极为隐蔽，藏好后，撒假忙派部下去寻求接应，又叫两个夷童潜伏在溪菁口，授以暗号，以便通风报信。但这两个夷童被官军识破抓获，信息从此断绝，撒假顿成困兽。撒假仍拒绝投降，做垂死挣扎，于是官兵"架云梯眺之，见贼矢尽，乃探岩排埼连梯逼之，四十夷多射死，遂斩假"（《马边厅志略》）。

在另外的史书中也有说撒假没有被杀死，而是"生擒撒假"，但这个细节已经无关紧要，重要的是撒假死后，"三雄"同盟彻底解体。

缉拿安兴的兵马仍在穷追不舍。

此时，"安兴自度势穷，聚众黄螂（今雷波县黄琅镇）怯祖密与安勉（其胞弟）固守"（《叙州府志》）。但小小的怯祖密（据《雷波厅志》称在雷波县城东南五十里），哪里能阻挡大军的进剿。"（五月）壬子，移师黄螂，破怯祖密，俘安兴母杨氏"（《马边厅志略》）。

就在怯祖密这一战中，虽然安兴之母杨氏被擒，但狡猾的安兴却意外地逃脱。

他是怎么逃脱的呢？史书上是这样说的："掷金于途，以缓追者，遂得脱。"（《明史·列传》第一百三十五）看来安兴确实非常狡猾，不仅如此，《雷波厅志》中说安兴这个人是个猛夫，"貌雄杰，力敌万夫"，连史官也抑制不住赞许之语。

但就在逃跑过程中，却发生一件意想不到的事情，安兴在穿过密密的竹林，用刀去砍竹开道，不料误伤了自己的左脚，血流如注，最后只得束手就擒。这个地方是在石坡罗（今雷波县永盛乡），史书上又感叹说是"岂非天灭凶夷哉"。后来在安兴被捕获的地方建了一座关王庙，以纪念这个重大的胜利。

值得一说的是，安兴死后，不少安家子弟逃到了金沙江对岸的云南永善县桧溪。那里与四川雷波一江之隔，却保住了安氏家族没有彻底遭到灭门之灾，安家后来在清朝康熙年间再次被朝廷任用，授以"阿兴土千户"，成为一方望族（参见夏廷安《明清永善安氏土司之兴衰》一文）。直到现在，安氏后裔仍然在桧溪、雷波、屏山一带可以找到，当然，这是题外话了。

安兴落网，是不是就该结束战争了呢？不，还有杨九乍，此时的他已经躲藏了起来，消失得无影无踪。

在小凉山那片崇山峻岭中，要抓住一个对地形了如指掌、奔突如猿猴的人无异于大海捞针，而为抓一个人而耗费巨大的军力也实属不值。这场战事到底花费了朝廷多少银两没有记载，但查史料可以看到，在清朝道光年间剿办两次比这次小得多的"夷务"，也耗费了巨大的开支，《清实录》中有记载："四川省办理马边等处两次夷务，借动盐茶耗羡银二十六万余两，官民捐输余剩银三十万六百余两，余茶银八万余两，封存银十八万余两。"

在后来的清朝道光十七年（1837），叙州府通判刘耀庚在为征剿马边叛乱时的上奏中就感叹道："数百万帑金轻掷于不毛之地！"

笔者曾经到过走马坪、油榨坪、烟峰、荣丁、黄琅、蛮夷司、中都河等地，这些地方正是当年"三雄"的活动范围，只见重峦叠嶂、林深箐密、山险路歧，实为一个禁绝之地。所以看到胜势已定，官兵一般会尽快收场，免得糜费过度，而接下来就是做打扫战场、领功报赏等善后的事情了。

> 寅下令班师，雷波杨九乍躲四岩门等处未获，先是妻马氏曾
> 劝阻九乍，及大兵至，自度难免，率众投降，照旧管辖雷波。
>
> （《马边厅志略》）

"三雄"势力被平剿后，无人知道杨九乍的生死，"首恶既得，惟杨九乍存亡未卜耳"（《明实录》）。

当时，杨九乍之妻马氏已经主动归降，朝廷又在杀戮之后施出安抚政策，让马氏继续管理雷波，政治地位不变，结局似乎不错。其实这常常是朝廷处理边乱的手法，既要打，也要给糖吃，只要相安无事，一切都好说。

但不出一月，等待收兵的官兵突然接到命令："速擒九乍，俾无余孽。"

本来已经落定的尘埃又浮了起来。

发现杨九乍的踪迹非常偶然，当时马氏有一个女儿，"姿不胜美"，马氏非常喜爱她，视若掌上明珠。但这个女儿在随杨九乍潜藏的时候意外被俘，被关进了叙州府监狱里。

接下来是要对这个如花似玉的女子进行刑讯，逼她说出杨九乍的藏身之地，但这样一来，她可能被"污之"。于是叙州知府就出了个主意，说如果这样，只会增加马氏的仇恨，而要抓到杨九乍，不如把他的女儿放回去，马氏必然会感恩图报。

果然，官军就放了杨九乍的女儿。

此时的杨九乍已如惊弓之鸟，深藏不露。马氏便叫人刻了一块染血牌，派遣亲信前去河全窝，将之交给杨九乍。河全窝在哪里呢？

《雷波厅志》是这样说的："河全窝，雷波深处不计里，去石角隘（今屏山县新市镇附近）八日。"

杨九乍一看染血牌以为是妻子在与他秘密联络，深信不疑，便出来见面，哪知马氏亲自带人埋伏在左右，等杨九乍一出现，伏兵四起将之团团围住。

这天是万历十七年（1589）五月初四，地点是小木瓜（雷波县一地名）。

过程是这样的：先是口哨联络，杨九乍缓缓从密林中出来，还是非常警惕，但待他反应过来是个圈套时已迟。杨九乍挥刀抵挡，拼命夺路而逃，但在重重包围下，他哪里还有出路，只见一个叫李必得的军官冲上前来，"用拈枪前将九乍右肋一枪杀落下马"，然后是"擒至西宁（今雷波西宁镇），伤重身死，俘尸以献"（《马边厅志略》）。

杨九乍死后，三雄之乱才告结束，而整个征剿过程用了近两年时间。

> 所称三雄，相继殄灭，生擒三百，斩首千余，歃血埋奴，誓不复反……上舒天朝西顾之忧，下洗边民荼毒之愤，开拓疆宇，恢广舆图，诚旷古所仅见者也。
>
> （《马边厅志略》）

在凉山地区，这场战争的惨烈也是史无前例的，双方死尸堆积如山，不计其数，"计群猓擒斩俘获，为类颇多"（《明实录》）。当时，为了打扫战场，点清死亡人数，但尸体搬动困难，便将死人的耳朵割下来记数。而这些被割下来的血淋淋的耳朵堆积在一起，构成了一个巨大的血腥意象，场面异常恐怖和震撼。

　　成王败寇素来是主流历史的叙述脉络，实际上就在同一时期，远在黑龙江的女真族正在厉兵秣马，而在几十年后，努尔哈赤建立了后金，与明朝长期征战，直到灭掉明朝，建立大清，而这一段历史最终则是由女真人来书写的。

　　人们不禁要问，为什么中国历史上在元代和清代有过两次大的断裂，都是被北方游牧民族侵略得手，推翻了汉人统治，而西南边疆却从来没有产生过这样强大的势力？笔者粗略认为，这些大历史背后实有着复杂的"地貌"，总体而言是农耕文明与游牧文明碰撞和挤压的结果，但产生这样的结果却有地缘上的独特性。在北方，游牧民族的"马背上"特征和大空间范围的视野，造就了一些强悍的部落政权出现，而西南少数民族一般是地处高山大岭，夹缝求生，生存空间有其局促的一面。也就是说在地域的开阔性上，北方与南方不能相比；在民族的侵略性上，"北虏"似乎比"南蛮"更为强悍，而中原王朝（如北宋开封、明代北京）往往都是建立在北方平原上，一次军事上的快速纵深，常常成为铁骑围攻的对象，这也造成了北方边防天然的困境。在中国历史版图上，几乎所有颠覆性的战争都是从北方打开缺口，这甚至包括了现代的抗日战争，日军的猛烈进攻曾使大半个中国迅速沦陷。

　　而西南地区的局面大为不同，山川河流纵横，交通阻绝，大规模作战困难重重，只适合散兵游勇的闪转腾挪。如"三雄"所处的小凉山地区，就在横断山脉的南麓绵长的深丘大山里，他们缺乏平原作战能力，也无大兵团武装实力，只能依凭险要地势求得一席生存之地，地理条件对其有巨大的制约。在历史上，西南边地历来是作为屏障而存在，是军事上的丛林地带，所以在宋元时期、明清时期都是各方势力最后拉锯争夺的区域，而江山易代，必然是要开启逐鹿中原的大局，这都是西南历代群雄难以做到的。

不能否认的是，在大明政权复杂的政治博弈下，四川西南边疆也有过如此激烈的演绎，而三雄之战对小凉山地区的巨大影响是深远的，因为这是凉山彝族历史上时间跨度最长、影响区域最广、也是最为震撼的重大事件。

接下来，大乱之后需大治，而此时的马边就呼之欲出了。

马边如何从边疆变为内地？

"三雄"之战后，这一地区再未发生过比这更大的战争，但边地的摩擦却从未间歇，这是后话。

过去，对待边疆问题一直是朝廷最头痛、也最忧心的事情，"夫治夷犹治草也，兵至则剃，兵罢则滋"（汪道昆《建设新乡城碑文》）。人们便在思考一个问题，在小凉山边地需不需要派驻常设军队？除了军队之外，此地百姓要不要日常的治理？所以这样的问题便用上疏的形式传到京畿，而来自朝廷的回答非常明确：

> 敕曰：衣祗桑土重远虑也，腻乃诸夷帖服荡平，除诸将士照功升赏，苗民余党未烬，若善后无策，又安望长治久安与？尔抚臣具督同诸文武，量地度宜，审处时势定为经久之模。
>
> （《马边厅志略》）

如何实现长治久安，怎样才能形成"经久之模"呢？

平定"三雄"之后，"查善后事宜，酌九隘险易之事，定大小相制之宜，条陈十二事从之"（《雷波厅志》）。

这些内容中就包含了对马边地区的军事和行政设置，而"三雄"战役之后带来的军事、行政变化之大，在马湖地区是史无前例的，而这也正是马边从边疆变为内地之始。

具体有哪些变化呢？在行政方面，直接在马湖府的地界新设立了屏山县，府、县衙门同处一地，但分别办公；又在马边设马湖府安边厅同知，设同知衙门；同时还在黄琅设巡检司，军事、行政功能合二为一。

在军事方面，考虑到雷波、马边连为一体，需分点驻军布防，所以在小凉山地区形成了雷波扼其南、马边扼其北的防御思路，而因为马边过去是个空白，在这次设置中更为偏重。

在清光绪癸巳年版的《雷波厅志》中就分析了小凉山的防控局面：

> 雷波与马边、峨边、越西四面环凉山夷，筑城分兵防守，而雷波扼其南，自西南斜趣东北延三百十里，滨金沙江，川流湍急，津渡险恶，近岸诸夷不敢越江一步妄生窥伺。唯西北边径路纷歧，与夷接壤，时于其间逸出为寇。

这段话的意思是雷波一线凭借金沙江天堑防卫比较稳固，但漏洞在马边一带，"唯西北边径路纷歧，与夷接壤"，所以出现了三雄之乱。那么在平叛之后，巩固马边边防就是重中之重了。

这是大的方面，小的方面的变化也不少，如在屏山修建了"薛文清公书院"（薛文清是明朝前期著名理学家），提倡教化，实际是将汉文化培植于彝区；在黄琅建关王庙，以纪念擒获安兴时得到神授，颂扬汉人的武功；在蛮夷司（今屏山县新市镇）建"优恤战士祠坛"，以励忠勇；又在黄琅、雷波各建一社学，以"训教夷童"，在屏山设立儒学，专门培养社师……

另外，还将夷都镇改名为中都镇（今属屏山县，与马边交界），原沐川副长官司的夷姓通通改为夏姓，"用夏变夷自此始也"；又重用"降夷"，如任命张敬宗为土把总，给以冠带，并拨兵200名给他，帮助官军协防等。

雷波是"三雄"的老巢，在元朝时就设有雷波长官司，这次又增添了哪些军事设施呢？《雷波厅志》中是这样记载的："黄琅（即今雷波黄琅）屯兵一营，共二百名戍之；桧溪（今云南永善县境内，与雷波隔江而望）屯兵五十名戍之，乡勇协防边隘，相望筑亭障八，庚寅始告成。更移兵备道于马湖，建署于湖之东街，以资弹压。"

实际上，从这时开始，这一地区的军事布防就没有停止过，兵士、城堡、粮饷等有增无减，而彝汉之间的矛盾也从未得到化解。

以黄琅为例，这个地方由于雨水充沛、土地肥沃，乃小凉山中一重镇，在历史上经历了多次汉彝间的轮番争夺，就是直到民国初年，这里也常常有彝人抢掠事件发生。我在黄琅见到过91岁高龄的原黄琅小学校长李本科，他的父亲就是在二十多岁时被彝人抢去当了娃子，从此音讯全无。

像这样的故事，在过去的黄琅一带可以说是经常发生，王师的征剿和彝人的反叛此起彼伏，这几乎构成了一种边地的生存模式。

不过，在平定"三雄"后，变化最大的还是马边。

马边是"筑二城、二堡，列兵三营"。

所谓二城即新乡镇、烟峰城。

先说烟峰城。

烟峰城，位置在今马边县烟峰乡，故址犹存。这里过去就是有

　　2016年夏，笔者在马边烟峰的一户农家中发现的之前被用作洗衣板的"古烟峰汛"石碑，这证明了此地过去曾是驻扎兵营之地。　　*（龚静染摄）*

人烟的集镇，相距马边二十多公里，当地至今还流传着"先有烟峰，后有马边"的传说，证明烟峰的历史可能比马边要更为久远。烟峰城海拔一千米左右，四面环山，独守其中一块平缓的地带，视野开阔，春天鲜花盛开之时，层层梯田如水波推浪，景观非常壮美；而抬头望四面的群山轻雾缭绕，如白色衣带环绕，仿佛人间仙境，烟峰也由此而得名。

烟峰城设立后，"筑城四百雉，中城建同知署，后为守备署，再后为敕书楼，列兵二百名戍之"（《雷波厅志》）。

一雉的计量单位是长三丈、高一丈，四百雉也就是长4000米、高3.3米的城墙，但这个城要比同时建的新乡镇（即现在的马边）要小一半多，其中的同知署、守备署在新乡镇也同时建有，但这里是"分司公馆"，以备两城的官员往来和临时办公居住。

建好的烟峰城以军人和汉民为主，但也如黄琅一样，这里也是几经变迁，彝汉轮番占据，直到民国初年后才为彝人大量迁入。如今，烟峰已经修建了颇具规模的彝族新寨，民族风情浓郁，是马边的一大旅游景点。在写作本书的过程中，笔者为了寻找烟峰古城的遗迹专门来到烟峰乡，可惜的是，古迹几乎全被岁月淹没，那块在史书中记载的"马塞烟青"（万历十七年刻，称为烟峰的镇山之物）石碑早已不知去向。不过，也有意外的惊喜，在烟峰考察时，意外地在当地彝族百姓家里发现了一块刻有"古烟峰汛"的石碑，碑虽然是民国初年所刻，但也证明了烟峰作为一个古城堡的存在。

所谓二堡即施家寨（今马边大院子一带，位于马边城的西南端）、水池堡（今马边三河口一带，位于马边城的西北端），分别派驻200名士兵把守，这两处是横亘在马边西部大山脉的南北两大据点，后来成为彝汉在马边边界上的两大军事堡垒。

所谓三营指的就是施家寨、水池堡、黄琅之间驻扎的三营兵士，而它们担负着保卫新乡镇、烟峰城、黄琅城的作用。另外，除了"筑二城、二堡，列兵三营"之外，还在这一带再布点，统称为九堡十三墩，可以说是点面结合、层层布防。

应该说，就是这一次的筑城布兵，奠定了马边地区后来四百多年的边防格局，明清时期马边所谓的"前营、中营、后营"或"左营、中营、右营"的军事布置基本是围绕马边城、烟峰和大院子、三河口这几个要点来布局的，朝代虽然更迭，却变化不大。

显然，这是一张严密的防御网络，而在这张网络中最重要的是新乡镇，因为置马湖府安边厅于此，也就是说在整个平定三雄之乱后，大明皇帝在西南边疆小凉山区放下了最重的一颗棋子。

> 十二月，抚都院徐巡抚、何宪牌（时任四川总督）为边疆荡平查议善后事宜，以图永安边境事。叙州府知府唐参将万，会同议酌关隘险易之势，大小相制之宜，条陈十二事从之。遂于马湖府设安边同知一人，守备一人，皆给印绶，同知食正四品服俸；守备以都指挥体统行事，颁授敕书，申明节制其要害，筑城二堡，列兵千五百名戍之，布恩信，务修和，宽则因俗，急则相机，责在同知。察营垒，侦向背，宽则练息，急则张皇，责在守备，乃就新镇乡筑城九百雉，赐名马边。
>
> （《马边厅志略·边防志》）

"筑城九百雉，赐名马边"，这句话极为关键，马边正式被划归朝廷集权统治之下，从过去的蛮荒之地变成了政府治地。

民国历史学者张云波在《雷、马、屏、峨沿革考》一文中认

1938年，民国著名摄影家孙明经镜头下的马边河。他曾感叹那是一条“美丽极了，有趣极了的河流”。

为，马边被视为内地，也就是从这时开始的，"元明设沐川土司，以马边为新镇。反改土归流，始正式设安边同知，于烟峰设守备，始此作内地"。

那么，"二城二堡三营"这张网是如何编织的呢？在《马边厅志略》中有全景描述：

> （新乡镇）中城为同知署，旁为分司公馆，以备守备往来驻扎，进五十里为两河堡，设把总一员。渡江上草峰两岩岸峻千仞、涛涌万壑，鸟飞难渡，造铁缆三条，凌空成桥，名铁锁桥，列兵一百名守之。进十里许，筑城四百雉，中城建同知署，后为守备署，再后为敕书楼，列兵二百名戍之。又南为施家寨，屯兵一营共二百名戍之；又迤北为水池筑议堡，屯兵一营共二百名戍之；中营实守黄螂，屯兵一营共二百名戍之；桧溪屯兵五十名戍之，乡勇协防边隘相望，筑亭障八。

我们可以看到，在马湖安边厅下是建城驻署，城间修堡，堡间扎营，营中屯兵，互为联络，这样就形成了一个严密的安全保障体系，马边有城的历史才真正开始了。

说到新镇乡，容易让我们想起宋代王文揆建起来的赖因寨，这个寨子在明洪武四年（1371）改为赖因乡。但由于频遭彝人掠扰，是存是废无法考证，从改名新镇乡来说有焕然一新之意。

那么，为什么要把新镇乡作为马湖安边厅署的驻地呢？在《马边厅志略》中有一段话："莲峰东峙，天马西临，伏象居其南，飞凤翔其北，带湖水以为城，控夷疆而作镇，界接雷屏，路通犍乐。"

这段话把马边城的地缘关系讲得比较清楚，而再细分析还有这样三个重要因素：一是新镇乡临马边河，城区为河环绕，既是天然的护城河，也可通舟楫，有水运的便利；二是新镇乡之前曾有人口聚集，早期的人类活动证明了这里属于宜居之地；三是新镇乡在地形上是背靠真武山，面朝莲花山，它就像个婴儿被裹在真武山的肚兜里一样，只需在山上设置营垒，卡住要隘，则可将这个小城完全置于保护之下。

马边城就这样轰轰烈烈地建了起来，那时的城又是怎样的一番景象呢？

马湖府知府尹廷俊在《建新乡镇记》中有一番详细的描述："城周遭四百五十丈，高一丈五尺，厚半之，门五，而楼阁其上；东阳和西武定南开，建北、永赖、正西楼则培而高以崇主山；闾阎里巷，分布井然，城之中又为内城，中为安边厅大门，门各五楹，门左为土地祠，为大仓，右为囹圄，为灵官祠；正堂三，左为库储钱粮，右为库储戎器……"

一般来说，中国古代建城都会受到古籍《考工记》的影响，它里面包含了很多古代建筑学的技术和思想。马边城的修建也不例外，比如城墙内用夯土，结实耐用；采用中轴对称格局；衙署坐北朝南，城楼、庙宇、钟楼分序矗立；城内东西、南北道路街巷保持通畅；城门四立，东门临水等等。

据《建新乡镇记》描述，新建的马边城是"城之中又为内城"，说明这座城修建了内城和外城，外城也就是瓮城，遵循的是古代城市修建的常见形制，内外城之间形成一个瓮的形状，起到了护城之功用。

当时，除修建城墙、城门、粮仓、军库、监狱等这些基本城市设施外，又大兴土木修建了城隍庙、关帝庙、东岳庙、真武庙、土地祠、观音阁、武侯祠等公共设施。

残存的马边明王寺大雄宝殿 （龚静染摄）

尹廷俊的讲述极为详细，连很多细节都写到了，比如："楼下为寝室，前列厨舍，列厢房楼，右建书楼，前设卷蓬，中外凿池，引水灌注四时不绝，转选七曲，从右而出，荥然潇然……"想象得出，这是一座精心打造的小城，优雅的环境"将适情而节劳耶，将蓄威而养锐耶"。

值得一提的是，马边有个非常有名的寺庙——明王寺，也是明朝时期建造的（现存的《修佛城堡记》中有明确记载），后遭兵燹，在清朝道光时重建。这个寺庙处在马边永乐溪边、五龙山下，在四川是一个非常独特的寺庙，民间传说不少，最神奇的传说是说此庙是明太祖朱元璋太子朱标的二儿子，即皇太孙明惠帝朱允炆捐建的。但可以确定的是它与马边城基本是同时期的产物。其独特之处在于，这是一座集祭祀和守卫功能于一体的寺庙，儒、佛、道三教合一，和平时期烧香拜佛，战时则作为城堡使用，所以它又叫"佛城堡"，这跟马边所处的特殊地理位置极为有关，在寺庙形制中也极为罕见。

由于马边在筑城之前不是郡县，没有学校，如今既然有了城，居民汇聚，学校也不能少，"夫学校之设为造士也"。同时，为了"首崇经学"，又募修了文庙，"庙中俎豆乐器悉备"，"壬辰岁，遴弟子之秀十九人升之督学"（刘汝楫《募修文庙两庑小引》），并由此开创了"新镇之人文不绝如缕"的局面。

通过尹廷俊的描述，可以看到新建的马边已经是一座生活功能俱全、社会公共设施齐备的小城了，"凡俎豆馆谷之虑，靡一不周；草昧经纶亦伟且备哉"（尹廷俊《建新乡镇记》）。

显然，修建这座城不是为了"一日之平"，而是为了"久远之虑"。尹廷俊在城建好之后亲临马边，放眼四望，不禁心潮澎湃，大为感叹道："夫大兵之后不得已而劳民，旋以怀柔绥之，民以是颂功德，不然设险守国者其谁？"

而我们要感谢他的是，他用史笔真实地记录了眼中的一座明代西南边疆的"新城"，而"新城"在后面的几百年中渐渐变为"旧城"，在"新城"与"旧城"之间，正是马边从边疆变为内地的过程，也可以说是边疆意义消失的过程。

（貳）

筑城小凉山

筑城者的万历十七年

是谁来修建马边城的呢？

据《马边厅志略》记载，此间有三大功臣，一是徐元太，一是李士达，一是汪京。

徐元太，号华阳，安徽宣城人，当时是四川巡抚。徐元太的功劳是平定三雄之乱，而由此他升任兵部右侍郎，加二品服，后又升至刑部尚书。

马边的建城跟徐元太有很大的关系，因为他提出了详细的治边纲要，其核心思想是不仅要"平边""守边"，而且要"建边"："置安边以固封守，设抚彝以便分理，开县治以育残氓，改守备以据要地，设巡检以辖黄郎，定酋长以束邛彝，修武备以控要荒，设堡墩以严烽堠，正疆界以杜侵争，清土田以供边饷，撤守戍以省远徭，更敕书以专责任，遴守备以驭穷陬，简职官以裨始事。"（徐元太《抚蜀奏议》）

他的观点是实用的，只有建设边疆，才能长治久安，而马边的修建也正是在他这样的思想之下产生的，所以给徐元太记上一功是理所当然。

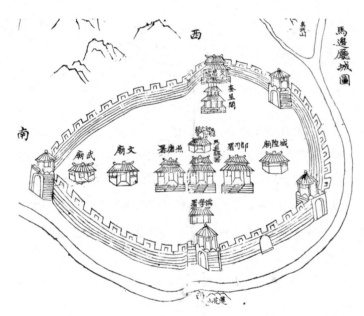

马边厅城图。清嘉庆版《马边厅志略》旧图。

第二个是李士达。

李士达，号信亭，陕西三原人，万历二年（1574）的进士，任平定"三雄"大军的监军，是坐镇战场的实际决策者。当时在选择监军这一重要人选的时候，李士达成了不二人选，"集群策推任文武才硕，谓监军非李公不可"（《李公去思碑》），也就是说他实际担当了军师的职责。

在马边建城一事上，李士达的贡献是"己丑春夷得荡平，寻议善后疏上报"（尹廷俊《建新乡镇记》），可见他又担当了善后文案工作。但他的上书很奏效，朝廷很快就同意了他们的建议，于是才有"增设马湖安边厅，建城赖因乡，御名新乡镇"的后续故事。李士达会写一手锦绣添花的好文章，文辞极具说服力，皇上欣阅之后，隆恩渥泽，为他记上一功也是顺理成章。

如果说以上二公算是倡导者、决策者，而真正的实干家是汪京，即所谓"两公之议，汪君之劳"（尹廷俊《建新乡镇记》）。

汪京，号佳山，湖北襄阳人，癸酉年（1573）的举人。

在平定"三雄"时，汪京是马湖府通判，平定后即被委任为马湖安边厅首任同知，这个职务是马湖府知府的副职，与通判相比略有升迁，食正四品服俸（通判一般是从五品）。按说，以古代官阶而论，汪京的官职并不算小，但他承担的却是一个七品官的任务，身居基层一线，在一片荒地上开荒建城，尽褴褛筚路之功，而非像其他官员一样走马上任，坐享其成。不过，这从客观上又给了他一个天赐良机，如果他继续在马湖府里做一个通判，可能谁也不会记住他，这次却让他因筑就了一座非凡之城而名垂不朽。

汪京来到马边后，在建城上面临的第一个问题是选址，也就是到底把城建在哪里呢？后来他们通过多方勘测，也综合了政治、边防、经贸、交通等各方面的因素，才决定将城建在赖因寨附近。但为什么要选在赖因呢？

> 赖因为山川全胜地，脉自峨眉正西迤逦旋盘而至，环山面面皆拱秀，江水绕城如围带然，乃喟然叹曰：兹非天造地设，以待王公设险也欤？
>
> （尹廷俊《建新乡镇记》）

这个选择是否是正确的呢？

我们从清代嘉庆年间的人对马边地理位置的认识上，可以看出当时选择在此地建城的一些客观考虑："马边地形如乂袋状，其东北三面俱与屏山连界，惟正一方全与罗罗接壤，汉夷交界地尽犬羊，延袤千有余里程途最为辽远。夷界分前后两营，前营烟峰乡，后营冈外乡。旧定汉夷交界处所，烟峰则有油榨坪、白甲湾、头坝、二坝、泸房坝、黑泥沟、牛心堡等处；冈外乡则有麻纲桥、中嘴、沙坝子、甘家山、麻柳坝、大中嘴、撒水坝、排甲冈、大鱼孔、小鱼孔、万石坪等处，万山回合，绝少平陂，奇险异常。"（《马边厅志略》）

这段文字说明了一个问题，即马边处于这一地区的要害位置，自古以来就有村寨散落，是彝汉之间的交集之地，且三面临汉界，一面临夷界，有挟制之势。

从实际地形来看，马边城前是一条大河，浩浩汤汤，乃天然的屏障。而事实证明这个选择是正确的，它经过了近五百年的时间考验依旧岿然不动，足见其建置的合理性，而我们常常看到历史中很多频繁迁徙的治地，往往都在岁月的长河中泯没了。笔者在前面已经提到，马边是马边河与中都河的交界点，而这两条河是进入边地的天然通道，它是纷乱的地理关系中打通东西、南北方向的纵横点，而这正是一个隐形因素的关键所在。

城址确定以后，后面的具体工作才开始。

"呈图牒，度丈尺，高卑广狭，计城垣署而差算其陶瓦木石，徒佣财糗，奏记台司，遂发缗檄"（尹廷俊《建新乡镇记》）。这四十个字，讲出了这个小城经过认真度量，按照古建规制来绘图设计，仔细核算土木工程量，并报批建筑经费，然后经过省级政府拨发专门款项来建造的事实。

不难看出，马边城打造之精心，而且是一次性整体打造。马边城的建造处在明晚期，以明朝建筑来看，技术已经非常成熟，对风水、选址、布局、周围环境等都有很高的要求，较前代大大提高，建筑材料也有新发展，所以新的马边城实不愧是一颗边地明珠，在内陆城治史上有其重要的研究价值。

建城总指挥汪京在把马边城建好后，想到了他的老师汪道昆，便恭恭敬敬地给他写了一封信，请他为这个新城写篇文章，当然能够做这件事的人自然不是等闲之辈。

汪道昆（1525-1593），安徽歙县人，此人官做得大不说，在文学、戏曲方面也堪称大家，是明代非常有名望的文人。在黄仁宇的《万历十五年》一书中，就专门写到过这个汪道昆，他与张居正是同年，官至兵部侍郎，后来因为一笔边防公款账目不实，张居正就在信中写了"芝兰当路，不得不锄"一语，汪道昆就辞官回家了。什么意思呢？就是这个"芝兰"纵然有优美之貌，但开错了地方，也"不得不把这名花异卉一锄斫去"（《万历十五年》）。这实际是朋党之争害了汪道昆，虽然辞了官，但他的文名倒是丝毫未损。

那么，汪京为什么会想到汪道昆呢？

原来他与汪道昆在湖北襄阳有一段交集。汪京是襄阳人，而汪道昆正好在襄阳当知府，又同姓汪，两人便建立了师生之谊，"不佞为襄阳守，京固已受业及门"（汪道昆《建设新乡城碑文》）。汪道昆一直都很器重这个弟子，到了汪京在马边当同知的时候，汪道昆已经六十多岁，从官场退隐故里，但师生情谊很深。那时候，汪道昆觉得汪京很有能耐，经常夸奖他，说他是"固当授一郡丞以治四封，乃令以安边而丞马湖，则文武才也"。

汪道昆是清流，而汪京是循吏。当然，汪道昆的表扬也绝非是随意吹嘘，他的文武之才表现在哪里呢？在马边城建成之际，马湖府知府尹廷俊也讲到了汪京的一些事迹。

> 汪君悉心殚力，手画足驱，夙夜督理。缮办于官，工因于佣，曲为劝相，寒者布，病者药，间出内庖为粥为腐，市村酤以劳之，于是梓者、陶者、拽者、负者载土而转，石者运甓（即砖），而垩涂者林林若子来也。
>
> （尹廷俊《建新乡镇记》）

这段短短的文字中展现了一幅壮观的筑城场面，砍木头的、制陶的、夯土的、担砖石的劳动大军汇聚在马边河畔，人声鼎沸，气势恢宏。汪京不仅要测量绘图，还要筹款招人，同时还要兼做郎中和厨师，为人治病和烹制可口饭菜，为了这个庞大的建筑工程，他是殚精竭虑，日夜监工，劳作不息。

马边城的修建速度很快，这不能不说又是一奇，"以己丑年孟冬月始事，以庚寅年季冬月告成"，耗时仅一年多一点。

值得一提的是，明代以来，整个凉山地区是一个慢慢从荒野中苏醒过来的区域，一些重要的地方脱离村寨形态，始建砖城。如洪武三十一年（1398）建会理城，它是从云南进入凉山的南大门，而这也说明明代是凉山地区城市兴起的一个关键时期。

"雷马屏峨"（雷波、马边、屏山、峨边四县的简称）也是在这一时期前后出现的城镇群落。小凉山的边疆治理逐渐推进，城镇格局比较固定地形成并影响至今，应该说这里面还有一个大背景，那就是明代为了整肃边疆而实施改土归流政策。"率土之滨，莫非王土"，在过去可能未必都是事实，但现在不同了，海宇承平已久，皇帝似乎觉得有能力派人来看管自己的家产了。所以，马边的出现也可视为中央王朝的一次性投资项目，是国家在动荡不安局面下的边疆治理，而耗费巨大的整体筑城，在中国城市建筑史上大概也是不多见的，可以说此也正是这座西南边城最为耀眼的地方。

当然，马边筑城的价值还在于它是从四川进入凉山的北大门，而这体现的是明代的开边方略，版图扩张的痕迹始见清晰，"廓清南服，巍然称雄镇矣"（尹廷俊《建新乡镇记》）。

城建好后，汪道昆称赞汪京是干了件了不起的事情，说他是"非常之人，非常之事，非常之功也"。这些文字写到了文章中，刻在了一块"七尺之碑"上，作为建城纪念。

汪道昆还在碑文上写道："京得以褒衣博带而当一隅，京不知所为，夫子固在邦将，将善而善善长矣。"（汪道昆《建设新乡城碑文》）

最客观的评价还是来自尹廷俊："汪君任劳任怨为不朽计耳。"

叙马驿道为什么叫"汪公路"？

马边城建成后，汪京还做了一件大事，那就是修了一条公路，让这个边城与外界联系在了一起。

之前马边没有公路，从马边城到马湖府（设在今四川屏山县）只有羊肠小道，极为崎岖，"山峒间怪石嶙峋，连如纮绖不可蹑"（《中宪高公平叙马险道记》）。什么意思呢？就是说山中乱石，就像皇帝冕冠上那个晃来晃去的系绳一样多，形容险阻之多、行走之难。

如果没有公路，马边就是个孤城，除了鸟儿和云朵可以自由来去。平剿"三雄"时，兵和粮草都要从"叙马联封而进，抵黑坎、罗东一带"，但交通状况之糟糕超过了人们的想象，在剿叛中也吃了不少苦头。而就是这样一条路，还是前面一位姓温的官员稍做修补，"改创"而成的，但"悬岩迫岸，路未盈尺，饷者足不能并，戈者肩不能比，赤白之羽且旦暮相属"（《中宪高公平叙马险道记》）。

也就是说，这样的路可能连传一张煌煌圣旨都成问题，老鹰在天上盘旋，土匪在路上横刀，险象环生。

马边城建好后，原来的羊肠小道已经不能适应"府"与"厅"之间的交通要求了。过去的马边不过是个小小村寨，无足轻重，但现在是安边厅的治所，四品官员驻守，其地位已经发生了重大转变，所以，修路的事情马上就成了头等大事。

但觉得这条路非修不可的其实是朝廷命官们，他们要去马边不容易，跋山涉水苦不堪言不说，还常常有生命之忧。李士达虽然是平定"三雄"的功臣也不例外，他要去马边，要在悬崖峭壁中穿行，连轿子都不敢坐，只得下来步行，弄得狼狈不堪、灰头土脸。

> 马湖监军李公来镇（新乡镇，即今马边县城），每乘肩舆至险处，徒行且十里，夫以驻节之尊而且徒行非礼也，以荡平之邦而犹险阻非度也，守土者能不与有责哉？
>
> （《中宪高公平叙马险道记》）

李士达的无奈就不说了，后来来了个高则益，他也不满意，就说这个马边城修得那么好，跟中原的城镇没有什么区别，但这路怎么如此糟糕呢？他的原话是这样的："湖之民熙熙如也，湖之士彬彬如也，湖之间阎、馆署、山川、城郭奕奕然也，庶几中原哉！乃所由入路若彼隘也。"（《中宪高公平叙马险道记》）

高则益是何许人也？其实他只是个四品官，比李士达的官小，但他的认识说到了要害。要改变现状，就得修路。

高则益，字汝谦，号受所，江西南昌人，是嘉靖四十一年（1562）壬戌科的进士，嘉靖四十五年（1566）任礼部精膳司员外，"掌筵飨廪饩牲牢事务"，也就是干外交礼宾工作。后来他在万历元年（1573）下派到地方，当过荆州府同知、云南按察司副使、四川按察司副使等，从这段简历中看他好像从来没有当过一把手。

副使一般会到按察司下的地方去巡察兵备、学政、监军等，马湖府所管辖的地方也在他的公务范围内。高则益到马边是哪一年没有详记，但从史料来分析，他是在"三雄"平定之后，即万历十九年（1591）到"叙马泸兵备道"任职，这个"叙马泸兵备道"主要就是负责包括马边在内的小凉山地区的防务。他在这一期间做了不少的事情，"平道路、治津梁、修学宫、饬公府，以一新观睹"（《马边厅志略·职官》）。显然，高则益的到来成为改变马边道路交通的一个契机。

> 遂檄下郡吏，修辟发金百两、米百石为匠石徒佣资郡，僚属仰承德意，咸捐所入之俸以助。檄郡丞襄阳汪君督其事，司理延安王君协之。

应该说既给政策又给钱，高则益的贡献不小，接下来的事情又落到了汪京的身上，高则益认为汪京完全可以胜任。但要修一条百里以上的公路，高则益上报拨发的钱显然不够，于是汪京又多方募集，"得银百余两，谷五十石"，这样公路的建设才拉开了序幕。

> 量度丈尺，分地督率，并力齐心；工不缺赏，民不乏食，勤不废时；险者平之，隘者扩之，昂者镢而梯之，低者填而一之，崔而嵬者铦之、钹之，蹲而踏者火之、刲之。路宽盈丈，墁以砥石，以壬辰年六月朔始事，即以九月望后告成。

汪京修这条公路的具体时间是从万历二十年（1592）六月初一

开始，到九月十五日建成，共用了三个多月时间。

"路宽盈丈，墁以砥石"，说明此路平均有三四米宽，古代对路的概念是三车并行谓之路，所以这条路是符合这个条件的，属于正规的驿传通路，而非野鄙之道。同时，路基是用砥石铺就的，在明代的道路修建中，比较流行的是秫秸铺底筑路，上面覆盖的是软土。所以，砥石自然比秫秸坚固得太多，这也证明这条路的质量也是相当不错的。

最重要的是，路修好后，当地人叫它"汪公路"，用汪京的姓来命名，实际上这条路能够从马边通往叙府，正式的名字叫"叙马驿道"。

新路一开，行者熙攘，走在这条路的感受如何呢？"车者、骑者、步担而负者靡不交口而称。"但这功劳并没有算到汪京的头上，他只是个办事跑腿的低级官员，于是就有人写了篇《中宪高公平叙马险道记》来颂扬高则益，但其中诸如"日勤五丁之力""世奋愚公之劳"的赞辞，其实是应该给汪京及那些辛劳的修路民众的。

在马边，高则益还办过两件事，一件是"时二三守边武弁，往往凭恃城社，鱼肉部伍，公取其桀骜者严治之，军士肃然"。收拾了几个兵痞，说明了他有治兵之威；另外一件是"念操场耀武之地苦在水滨为改，即今隔江操场坝也"。也就是说，马边河对岸曾经修过一块操场坝，勤于练兵，这也是高则益的功劳。

但是，在《中宪高公平叙马险道记》中称高则益为"中宪"，又为我们提出了一个疑问：中宪其实是虚职，是与他的身份相符的称呼，但却不可能调拨得出"金百两、米百石"这样的官帑的，也就是说他的职位可能发生了变动，因为《中宪高公平叙马险道记》一文的作者没有署名，清人在收录这篇文章的时候署名只用了"前人"

二字。但按照常例，给一个官员立碑撰文，一般是请比他更大的官员或者名人来应景，才显得冠冕堂皇。但这块碑文非常完整，一字不缺，唯独碑上单单没有留下撰写者的名字，所以在嘉庆年间修志时就出现了尴尬，仅以"前人"来代替，但这显然不太符合常理。

查相关史料，高则益因为"擅用驿力"而被张居正降职，而《中宪高公平叙马险道记》一文是在"万历二十年孟冬"写成的，也就是说，就在这两三个月内可能发生了一些事情，而这些扑朔迷离的事情跟这条公路有关吗？是不是还另有隐情？

不管怎么样，这条公路实际不是高则益修的，他没有流过一滴汗水，修路的人没有见到过他的身影，他最多是去视察过几次，作为高层领导他不可能凡事躬亲。所以，固然有《中宪高公平叙马险道记》为高则益歌功颂德，但老百姓记住的还是汪京，民间只有"汪公路"而没有"高公路"之说。

汪京的更可贵之处是他并不贪功。公路建成后，人们在马边靛蓝坝红砂石岩上雕刻了"汪公路"三个大字，以歌颂他的功劳，而这三字至今犹存，已成为当地的古迹，清嘉庆版的《马边厅志略》中就写道："治东八十里通屏邑，系明郡守汪京修成坦道，路旁石壁上有'汪公路'三大字，明万历年镌。"但在刻好后，据说当时汪京觉得不妥，不愿搞个人崇拜，便在中都镇的洪溪岩上写下了"永赖同功"四个大字，其意就是永远要依赖军民的共同劳动（也有理解为是永宁军和赖因寨的共同功劳，他们是筑路的两大主力军，但这一说法存考），才能做成这件大事。

"汪公路"是当时马边唯一的一条官道，从马边东门出发，翻过烟遮山，沿途经过靛兰坝、菝坝、中都（当时的沐川长官司设于此，领马边、沐川等地）、新市镇，然后到屏山县城（当时的马湖府所在

茈坝古镇 （龚静染摄）

马边的索溜 （孙明经摄于1938年）

地）。也就是说，这条路是通往它的领属府衙的通道，也是进出马边与嘉州（今乐山）、叙府（今宜宾）等重要城镇连接的干道。

2016年春天，笔者驱车来到了马边通往屏山的路上，这条路的部分路基就是曾经的"汪公路"旧道。在这条路上，必然会经过著名的"石丈空"（亦称'十丈空'），这是一个险要的悬崖峭壁，守易攻难，其地名就隐约带有古代军事深意，马湖府兵备道陈禹谟有诗句"来登石丈空，天险足称雄"（《石丈篇》）镌刻在上。民间传说是三国时期，南人据险把守此地，蜀军攻打"石丈空"，久攻不下，于是诸葛亮心生一计，买羊若干，羊角上挂灯笼，乘夜攻地，孟获大乱，亮则轻取"石丈空"。

这个传说未必可信，而诸葛亮的南征路线经过此地却完全可考，笔者认为与史实比较靠近的可能是这段记载："越巂夷率高定遣军围新道县，严驰往赴救，贼皆破走。"（《三国志·蜀书·李严传》）李严是蜀国重臣，也是后来刘备的托孤之臣，时任犍为太守。也就是说当时这一片与他的辖地很近，最有可能被派去打仗，也许"石丈空"就是战场之一，而功劳被后人稀里糊涂地算在了诸葛亮头上。这段历史大致发生在建安二十三年（218）。现在的"石丈空"风景极为壮观，环崖丹霞地貌，山势如画，崖畔起伏着云雾树林，已成为马边的一大风景点，历史的迷雾早被光风霁月替代。

"石丈空"的存在与那个早已被忘记的新道县遥相连接，而连接它们的也许就是"汪公路"，或者有交错重合。在这条古道上还有一个荍坝古镇，它也是"汪公路"的附生物，叙马驿道上在后来形成了沿途的一些大集镇，人烟辐辏、车马骈阗，既是商贸集散地，又是屯兵驻防要冲。

如今，荍坝古镇仍然矗立在"汪公路"上，中都河从它身边蜿蜒

原矗立在马边城边，为防备而建的碉堡残迹，此为"靖氛碉"上的雕刻。

流过，它过去是由东而西通往马边的大镇。这座古镇虽然饱经沧桑，但清代、民国时期的民居层层叠叠、连绵起伏，保留了古香古色的风貌，在苍翠的山峦中呈现出一道独特的景观。走在小镇上，吊脚楼静静地诉说着悠远时空的美学，光亮的石板路仿佛还倒映着过去的影子，若是小雨迷离之时，整个小镇也有一点前世的惆怅。而一到赶场日，镇上人头攒动，彝族、苗族的绚烂服饰穿插其间，格外引人注目，充满了异域风情。从附近山上背来的菌子、竹笋、木耳、茶叶等山货一路摆开，新鲜而价廉，这是内地乡镇少见的。当然，在人群中还有那朴素而美丽的小阿依，她们的眼睛比山涧溪水还要清澈，仿佛藏着一个隐秘而古老的世界，这可能就是我们对这个边地小镇流连忘返的原因。

是"汪公路"带来了这纷繁的一切。

"汪公路"也是通往大小凉山的咽喉之路，从后面的历史来看，世人揭开凉山的真面目同这条路有很大的关系，比如在民国早期，很多商旅、科考队、学者、传教士大都是沿这条路进入彝区，在一片空白的地图中标注新的图标。所以，如果说大小凉山是颗隐藏在崇山峻岭中的心脏，那么"汪公路"就是一根细细的血管连接着它的搏动。

也可以说，"汪公路"就是通往小凉山东麓的一条生命线。

时隔近350年后，马边又多出了一条道路，此事似乎值得补充一下。1946年9月，在马边县府礼堂召开了一次特殊的会议，专门商讨修建马边新的一条公路，它的名字叫沐马公路（即从马边到沐川的公路）。这条路长105公里，"位于边徼，当中山脉纵横，河流险阻"，堪探设计耗时三个月，花费了150万元，是年11月两县人员对拟定路线逐一踏勘后开始动工。

沐马公路修好后，就与"汪公路"形成了一个"八"字的交通网络。当时的马边县长王子野道出了修筑这条路的意义："四川经中枢划为模范省，雷马屏峨沐乃为川西宝藏，固交通阻塞，不但富藏未得开采，反为烟毒恶势弥漫，贻害地方至深且钜。修筑沐马公路旨在开发边区，使川西宝藏早得开采，以裕民生，而供国家需要关系至为密切。"（1946年9月28日《为呈报商讨修筑沐马公路座谈会记录》，存乐山市档案馆）

　　值得一说的是，沐马公路至今仍在使用，修修补补未有大的改变，我第一次去马边走的就是这条路，而时间又过去了70年。

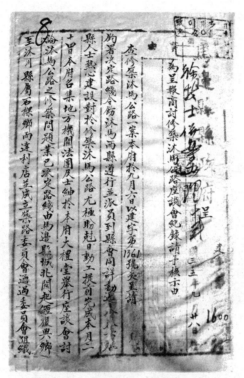

1946年10月，马边县政府呈报的关于修筑沐马
公路的函文。 （图由乐山市档案馆提供）

除妖记：大明的屋顶飘瓦

明神宗朱翊钧10岁当上皇帝，在位48年，历史上称为万历时期。

著名历史学家黄仁宇的《万历十五年》写的就是这个时期的事情。他在书中写道："1587年以后的内外形势并不平静，杨应龙在西南叛变，孛拜在宁夏造反，日本的关白丰臣秀吉侵占朝鲜，东北的努尔哈赤在白山黑水间发难。"

黄仁宇认为，这一时期的边防形势是相当不妙的，大有风雨飘摇之势。

万历时期有一个非常重要的人物，这就是首辅张居正，之前已经提到过，就是他手握大权，把汪道昆赶回了老家。万历前期，在张居正等人辅佐下励精图治，有中兴的局面，但张居正独霸政坛，死后则纲纪废弛，国家由此衰落下去。著名学者朱东润先生在《张居正大传》一书中也有所描绘：

> 居正出生的时候，明室已经中衰了：太祖、成祖的武功没有了，仁宗、宣宗的文治也没有了，接后便是正统十四年英宗出征，不幸恰被鞑靼人包围，大军数十万遇到歼灭的命运，连皇帝也成

俘虏……（那个时代）整个政治的提示是偏执与专制，大臣常有的机遇是廷杖与杀戮。因此到处都是谄谀逢迎的风气。政治的措施只能加速全社会的腐化和动摇。

在万历皇帝当政的晚期，又遇到老天爷不作美，气候进入历史上罕见的"小冰河时期"，冬天气温大幅下降，粮食减产，人口减少，饥荒一出现，社会开始动荡不安。但万历皇帝仍然荒淫无度，多年不上朝，"台省空虚，诸务废堕，上深居二十余年，未尝一接见大臣，天下将有陆沉之忧"（《明史·神宗本纪》）。

也就在这一年，远在几千里外的马边城出现了一件怪事。

事情是这样的，马边城里产生了一个奇怪的传闻，说镇上有妖孽肆行，城里的人如果被妖孽诱惑，就会出现"精神举止有异于常"的行为，更有甚者会被"魅死"。

何为魅死？即遇到了蒲松龄《画皮》中的"二八姝丽"，大概就是着魔于女鬼狐媚，结果反丢了卿卿性命。

据说在马边当地已有胡化光、段有明等人被妖孽害死，言之凿凿，传闻愈烈。那些年来，马边城里经常出现人心惶惶的状况，街头巷尾常常在议论一个看不见、摸不着、"倏忽变幻"的妖精。

人们为了赶走这个妖孽，可谓费尽了心机。

他们首先想到的是请和尚，和尚一念咒，妖孽自然被驱赶。但咒也念了，法也施了，就是没有效果。就有人说去请道士，道士可以写符纸，符纸对中邪之人又烧又吞，仍然没有效果；后来又找巫师来跳大神点符水，还是没有用。百般手段用尽，但妖孽依然盛行，人心惶惶。

万历四十年（1612）的秋天，马边城里又出现了妖孽的凶兆。

怎么回事呢？原来有叫陈永佑和刘继武的两家人发现屋子出现异常，"空中飘瓦，靡间昕夕"（陈禹谟《龙湖杨郡丞除妖异政碑记》）。房子怎么会不分朝暮地掉瓦呢？肯定是见了鬼了，这事一传出，乡人大为惊骇，因为这样的情形在之前的胡化光、段有明等人家里就出现过，人们对这样的事情并不陌生。

而房上一掉瓦，就有人会神神叨叨起来，那离"魅死"的日子也就近了。

恐怖气氛重现，人们又想到了那些和尚、道士、巫师，但以爻筮之道来对付妖孽，好像一点用都没有，此前无数次的试验都是以失败告终。

就有人说，不如去找官府！其实，人们实在是无计可施了，民间搞不定的事情就得找官府，就像打官司要找包青天一样。

找谁呢？人们就议论开了，有人建议去找马湖府同知杨如春，因为他是个"神君"。史志上说他是"立心正直，士民敬惮"。

但问题是，杨如春并不懂怎么降妖。他是这样说的："攘夷安夏吾事也，惟是幽与明不相及。"（陈禹谟《龙湖杨郡丞除妖异政碑记》）他的意思是，他又不是术士和阴阳先生，他的本职工作是当好人民的公仆啊。

但望着那些前来苦诉的人，他又有些不忍心，就说，好吧，那就去看看吧。

杨如春，字道发，闽侯官人（今属福州），举人出身。他当时只是马湖府的一名郡丞，万历三十九年任过马湖府的同知，好像也曾当过湖南江华县的知县，大概就是个七品俸食的地方官员，其余不详。

接下来的故事就是杨如春坐着轿子去了马边城。

在路上，他是怎么想的呢？其实他心里一点底都没有。也可能想的是摸着石头过河吧。

关于这一段，在古籍中难见片字着墨，其实要是在现在，这里或许正是故事出彩的地方，各色人物出现，飞沙走石，跌宕起伏，三十集电视连续剧不见得打得住。但本文且将那些恣意的想象抛开，回到杨如春一人的身上。

到马边城的第二天一早，杨如春就在城里转，他独自一人，蹄声清落，反反复复把整个市镇瞧了个遍。

人们就在想，杨大人到底在瞧什么呢？

这天，杨如春来到一座古寺旁，他就隐隐约约地感到不对劲，怎么不对劲呢？他发现寺庙旁有两棵巨大的枯树，"大数围，长且干云"，瘦骨嶙峋，张牙舞爪。

这时杨如春突然悟出了什么，拍了一下脑袋，大声喊道："就是它了！"

是的，杨如春发现妖孽了。

接下来，兵士迅速赶到那里，"遂命鼓噪挥斤，会迅雷驰电疾风甚雨"，这个场面颇有些戏剧性，一挥斧头就开始刮风下雨，天地间异象顿生，但大家不要奇怪，因为后来的撰文者说这是"天助其威也"。

砍倒枯树后，人们赫然发现树下有一堆蟾蜍，也就是民间称的癫蛤蟆，大的有一斤重，全都被压在树根下，其状甚为恐怖，观者大骇。

但妖魔就在眼前，这又不得不说是振奋人心的事，看到此景象的旁人许君就说："木之摧也，必有受其压者，是家即何辜负而更罹其余患哉，寻反风外向民家亦竟无伤，而自是合镇帖泰矣。"（陈禹谟《龙湖杨郡丞除妖异政碑记》）没有惨烈的斩妖场面，甚至没有付出一点代价，只是将两棵树砍倒而已，而妖已尽收，实在是大快人心事！

消息早已传遍了马边城，老百姓议论纷纷，奔走相告，觉得是除掉了一大祸害，大家心里的一块石头落了下来。许君虽然只是"路人甲"，群众代表，但他的话有一定代表性，另外，还有"路人乙"德君也称赞说："吾君信神君也，吾曹赖有宁宇，秋毫皆吾君赐，明德远矣，请勒石纪。"（陈禹谟《龙湖杨郡丞除妖异政碑记》）

砍掉枯树发现里面有几只癞蛤蟆，人们就称杨如春为神君，现在看来多少有些不可思议。但此事切不能以现代科学知识来判断，而应该看到真实的历史情状，当时马边城的妖孽事件对人们的影响之深，已经到了人人自危的地步。

癞蛤蟆成了妖孽的替罪羊，杨如春的成功在于，他把捕风捉影中的妖孽变成了具象的几只癞蛤蟆，而癞蛤蟆丑陋、恶心的形象正迎合了人们厌恶已久的情绪，当邪灵对现实世界的侵扰被斩断，枯树、蟾蜍等黑暗意象被摧毁，光明复现，官民岂不欢呼同庆？

这年冬天，四川按察司佥事陈禹谟"适驻龙湖守戎"，他在叙马泸兵备道任副使，是杨如春的顶头上司，于是就有不少马边的老百姓去为杨如春请功。陈禹谟听了人们的讲述，觉得为民除妖也是维稳大事，不亚于守疆戍边，杨如春的事迹值得大书特书。他不吝文辞地赞扬道：

余惟杨君之佐郡也，厘弊剔蠹，不遗余力，兼棱外扬退夷，内向龙湖，四封晏然。莫枕民显受其庇非一日，惟是辟邪荡魔神力

所不逮者，君复能尸幽赞之功夫，岂偶然哉。讵非诚心，质行嶙然
不滓，可以对天地、合鬼神者，蓄积有素乎。

（陈禹谟《龙湖杨郡丞除妖异政碑记》）

杨如春便成为明代靖边故事中的道德典范。

是不是有点荒唐？但在历史的逻辑中它却是顺理成章的，最少
也是不那么可笑的。

对妖孽的恐惧以及除妖的心理机制是如何形成的不是本书所要
探讨的，但处在明末这个特殊时期，由一个偶然的事件而引发的妖
孽传闻，在大众的心中所造成的影响，可以说是社会危机的一种折
射。乱世出妖孽，正如前面所说的"天下将有陆沉之忧"，一种深层
的焦虑感正在迅速延及大明王土，连马边这样的边远之地也出现了
"空中飘瓦"，这正是王朝衰落的迹象，事实上大明政权确实已到了
风雨飘摇的时候了，30年后，清军就攻进了北京城。

从这个意义上来说，这不是马边这样一个边地的屋顶在飘瓦，
而是大明的屋顶在飘瓦，而飘瓦不过是大厦将倾的民间寓意而已。

当然，衰世的恐慌需要医治，安边重在抚慰人心，杨如春似乎
是找到了一帖良药。关键还在于，妖孽已除，百姓安心，马边城又暂
复了平日之宁静。

乱世之交的"安民碑"

在马边城建成后的几十年中，这个新生小城在守卫上是费力不少。但由于马边所处的地理位置非常特殊，汉彝之间一直摩擦不断，就像一块不曾真正好过的伤疤，一磕就会出血，一碰就会破皮。

"二十余年鸡犬不宁，愚怠之民甘心饮泣不敢为。"（《马边厅志略》）

崇祯五年（1632），马边营体统都指挥张颐南为了表达他"捍边驭夷之苦心"，在马边城里立了一块石碑，上面刻有《新镌捍边复地叙夷安民碑记》。

这个地方军事长官在碑记中描述了马边当时的生存环境："地僻人稀，村落星散，兼以山岚霾雾，林箐郁蓊密通夷巢，素为侵踞。先是莅兹土者咸畏，此地如罗刹鬼蜮……"而这已是马边城建成40年后的景象，郊外的荒凉和血腥不曾有丝毫改变，在张颐南的笔下，马边就是一个冷月边关。

马边营是随马边城同时产生的，这支军队的责任是："一则复汉地百石以归版图而封疆固；一则置关定期以为贸易而揭借除；一则驱夷归巢而边害杜；一则焚夷庐舍而内地宁；一则牧放不许越关而肆患；一则黠夷不许过索而扰民；一则开新□于黑泥沟而白水之溺永息；一则斩叛夷于水池堡而被剽掠人口悉归。"（《新镌捍边复地叙夷安民碑记》）

可以看出，马边营的存在是在化解边地的危机，但事实上明末以后的守边政策已经发生了很大的变化，首先是国防的主力放在对付"北虏"。中央政权历来都把防备北方的外族势力作为大事来看待，明朝也不例外，把元人赶走之后，满人又兴起，形势从来就没有风轻云淡过，"北虏势衰，满洲复盛，于是北边之备，复转移之辽东，明季几以全国之力谋此方"（顾颉刚、史念海《中国疆域沿革史》）。

明朝御边，重在北方一线，分别在辽东、大同、延绥、宁夏、甘肃、蓟州、雁门等地设立重镇，称为"九边"，又于九镇之外大力修筑长城，为区别于秦长城，称之为"边墙"。所以，我们可以看到，对于西南边疆的防备其实并不为朝廷重视，重兵并没有放在这一带。其原因一则是历来西南诸夷势力还未危及中原，尽管边乱不断，但都从未酿成大祸，只要稍加镇抚，即可长治久安；二则是大兵临境，兵饷剧增，本来就吃紧的国家财政更加靡费。但是，明朝边防的疏漏也许就在于此，在明清交替之际，西南边疆成为中国最乱的地方，兵戈之声几无断息。

马边城从建造之始，重在军事考虑上，马边的戍边功能要在民国后才逐渐淡出，而作为一个融合了政治、经济、文化等综合功能的地方治县，是在后面长达300年的历史演变中才渐渐形成的。所以，那块安民碑仅仅成为一个象征，随着风雨的冲刷洗涤而减弱了它耸立的豪情，而在石碑之下的历史意象也在时间的流逝中渐渐模糊、消失。

就在张颐南信誓旦旦地为国保边的时候，大明王朝气数已尽，十多年后李自成站在了北京城头，此时离当年征剿"三雄"的功臣李应祥去世才不过十多年。

从明末到清初，马边经历了一段战事连绵、田园荒芜的时期。

"献贼噬蜀，明蘖遭缅，吴逆弄潢滇黔輓道处，烽燧惊心，祸延三纪，其间职官武备杳不可查。"（孟端《新垦马边碑记》）这段历史说的是张献忠在四川建立大西政权后，诛杀明末遗官，城治俱废，而吴三桂带清兵攻打，又独镇云南，引兵入缅甸俘虏南明永历帝，继后叛清称帝，发动三蕃之乱。在马边的历史中，张献忠之乱也波及了马边，他的部将卢名臣就曾经攻占过马边，让小城惨遭兵燹。

这一时期长达三四十年之久，整个西南地区都处在战乱之中，兵马践踏，赤地无余。

马边又处于无治的状况中。大树既倒，驻官和守军作鸟兽散，"自献贼乱后规制俱废矣"（《马边厅志略》），明朝用了50年才逐渐稳定的边地，又在一夜之间回到万历十七年前的状态。

西方史学家把明亡的这一时期称为"中国的17世纪危机"，并将之放在全球的视野中来观察，他们认为王朝崩溃不可能只是政治原因造成的，"将这些事件与此时世界货币体系的紊乱联系起来，就显得更自然了"（阿谢德《17世纪中国的普遍性危机》）。当然，讨论白银流动和军饷的增减对明朝财政的影响，以及它产生的深层社会危机是个新的认识角度，这似乎也说明了一个王朝灭亡的复杂性，绝非线性历史叙事所能深入。

明清易代之际，马边境地是城头变幻大王旗，处在清军、明臣、乱党、匪贼的轮流倾轧中，一会儿是投诚，一会儿是反叛，烽火不绝，埃尘连天，匪党盗寇横行，无一日之安宁。

直到顺治六年（1649）己丑，形势才稍有好转，"献贼党卢名臣盘踞重叙马湖一带，梅勒、章京、葛朝忠总兵，陈德、杨正泰等水陆并进，直抵贼巢，擒斩无数，三府悉平"（《四川通志·史部》）。

三府悉平，但天下未平。当时，张献忠的残兵被剿灭，明遗臣的势力还在马湖一带继续顽抗。如在顺治十八年（1661），就出现了意想不到的事情，明宗室朱奉鎔及旧臣王应泰在屏山策划了这一次突袭，袭击了城府，杀了命官，抢夺了官印。

> 横江四囤夷人陈奎、郑士道等为伪明王朱奉鎔、伪道王应泰等煽惑，乘机为乱，夜至叙府行劫。署府事马湖推官霍焜、署宜宾知县董显明与贼力战，众寡不敌，城破，执官夺印。同时贼党分犯马湖屏山县，知县王敬公、庆符县（故治在今四川高县来复镇）知县沈鹿殊死战，力不能支，亦城破，执官夺印。

在这次战乱中，地方官员霍焜、董显明率领家丁衙役抵抗，但对方是有备而来，所以两人都身受重伤，家眷被杀，王敬公则是身中五箭，侥幸逃命。

实际上，这一次突袭并不是偶然的，张献忠、李自成、吴三桂都曾经想转战争夺于西南一带。在割据混乱局面中，抢夺边地、养精蓄锐、重振河山是明朝遗臣的残梦，而马湖地区地处高山峻岭之中，攻难守易，历来为兵家所用。

马湖地区占据了小凉山的绝大部分，这一地区的特殊性和重要性直到民国抗战时期都还在显现，就是在抗战时期半壁河山沦陷的情况下，这里曾经"代表着一种最后的安全"，而"雷马屏峨这四个字带着悲壮的声音"（齐邦媛《巨流河》）。这样的描述也可以放到明末清初这个特殊的历史环境中，便不难看出朱奉鎔这次突袭的企图。

当时大清对一统中华是势在必得，清军不能容忍与之对立的残余势力继续存在。但进剿穷寇的过程是漫长的，等到四川总督李国英给朝廷报喜，说"擒朱奉鎔，复叙州、马湖二府"（《康熙朝实录》），并把那两颗被夺走的官印追缴回来的时候，已到了四年之后的康熙四年（1665）。

顺带说说这个李国英，他原是大明将领，打仗机智勇猛。顺治二年降清，入汉军正红旗，帮助满人攻打张献忠，有平定四川之功。而他之所以能被重用，可以用乾隆的一句话来解释："所以至有二姓者，非其臣之过，皆其君之过也。"在那时候，充当贰臣，甘做汉奸，在改朝换代中也是一道奇特的风景。

清初余寇的叛乱还在不断出现，马湖地区仍然不安宁。

康熙十九年（1680）内，"吴逆余孽破永宁后，遂掳湖地蹂躏不堪"（《马边厅志略》）。此次叛乱在一年后才告平息。

康熙二十四年（1685），原明朝马湖府的四长官司投诚清朝。

又过了二十年时间，周边的一些彝人部落首领也逐渐投诚，"住牧凉山若挖黑、腻乃巢旁阿姑、明州、乐大、羊肠、噜哈、干田坝、麻柳坝、阿昭、冷纪九百户于康熙四十三四等年投诚，马边一带宛在中区"（孟端《新垦马边碑记》）。

这期间，为了防止重新反叛，又"于马边营、西宁隘二处增设兵额，以资守御，自是以后民乐安堵矣"（《马边厅志略》）。

但实际上，在此后的几十年中，部落首领、世袭土官等仍有零星的反叛和骚乱。如雍正六年（1728）六月，雷波土司杨明义与诸夷"肆行盗掠"，清军提督黄廷桂用了三个月的时间才平定，连夺下一百多个寨子，杨明义被生擒，黄琅土司国保投诚，这才告一个段落。

清王朝甫定，中华版图复一，新的驻官又到马边，这已是雍正五年（1727）的事了，其间的动乱达百年之久。

大乱之后的马边是个什么景象呢？

> 邑令之屐齿罕到，前明营堡墩坪埋没于荒烟蔓草中，良田沃野化为深林密箐，麑麚猿獭游戏之场矣。
>
> （孟端《新垦马边碑记》）

经年的战乱已经把马湖地区变成了荒凉之地，白骨遍野，民生凋敝，但那块安民碑还矗立在那里，时时唤起人们对前朝的记忆。

"于今残堞苍烟里，谁识渝州张指挥。"（王启昆《烟峰城杂咏》）张颐南可能永远也想不到他在碑中立下的豪言壮语已经过时，被人遗忘，而时间之短促，变幻之飘忽让人产生隔世之感。但天道轮回，盛衰交替，旧的时代已经结束了，不管你如何感慨也丝毫改变不了历史行进的辙迹，物是人非的况味也只有后人去品尝。

历史往往是这样的，一个新的朝代开始后都会推出一些休养生息的政策，如减免税赋、鼓励耕种、整肃吏治等，而很快就会出现一些新气象，这样的时期一般被史家称为盛世，如历史上的"蜀汉盛世""开元盛世""永乐盛世"等等，"康乾盛世"也不例外。

清朝在国家治理上大多沿用了明制，之所以如此，自然有政局的综合考虑，铁骑终究代替不了国计民生，一些积极的、开放的因素出现了。马边这个小城自然也是王土的一部分，它也在等待着新的主人到来。那么，接下来它将会发生什么事情呢？

　　乾隆二十九年（1764），一块新的石碑又在马边城里立了起来，它的名字叫"新垦马边碑"，而在"新镌捍边复地叙夷安民碑"与"新垦马边碑"之间，历史又悄悄地翻开了一页。

乾隆边城的改革开放

从明到清，马边民生凋敝、政务废弛。

康熙元年（1662）裁马湖府安边厅，只保留了马边营。雍正五年（1727），"省郡入叙，移厅驻建武，虽营建都司不治民事"，也就是只留武职，专司营务，马边营主要防范的是继踵而至的"外来无业民人"。

这时的马边营长官有一些变化，官阶得到了提高，改守备为都司，说明马边的防卫功能加强了，但却削弱了行政功能，衙门形同虚设，而这都是乱世留下的后遗症。

这又说明，明朝那个重文轻武的时代真真实实地一去不返了。

到了乾隆二十三年（1758），马湖府被裁，置叙州府，马边归属于叙州府下的屏山县管辖，这又是新的变化。

但新的问题也出现了。由于生齿日繁，人口逐渐增加，打架斗殴、偷盗行窃、追债讨偿等官司越来越多，但都得要到屏山县去审理。而两地"相距辽远"，其间就是押解犯人和接送相关的"牵连证佐"都是一个非常麻烦的事情，沿途皆是疲于往返于屏山衙门的升斗小民，为了一些鸡毛蒜皮的事情而长途跋涉。

　　笔者曾经沿着马边经过靛兰坝、莜坝、中都镇、新市镇一线开车到屏山县，这条道路是过去两县之间的交通孔道，总共有一百多公里，均为国道、省道，虽有个别地方路况不好，但还算畅通，但就这样也要辗转近三个小时的车程，其间一直是在山路中蜿蜒而行，可想当年的交通状况下不知要走多久才能到达目的地。

　　由于屏山县诉讼日增，官司堆积如山。"屏山县马边营地方辽廓，民夷杂处，命盗事件移县查办，殊觉莫及。"（《清实录》）怎么办呢？只好新设了一名县丞分驻马边，审理民事纠纷，这样一来情况便大为改观。

　　其实，行政功能的分施，反映的正是马边自明朝万历十七年后一个边地邑城的正常需求，在和平时代回归后，那些曾经被战争打乱的正常生活需要回归，原有的秩序还得重新恢复。当然，开朝以来的强国之治也通过这样的细微变化，才显露出了一些新的气象。

　　过去，马边一直是属于马湖府管辖，马湖府也一直是这一地区的最高行政机构。但到了康熙初年马湖府的行政职能发生了很大的变化，裁掉了六品以下的同知、推官、照磨和县丞；雍正七年（1729），又一纸裁文到，从唐代起设立了几百年的马湖府知府也给裁了，而马湖府也改府为县，其原治辖的诸县、厅全部归入了叙州府。

　　而赋税也有相应的变化，但总体来说是轻徭薄赋。

　　以雍正七年为例，马边"上中下田地已达1453顷，田赋银为1899两，平均亩载粮仅0.013两"（胡汉生《四川近代史事三考》）。所以，管辖马边的叙州府都认为"圣清轻徭薄赋，丁口有加，岁征如故，意美法良，户饶家裕"（《叙州府志》）。应该说雍正为大清盛世开了个好头，康熙时就定下的"续生人丁，永不加赋"的政策得到推行，但更明显的变化只有等到年轻的乾隆继位以后了。

在历史上，乾隆被普遍认为是一个卓越的帝王，文治武功，真正开创了康乾盛世。而从世界范围内看，17世纪是世界历史上一个特殊的时期，政局混乱，社会动荡，如明朝灭亡、满人崛起、奥斯曼帝国崩溃等，而清朝是17世纪危机中最先走出来的，"清廷以异常的速度重建中央政府的权力，得以比世界上其他任何的主要国家都更早地从17世纪危机中恢复过来"（魏斐德《中国与17世纪危机》）。

我们通过马边这一个边远小城的角度，就能够看到清朝从定都北京的一百年后才逐渐步入鼎盛的，这是什么时候呢？乾隆二十九年到三十九年这十年。

可以通过马边这十年的人口增长来观察其间的变化：到乾隆二十九年（1764），荞坝、上溪、下溪等乡有粮户1760户，新辟大竹等乡输入485户；三十年（1765）又输入299户；三十三年（1768）输入548户；三十五年（1770）输入1221户；三十九年（1774）输入813户。也就是说在这十年间，新旧花户增加到了5126户，而人丁是14859人。

这就回到开头我们说到的"外来无业民人"，他们实际也就是其中的一部分，但显然，他们并非都是莫名其妙地涌入马边的。那么，这样的变化是如何来的呢？

这得从当时的四川总督阿尔泰说起。

乾隆二十八年（1763），阿尔泰升任四川总督。

阿尔泰是满洲正黄旗人，早年是个副榜贡生，即在乡试录取名额外的备取生员，在考试中享受了少数民族政策。这个人很走运，在雍正年间，阿尔泰幸运选入专门管理皇家宗室事务的宗人府内当"笔帖式"，也就是高级文书。"笔帖式"这个看似不起眼的小职，其实是仕途远大，清王朝一直都重用有能的旗人，想在旗人中培养能臣，所以"笔帖式"多为旗人内部子弟担任。果然，经过多年官场经营，在乾隆二十二年（1757）他就当上了山东巡抚，又因在此期间遇大水，他积极治水有功升任四川总督，成为大清的八大封疆大吏之一。

阿尔泰到了四川后跟在山东的情况大不一样，他面临的主要问题是戍边，而非治水。但显然，对他来说，戍边好像不如治水好办，他本来是个李冰式的人物，却奔波于边疆，劳苦而功不高。

当时在四川最不稳定的是大小金川，而他的一生就与这个地方纠结在一起了，因为一度平定金川而被授予武英殿大学士，并回京入阁，风光无限。但后来金川土司再度反叛，乾隆帝再次令他出领四川总督，这次他却犯了大错，在上奏朝廷提出建议时没有得到龙心欢悦，被认为有偷安之嫌而被罢免；后又因留军督饷有功而复职，但在移督湖广时，因转运粮饷不力被认为是塞责推诿，再次惹怒乾隆皇帝，即查出他有贪赃和欺君之罪，后被赐死。

阿尔泰固然是个悲剧性人物，但他在四川当总督时也并非一事无成，其实他也做了不少的事情，如平治道路、疏浚水道、招佃垦田、置仓备储等；特别是在四川的边地垦荒储粮上颇为尽心，这点从马边一地的情况就能看出他的功绩来。

清乾隆二十九年，也就是阿尔泰到四川的第二年，他就听人说小凉山的马边一带有良田万顷，于是就吩咐永宁道知府孟端、普安营参将哈廷梁两人领队，率领泸州州判阮树、叙州府丞王启焜、马边营都司李云龙、马边县丞周芳斗、右角巡检葛泰等人一同去考察。这一考察的结果是，发现马边有可耕地"十万六千六百余亩"，数倍于四川屏山县征粮的全部田亩数，非常可观。

这一消息让阿尔泰异常兴奋，他当然不会放弃这样一个耀眼的政绩，这个曾经在山东以治水闻名的官员，自然想在四川也有所作为。于是他上书《分设马边疏》，请求对马边进行分治。

最早去勘查马边田地的有两个人，一个是孟端，一个是哈廷梁。

孟端是山西三韩人，进士出身，乾隆二十九年到永宁道任道员。当时的永宁道是康熙八年设置的，领叙州、马湖二府，直隶泸州。

道员一职也就是省与府之间的地方长官，俗称道台，按照清朝官制，不低于正四品，略等于现在的正厅级干部，要是在京城，有资格参加皇帝的早朝。孟道台在受命于阿尔泰清丈马边田地时，"草昧初开，躬履险阻，陟冈度隰，备极辛勤，计口授田，分疆划井，留边数月，民至今蒙乐利焉"（《马边厅志略》卷四）。

孟端不仅清丈田地，还留下来"招商引资"，前后招来了一千五百多户垦殖户，成效斐然。后来孟端也不忘写下《新垦马边记》，行文感慨万千，说他去的地方是"狐狸豺狼之所"，有"猿愁鸟绝之遥"，而他是"毅然以身先之"云云，仿佛自己是出师表中的诸葛亮。

不过他的勤勤恳恳、兢兢业业，为阿尔泰看重。

当时四川马湖一带盛产良木，"山林孕毓既久，所产巨木良多，至今百余年，宫室桥梁悉取资于此"（《雷波厅志》）。朝廷每年在四川采木的经费高达数百万两银子，花费巨大，但对阿尔泰来说这又是一项非常重要的政绩工程，每年他都要亲自去山里跑木头，不辞辛劳。但木头采出来要运到北京，这是个劳民伤财的事情，负责运送的官员也是责任重大，阿尔泰便想到了孟端，决定让他进京为朝廷运送皇木。在运送过程中，孟端与京城高官多有来往，言语间不免吹嘘奉承，不想勾连出了一段故事，后来竟然与阿尔泰之死也有关系。

《清实录》中是这样记录的这件事：那年，京城天坛内的望灯竿年久失修，需要更换，但因这灯竿是巨木所制，围长丈尺甚大，一时难得合适木材，便屡次行文催办。就在这时，孟端到北京去见军机大臣，军机大臣就询问他"该省采办木植一事"，他就回答阿尔泰正在马湖一带山中"采购大木，自出己力办运，现已在途"。

就是这个"自出己力办运"的话传到了乾隆的耳朵里，让他大受感动，觉得阿尔泰的事迹可嘉，便对朝中大臣说，你们看人家阿尔泰，为了朝廷的利益连自己的养廉银都搭进去了！

皇帝便又下旨说，我们这么大个国家，哪能让大臣掏腰包替国家办事，"此系坛内所需，自应动正项报销，毋庸该督自出己资"。

不久，阿尔泰就向北京运去了"长九丈五尺以外之楠木二株、杉木一株"，证实了他确是在为皇上勤勤恳恳办事，当然就受到了朝廷的嘉奖。

但是，阿尔泰的"自出己力办运"是真还是假呢？后来他在湖广转运粮饷不力而渎职，皇帝一追责，这件事就被暴露了出来。本来他是可以不死的，最多不过是夺职流放，但乾隆听了他在运送皇木的过程中有贪赃行径，龙颜大怒，认为此人是虚伪之极，便下决心将之处死。可能阿尔泰怎么也想不到孟端那句无意间说出的奉承话要了他的命，而这样的事情又怎么能不让人感叹。

再说说哈廷梁，此人也有点意思。

乾隆十七年（1752），恰逢太后六十大寿，特设"恩科"武举考试，考试按照顺序要通过乡试、会试之后进入殿试，弓马技勇、兵法经略样样都要出类拔萃。这年哈廷梁已经38岁，但他在考场上表现出色，一举登科，以一甲第一名当上了武状元，并立即由兵部授予御前一等侍卫，跟随在皇帝身边，这是他一生中最为风光的时候。

十年后，他下派到地方，乾隆二十七年（1762）到四川普安营（驻防今四川雷波一带）当参将，相当于马湖军区司令员。就是这期间，哈廷梁被派到马边勘查田地，跟马边有了一段不解之缘。

在《马边厅志略》的"名宦"一目中，有关于哈廷梁的一点记载："奉阿制台（即阿尔泰）委，协同永宁孟观察查勘马边夷界，躬亲跋涉，瘴雨蛮烟，率先冲突，迄今民多感颂。"一个武状元出现在马边这样的荒山野岭中，其威风凛凛定然不亚于美国西部牛仔片中的大侠。当然，阿尔泰在派员的时候，选择了一文一武的搭配，也不失为一段趣话。

且说阿尔泰的《分设马边疏》上奏不久，皇帝就下旨，同意把马边从屏山县划出，单独成立马边厅，仍由叙州府领，但将川秧、苁坝、上下溪等原属屏山县的地盘划出，再加上新建的官湖、回龙、烟峰等乡，一个新的县级行政机构就诞生了。

人们也许会问，为什么不是成立的县，而是厅呢？实际上，县与厅相差不大，但在对一地的重视程度却有很大区别，县的行政长官是知县，正七品，厅的行政长官是通判，正六品，官阶不同，俸食也有所不同；而关键是厅与县的设置有完全不同的考虑，清朝时期的通判一般是配置于府或州，所以通判又称为"分府"，功能是辅助知府政务，大多驻守在边陲的地方，以弥补知府管辖之不足。从这个意义上讲，通判是州官，而非县官，也说明当时马边在行政地位上的特殊性。

值得一提的是，在《清实录》记载的奏折中，有这样一段话："请以叙州通判移驻马边，将应垦之地及附近马边之川秧、荞坝、上下溪一带地方划归管理。命盗案由通判审拟解府勘转，田土词讼悉由通判管理徵解，换铸马边理民督捕通判关防颁给。"这是分设马边后朝廷下的皇旨，既然行政地位变了，官印也随之而变，也就颁发了新的官印。

幸运的是，那颗换铸的"马边理民督捕通判关防"的铜印至今犹存。

这颗印是怎么发现的呢？在《四川文物》杂志上有文章讲述了这方印的发现过程："1977年12月，成都市南郊桂溪公社莲花大队社员在菜地里挖掘到一方清乾隆时代的铜印，这方铜印镌刻有满文和汉文，印文阳刻汉文篆体'马边理民督捕通判关防'十个字。"只是这方印从马边流落到成都，其中又不知有多少故事。

马边的第一任通判是刘大治，也就是说他是第一个用这方印的人。

刘大治之前在富顺邓井关任通判，后调任于此。他于乾隆二十九年（1764）到任马边，每年俸银是60两，养廉银600两，而跟随他的门子、轿夫、伞夫、扇夫每岁工食仅6两。

乾隆三十三年（1768）韩莱曾接任，后来此人又升任成都府同知，这跟阿尔泰可能有些关系，因为在"查审阿尔泰婪索属员各款案"中，查出韩莱曾等人"俱有代办松石、金子、黑狐等物"（《清实录》），也就是他参与了行贿受贿之事，后被解职。

不过，韩莱曾在马边当通判期间，做了一件有益的事情，那就是"教民播种小春"（《马边厅志略》）。大家千万别小看这件事，在当时的马边，这是农事上的一大进步。由于马边山多田少，农作物品种单一，而小春耕种中像麦、稷、菽之类的杂粮既丰富了田产，也增加了农民的收入。这里可做个比较，陈天章在任时马边公仓里的谷粮是376石8斗3升，而韩莱曾在位时是1500石6斗3升，增加了近4

倍，所以此人不可尽废，还是做了一些为百姓谋利之事。

乾隆二十九年马边厅成立以后，马边又进入了一个新的历史阶段，阿尔泰的垦边政策也收到了明显的效果。从这一时期的田亩赋税就可以看出其间的变化，如乾隆二十九年，上中下田地共76顷18亩6分7厘，征收丁条银215两2钱5分7厘；到乾隆三十年，上中下田地共1377顷75亩4分2厘，征收丁条银1683两7钱4分8厘。

仅仅一年的时间，就实现了巨大的飞跃，当时马边的税赋水平已在四川位于中等偏上，"纳秸贡金侔于川省中邑，殆过之矣"。

所以，从这个意义上来说，乾隆二十九年就是马边古代改革开放的一年。

孟端在《新垦马边碑记》中写道："海宇承平日久，户口滋增，到处地虞人满，荆楚豫章黔粤巴渝之民，闻此中荒莱可垦，挈妻负子，奔走偕来，愿受一廛为氓。"

百年乱世之后，人们在马边的荒地上闻到了稻麦香。

1764年：马边厅纪事

从明朝万历年间设新乡镇到清乾隆年间设马边厅，其间近两百年历史，有过辉煌，有过黯淡。但在孟端的眼里，历史已经过去，一切的变化要从现在开始，"马边一隅，昔为牂牁故郡，今归禹甸旧服，复管制、增营汛、通商贾、兴学校，非兹山川间气磅礴郁积数千载，其精华秀彩不能遏抑，故焕发于康熙朝"（《新垦马边碑记》）。

这段话中，孟端认为马边新的历史从康熙时就开始了。但实际上，抛开断代的因素，从社会学的角度上讲，马边真正新的历史是在乾隆时代开始的。

城还是那座城，然而，城也早已不是那一座城。

到清朝嘉庆年间的时候，马边城已破败不堪，明代汪京修建的那些城市建筑大多荒废破败，"新镇建城自明万历平三雄后，始原有内外城之分，迄今二百余年，外城倾圮已极，内城亦大半倾圮。……此外九堡十三墩，间有遗址，多无实存者"（《马边厅志略》）。

当时，来马边的官员中有一位叫王启焜的人，字东白，号南明，浙江嘉善人，当过监生，最大的官做过川东兵备道，也就是整饬兵备的道员，乾隆二十九年（1764）任屏山县县丞派驻马边，相当于专门让一个副县长去管理马边地界。王启焜的这个职务很特殊，设于乾隆二十三年（1758），先后四任，首任张国珍，次任孙豫、周芳斗，他是最后一任，此后这一职务就被废裁了，接替的是叙州府通判。

王启焜当县丞的那一年正是马边设厅的那一年，他的工作其实就是辅助叙州府派来的官员筹建马边厅，也就是说他不过是个过渡性的官员。

王启焜在马边期间有何建树不得而知，但他留下了一些诗作，以边地题材入诗，有唐代边塞诗人之风，能让后人从另外一个角度看到这一时期马边的社会生活状况。如他在《烟峰城杂咏》中就写道："湿翠青葱暝色涌，空城寂寞笼轻岚。旅衣烟草峰前立，积雪连天指剑南。当年设险垒重关，旌戟森罗控百蛮。今日太平风景好，野棠花落古城间。"此诗既描绘了马边的风光，也抒发了边关豪情。

当然，王启焜留给我们印象最深的是这首："青鞋布袜一微官，历尽崎岖九折盘。眼底苍凉余故垒，题诗留与好山峦。"百年战乱，马边城百废待兴，"历尽崎岖九折盘"可能正是一个官员内心最真实的感慨。

当时城郭破败的程度，让人难以想象，马边整个城里连个米仓都没有。乾隆年间，正好有其他地方"公捐义谷十四万九千余石"，便运到了马边，原本想将粮食"存贮该厅县，听民间夏借秋还，不加息谷，以资接济"。但是这么多的救济粮，却没有地方放，"查新设马边厅，未建常社二仓"（《清实录·乾隆朝实录》）。

没有谷仓，说明荒芜已久，人烟稀疏。连救命的粮食都只能敞放暴露在露天之下，可见城垣之凋敝，不修都不行了。

马边城区一角　（孙明经摄于1938年）

为了让厅治功能尽快正常运转起来，最紧要的是马边城需要重修。当时通判、照磨、训导等官已经上任，而下面的捕役、皂隶、快役、廪生、禁卒、更夫、典吏、民壮、司兵一大批人要在这里吃喝拉撒，这都需要一个合理的建筑格局来分布、供给和展开，工事浩大。

但财政的捉襟见肘让重建并不顺利，朝廷居然拿不出多的银两来，只能因陋就简，最后的结果是只修马边城，其他的暂时不管，比如"马边土堡"就没有修，但不修防卫设施也留下了后遗症，这是后话。

这段史实记录在下面这段文字中：

> 马边城，周三百五十丈，高一丈五尺，厚半之。门五，东高以崇主山，闾巷廛市，分布井然。然城之中又为内城，万历十七年建，历年久远，被水冲坏，自行坍塌，仅存一百二十丈，乾隆二十九年详请兴修，奉批。马边土堡不在城垣之例，未准。
>
> （《马边厅志略》）

马边厅建在原马边同知署的旧基上，"建坐西向东头门三间，前设鼓吹亭；仪门三间，前左为肖曹庙，右为监狱；后为大堂三间，左右两庑设书吏办事六房；堂后右手设九功库，宅门内二堂五间左右；两厢厢房之左为铜库，两楹前后六间，厢房之右傍为爱清轩三间，内署五间；左右两厢，厢左为燕喜堂五间；堂前厨房五间，右为箭道，箭亭一间，书房二间；署后西北为仓库九间，存义谷"（《马边厅志略》）。

在房屋布局中，各项功能都比较完备，但仔细比较，这个厅署格局与当年的同知署还是有不少区别，如"爱清轩"和"燕喜堂"就是过去没有的。

政府办公地一般都比较集中，布局比较紧凑，所以厅署的旁边又建有照磨署、训导署、马边营都司署等，职官的起居办公均是安排有序。但由于每个职官的司职不同，其住所附近的建筑形制也有一些区别，如训导署的办公地就叫"明伦堂"，是个专门的教育机构，一般是设在文庙旁边，而马边营都司署的旁边建有"衙神祠"，还多出了马棚十二间，这是武职的配套设置。另外还在南门外一里许的地方建有演武厅，校场也考虑得颇为精心，坐北朝南，以便于观看士兵操练。

厅署的日常生活，除了行政管理之外，对重大的典礼、朝贺等也是遵循祖制，尽力操办。如每年皇帝的生日称之为"万寿圣诞"，这是一件大事，要普天同庆，没有谁敢等闲视之。

那么，作为千里之外的小小边城，它又是如何操办这个盛大仪式的呢？

在举办"万寿圣诞"的前后三日，所有厅属官员都要于鸡鸣时起床，穿戴朝服在厅署的前檐处等候，分为文武两列人马，按职位高低排列；东一班由通判带队，教职、主事等随其后，西一班由都司带队，千总、把总等随其后。到了大堂阶下，两班人马行三跪九叩礼，然后要席地以坐，这叫坐班，要到天大亮时才散班，而这样的仪式要举行三天。

中国是个非常重视礼仪传统的国家，这点通过马边的"文庙之祀"就能够看出其之隆重。所谓文庙之祀实际就是祭孔，到文庙祭祀是在每年的仲春和仲秋的上丁日，也就是每年农历二月和十月的第一个丁日举行。

一到祭祀前夕，马边城里就在为这件事忙碌，而且极为庄重，需"先期散斋二日，各宿别室"（《马边厅志略》）。

到了祭祀的前一日，参加的人员要统一住在祭所，这期间，不能喝酒，不吃葱蒜，不问疾，不听乐，不理刑，不判署……所有的一切俗事得全部停下来，专治祭事。

祭祀前的过程是相当的讲究和繁复，到了祭日那天，早上鸡初鸣时，先要将牲馔、乐器、烛炉等陈设整齐，然后所有厅署的僚属到更衣室换衣，等到一系列细致而谨慎的礼仪稍有头绪，已是霞光遍地，这才轮得到在孔子神位前"上香、祭帛、进爵、俯伏、平身"。

整个祭祀中，最为激动人心的时候是"乐章"部分，众人应钟起调，齐唱"大哉孔子，先觉先知，与天地参，万事之师……"，气氛进入高潮。每到这样的节日，马边城里人潮涌动，百姓争观，热闹非常。其实，马边每年还会举行其他各种各样的祭祀活动，再加上各个时令节序，一年之中都洋溢着民俗的勃勃生机。

在过去，马边位于四川盆地的边陲，除了南方丝绸之路的一条支线与之蜿蜒相接外，面对的就是一片广大的彝区，南北有金沙江、大渡河相隔，而东南更远处则是连绵的横断山脉，现实的状况就是山高路远，行路艰难，随之而来的是信息闭塞、商贸不通。所以，在马边设厅后，人们又在设法疏通此地的正常商贸活动。

商贸中最重要的是盐，马边不产盐，军供民食必靠外运。

明朝洪武时期为了吸引商人纳粟于边，实行了开中制，即用盐引换取茶、马、豆、麦、帛、铁等实物。当时盐是稀缺物资，盐的买卖由政府控制，严禁贩私，所以盐在边地的重要性不仅解决了淡食问题，而且是流通中的硬通货，甚至可当钱币使用。民国时期马边的人工费可以用盐来结算，下力人一日的劳动可换盐半斤。

马边的盐食主要来自嘉州附近的"犍厂"（即现在的乐山五通

桥）。清朝乾隆年间马边城恢复正常以后，人丁日增，食盐供给成为问题，为此在乾隆三十年（1765）请求"酌增陆引八百张"。

所谓盐引，指的是盐的凭据，也称"盐钞"。盐引分陆引和水引两种，陆引指的陆路运输的盐引，当时的每张陆引为4包，每包重115斤，每张重460斤。800张陆引即368 000斤，这就是当时马边人民的全部基本盐粮。王启焜的"年年十月来山市，争买青盐换麝香"（《烟峰城杂咏》）一诗，也反映了当时的彝族民众对盐的需求。

过去，运盐到马边是件很困难的事情，"马边甫经辟荒，尚无殷户充商"。于是，四川总督阿尔泰便下文指定专商来办理，即让五通桥盐商李馥远、吴之裕等人认销陆引400张，屏山县商人聂春认销400张，然后按照犍厂计引之例，每一张完税银2钱7分2厘4毫，羡银1钱8分3厘6毫，共计430两2钱，并按年征解盐库，这就有了正常的行销和购买渠道。

笔者在这里谈到这些琐碎的事情，其实是想通过盐来看马边商贸正在复苏的一个细节，因为这在战乱时期绝对是不可想象的，而在和平时期，柴米油盐的保障，须得有正常而频繁的商贾活动。

应该说，清朝早期的强国之治，也让马边这个边徼之末沐浴到了丝丝春风。在马边厅成立后的一段时间里，正是清朝最为强盛的时候，而浩大的皇恩以减免税收的方式，也不时送到这遥远的边地来。

乾隆三十六年（1771），高宗纯皇帝六十大寿，便将地丁银全免；乾隆三十七年（1772），因马边民众在为"调派各兵进征金酋"中转运军粮有功，于是将地丁银减免十分之六；

乾隆三十九年（1774），马边"小民历年出夫运粮，踊跃急公"，地丁银减免十分之三；

乾隆四十年（1775），小金川全境收复，马边为之付出的"挽运繁简"，奉文减免地丁银十分之三；

乾隆四十三年（1778），高宗纯皇帝的母亲九十大寿，地丁银全免……

从这些"皇恩"中，我们可以看到马边当时的社会是相对稳定的，而这样才能有余力去支持清军平定大小金川。在《雷波厅志》《忠节志》中就有马边人赵廷梁、胡永华（均为普安营外委把总，相当于连排级军官）在乾隆三十七年随征金川阵亡的记载；同时也可以看到马边的人口在稳步上升，到嘉庆十年（1805）时，马边有花户13800户、人丁39908口，比乾隆二十九年的1076户增加了13倍左右，而这之间才仅仅40年时间，可以说清朝廷的垦边政策确实是奏了效。

如今在马边城边的一个古建筑"靖氛碉"上，还看得到这样一副对联："民物共安乐阜，边境永息烽烟。"而这可能反映的正是康乾时期的世道人心。

这时的马边又是一幅怎样的景象呢?

> 今马边田塍绣错，村堡星罗，户一万三千八百，口三万九千九百。峨眉耸其北，凉山横其西，若水经其南，大江绕其东，而其中则清水溪分支萦抱灌输，百派东西二百五十里，南北延袤六七百里，近逼夷巢，为嘉犍泸叙之藩薮，诚西南一重镇也。
>
> （《马边厅志略》方有堂序）

也就在这样的和平光景中，马边迎来了有史以来第一场科举考试，这一年是乾隆四十年。

据史载，马边从明代开始就有一些科举入仕者，文脉不断。如永乐年间的胡鉴，辛丑科进士，曾任监察御史；王彪，甲午科举人，曾任知府；又如成化年间的罗瑞，辛卯科举人，后任知县；曹有才也是进士出身，曾任云南知府等等。

但马边过去均为周边郡县领属，所以常常要到邻地考场去考试，考生有行路之苦。自清朝乾隆以来，这一情况更为明显，要求改变的声音也越来越强烈。当时马边岁科应考童生已经有三百余名，历年来进取的文武生员达四十多名，"士气振奋，较前实为日盛"。

由于马边过去在屏山县的管辖内，屏山全县的学额是15名，马边与屏山的童生数量相当，但马边厅的学额占得较少，所以就要求划5名给马边，由该厅直接录送叙州府参加考试。在考试后成绩名列一等的秀才称为廪生，廪生可获官府廪米津贴，但屏山的廪生只有16名，就应该把空缺的4名给马边，同时增加的增生（即增加的生员）有11名，这样才有利于马边的人才培养和选拔。

当时的廪生可以领取政府每年发的廪饩银4两，补给生活，"食饩"12年还可出贡，到太子监去学习考试后可授官职。在乾隆、嘉庆年间，马边有记载的贡生有杨泰仪、刘廷基、金朝位、朱朝栋、廖世元等，千万别小看这些人，在这个打打杀杀的边地上，他们就是小城文士传统的开创者。

另外，由于马边的文风蔚然，教育事业兴盛，又把宁远府越西厅的一名训导调到了马边任职，书役、门斗等相关人员"一体随拨"。

乾隆四十五年（1780），马边设立了学宫；乾隆五十六年（1791），又把位于厅署右边的文庙重新修过，这个庙子还是万历十七年修的，早已破败不堪。这一修，把大成殿、崇圣祠、东西两庑及礼门、泮池、棂星门等处悉加改造，"庙貌巍峨，壮厥观瞻"，可以说这座公共文化建筑就是小城的精神城堡。

不仅如此，过去多年失修而颓废的庙宇也陆续重修。

乾隆三十八年（1773），重修了万寿寺，"寺所树木纵横，烟云历乱，前对莲花诸峰，河流则曲折而环抱，亦边城胜地也"（《重修万寿寺碑记》）；

乾隆四十四年（1779），重修了龙龄寺，"诸佛神像泥金受彩，无不焕然一新"（《重修龙龄寺碑记》）；还重修了东岳庙，使其"金碧其像，琼瑶其宫，以为阖郡祈福之地"。

乾隆四十八年（1783），建于万历年间的武侯祠也在旧基之上得以重修，修建的钱源源不断，它们主要来自于官员们的"清俸"和乐善好施者的捐助，而修成后的武侯祠是"神像尊严，体制崇焕，墙垣宏整"。

大兴土木的背后，是边疆安定的社会背景。和平建设带来了"殿庑更新，门堂重丽，石砌坚完，垣埂峻整"的景象，人们已经渐渐忘记了战争的伤痛，小城安静祥和，百姓安居乐业。而这一期间的文人墨客，也不忘为四时更替中的诗情画意留下几笔，其中乾隆五十七年（1792）的马边厅通判徐宗仁的几首诗，就把当时的马边的景物写得别具韵味，这显然已不是在乱世的心态下能够写得出来的，我们不妨列几首在下面，留待后人去品评和解读：

　　莲花山色好，旭日更增辉。半壁衔苍岭，全轮罩翠微。

（《金莲吐日》）

　　有江堪作带，无岭不飞峦。古墓牛羊路，深林鸟雀攒。

（《登厅后山》）

一肩残月白，十里晓风清。行歌时互答，虚谷应声声。

（《南岸早樵》）

南客争归北，北人渡向南。熙熙与攘攘，两两复三三。

夕照横修竹，山城没晚岚。蒿师行倦役，牵缆入寒潭。

（《北关晚渡》）

……

叁

彝汉边地间

嘉庆八年的彝区大饥荒

颙琰即位的时候，乾隆皇帝已经86岁，可能是父皇的高寿让他饱受宫廷争斗的折磨，所以等乾隆皇帝一死，他就迫不及待地把和珅丢进了监狱，并将之党羽彻底剪除，长长地吐了一口恶气。但这样的事情，对边地百姓而言，知者寥寥，也无人去关心，谁当皇帝都一样。他们宁愿去琢磨稻谷的心思，也不会去揣度皇帝的表情，这也就是处江湖之远的边民心态。

继位的嘉庆皇帝是有一番雄心的，他整饬内政，整肃纲纪，颇有一些新气象。但就在这个过程中，因为一件偶然事件，让嘉庆皇帝深深地感到了清王朝的危局。

嘉庆八年（1803）的一天，有个叫陈德的人躲在顺贞门一处，等嘉庆帝一行人从圆明园回宫的时候，突然闪出行刺。当然，在贴身侍卫的保卫下，陈德只是乱挥了几下小刀即被拿下，这时嘉庆帝坐在大轿里已经进了宫门，根本不知道发生了什么事，只是听见后面有些骚动，才知道有人在行刺。

陈德刺杀嘉庆的事情虽然以闹剧结束，但这事绝非什么好兆头，而之前所谓的"咸与维新"，最后变成了"嘉道中衰"。在此后的几年里，白莲教、天理教等起义纷纷爆发，天下又不太平了。在遥远的四川马边，也就是陈德刺杀嘉庆这年，也是危机四伏。到底出现了什么事情呢？这得从一个叫周斯才的人说起。

周斯才，号梦溪，江宁府上元县人（现南京市江宁县），曾是个在国子监读书的监生，嘉庆四年（1799）入川，嘉庆六年（1801）到马边厅任通判。

在马边厅成立开始，之前在这里任过通判的已有二十几任，他们在此地待的时间多则四五年，少则一二年，比如周斯才的前任费恩纶就只任了一年，而费恩纶的前任余大鹤也只任了两年，可以说是轮替频繁。走马灯似的换任确实也未给马边留下什么东西，也不可能真正被老百姓记得，但周斯才却是个例外。

为什么这样说呢？首先，周斯才出身于书香门第，琴棋书画皆精，著有《寄园》等诗文集。有趣的是，他的夫人晴颜也是个才女，工于诗，有《海棠多望云轩集》。

但后人知道的周斯才并非他的诗文，而是他的史学家身份，他主持编撰了《马边厅志略》六册，这是马边历史上第一部志书，成为研究马边政治经济文化的重要史料。这部县志，就记录了他亲身经历的一次边地骚乱事件。

嘉庆八年（1803）正月十四日，也就是元宵节的头一天，马边城里的百姓正在做闹元宵前的各种准备，"植高杆，悬灯于上，至十五六日各街结彩张灯，夜放花炮，竞杂技游戏"（《马边厅志略》卷四《风俗》）。

实际上，一年之初恰巧是马边厅的官员们更为忙碌的时候。一般而言，在立春前的一天，人们还在过年之中，厅官就要率领僚属到东郊去祭祀"芒神"了。

这天，各官员都要穿上整齐的朝服，在仪仗队的鼓乐吹打之下，一起到东郊去行三跪九叩礼，然后把纸扎的"芒神"和"土牛"恭恭敬敬地迎回厅署仪门外安放。"芒神"向西，"土牛"向南，非常讲究。当日聚宴之后，第二日早晨还要设酒果，众官列队聚集，对着"芒神"说"戴仰神功，育我黎庶"之类的吉利话，再行三跪九叩礼。礼毕，所有的官员要拿着彩鞭站在"土牛"旁等长官发号施令，听到击鼓三声后，即上前围着"土牛"击打三圈，以豆撒牛，祈求春耕祥瑞。而等仪式一完，围观的百姓便纷纷上去拾豆子，据说这豆子非常神奇，婴儿吃了不会出豆疹。

这样的风俗礼仪是年年都要举行的，虽然烦琐，却也洋溢着春日之喜气。一开春，万象更新，人们祈福一年的平安是最为普通不过的事情。

但那年的情况却有些奇怪，就在元宵节的头一天，就传来了一个惊人的消息，说有一千多彝人从排甲冈出来围攻马边城，当地的居民乱成了一团。

事情也蹊跷，当天周斯才正好因公到叙府出差，正走在半途中。得到消息后，周斯才连夜赶回。

周斯才忧心如焚，此时马边的守备非常薄弱，本来城里平常有340名士兵守卫，但因为平定教匪被抽调了大半，仅余145名；而其中又分派到各个塘汛关卡，只剩下五六十名士兵，要抵挡强悍的彝人简直不可想象。而就这几十名士兵都已被驻防马边的都司吴浙人全部带到前面防堵去了，马边城实际上就是一座空城。

这里稍作一点回顾。马边地处彝汉交界之地，"界连夷境，跬步皆山"，彝人劫掠汉地的事情频繁，"抢夺之案，事所常有"，这在清代官方文牍中有大量的记载。过去，彝人有"抢娃子"的习俗，每出抢必掳掠一些汉人做奴隶，边地汉民苦不堪言，"汉夷杂处，夷强汉弱，抢掠男妇，辗转售买。一入凉山老巢，遂若沉沦异域，鞭笞桎梏，惨虐不可言状"（《清实录》）。

朝廷虽然"遇有抢掠之案，认真稽查，随时惩办"，但马边由于"道路歧杂，防范较难"，政府拿抢掠的彝人也没有什么有效的办法，"平时惟当妥为防堵，俟其出巢滋扰，即痛加剿戮。如其逃窜入山，亦无庸追捕，务使该夷匪等知我备御甚严，受创数次，自必不敢出山劫掠"（《清实录》）。当然，这样的效果实际等于割韭菜，出来一茬割一茬，但永远也解决不了根本的问题。

周斯才作为马边的朝廷命官，遇到这样的事情并不奇怪，只不过这回的情况却有些特殊。

等周斯才赶回城里，他连忙组织民兵，但只叫来了20名壮丁，这些人手上连一支火枪都没有，且游散已久，平日里只是些贩夫走卒，实无大用。

怎么办？周斯才赶紧招募乡勇到后营去添设防守，又打开仓库将谷子散给百姓作为口粮，稳住民心；当然，最最重要的就是火速禀告各级政府请求救援。

最先得到消息的是建昌镇台（即总兵）张志林，他当时正好在雷波驻防，所以理所当然要派兵驰往，但他所处的位置离马边也有一二百里路程，道路崎岖，没有二三日时间根本到达不了。

马边城承平日久，多年未见慌乱，而眼下各种传言甚嚣尘上，气氛焦灼，众人"见难思避，各有鼠逃之势，人情汹汹"。

在惊恐不安中，坏消息又传来：马边城西北方的三河口已被烧毁，百姓全部逃走，"扶老携幼，渡河逃难，舟不及载，有覆溺者"（《马边厅志略》）。

马边旧时人物照 （图片由马边彝族自治县档案馆提供）

　　三河口被焚，说明马边防军的左营已失守。

　　形势还在加剧恶化，惊悚的传闻如箭矢掠顶，此时骚乱队伍已经到了离城只有三十余里的水碾坝！

　　这天夜里，城里的人夜不能寐，他们看见四面的山上火星点点，难道骚乱队伍已经进入附近的深山老林中？人们都在商量天亮后赶快逃走的计划。

　　情况已十分危急，周斯才一面到大街小巷去安抚百姓，一面督促赶修战守之具，通宵达旦地工作，换来了人心稍定。但是走是留，谁都拿不定主意，民意两歧，人心惶惶。

　　到正月二十五日，张志林派来的25名士兵才行至靛兰场，而这列先遣队却不敢贸然进城，只是先派了两名士兵前去打探。

　　怎么回事呢？原来他们在赶来的途中，听说马边城已经沦陷，便一路小心翼翼地匍匐向前，不敢轻举妄动，而探明真相后，这才迅速进城。这一支小队人马，给城里的老百姓带来了大大的鼓舞。

　　彝人的队伍并没有继续前来，只是驻扎在大油冈观察动静。

　　又过了七八日，叙州府太守淡士灏带着叙马营的80名士兵到达马边。

　　二月初六，永宁道台余延良从各个地方抽调的壮丁赶到，而张志林则亲自带着两百名士兵于几日后赶到。这样一来，城内已有三百多兵弁，防卫力量大为增强，民心趋稳。

　　但出了马边城，恐慌逃离之势未减，"逃难之民遍满山谷，有径回原籍远投亲族者，嘉犍之间充塞于道"。

　　在接下来的时间里，救援的各路军马才密集汇聚到了马边城附近，官兵人数迅速达到一千二百余人，在各个关卡都布下重兵。事情至此也就有了结尾，在强大的军队面前，这场骚乱很快就被平定了下去。

嘉慶乙丑歲仲冬月刊

馬邊廳志畧

板藏文昌宮

清嘉庆年间由周斯才编撰的《马边厅志略》

骚乱是平息了，但这件事情的起因是什么呢？其实非常简单：彝区天旱无收，饥饿的彝人便起来劫掠汉地，不抢就要饿死人，不如铤而走险。野蛮的生存逻辑让人悲哀，但又有多少人会站在彝区人民的角度去关注他们在大灾荒下的生与死？历史在此处是否应该多一些人性的视角？不然，当饥荒再度来临之时，不过是死亡数字的增加，而血腥会再度包裹住人世间的悲怜。

当时马边的彝族主要聚居在一些贫瘠的山区，农业种植极为稀薄，生活非常贫寒，而他们的生存环境的形成其实是跟民族间的长期争战有关。彝人处在偏僻险要的地方，自然条件非常受限，生产技术缺乏，生产力低下，口粮问题常常威胁着他们，而必然要对外寻求食物、劳力等来解决生存之困。

周斯才在到任马边时，曾经写过一首诗："受降营址尚依然，烟锁莲峰二百年，寻剔残碑兵燹后，周遭故垒市廛偏。"（《龙湖即事》）显然，诗中有凭吊古迹的意味，他以为那些碉楼营堡的景象不过是陈年往事，却不想马上就成为兵戈的现实。

这年的三月初八，建昌道台方积奉制军委派到马边，专门督办这宗事件，而周斯才与方积的交情也就是在这时建立的。

方积（1764-1814），字有堂，安徽定远人，曾当过四川提刑按察使，他到马边去时是建昌道台，乃治边名宦。《清史稿》列传中对他的评价颇高："积官四川二十余年，驰驱殆遍，山川风土，了然于胸，用兵辄独当一面。清节自励，尤为时称。"

翻开《马边厅志略》的第一页，第一句话就是方积写下的：

嘉庆八年春，马边番夷扰境，余方监察川南，奉檄驰往绥辑，阅四月……

遗憾的是，方积这个青年才俊几年后就去世了，年仅32岁。

但方积在马边的四个月里与周斯才友善，两人惺惺相惜，周斯才评价他是"姿性爽恺，英达夙成"，而方积也对周斯才有一段评价："周君莅马边久习其山川风土，谙其险阻情伪，知所先后为民捍患兴利，浚沟渠，筑城堡，劝农桑，崇学校，尤兢兢以牧夷为重，威以镇之，恩以抚之，讲信明义以导之，使夫汉夷率服，内外安宁。"（《马边厅志略·方积序》）他们相识于平边前线，自然多了一份患难友情，也最能体味治边之不易。

周斯才一到任马边就遇到了这样的劫掠事件，无疑是一大考验。但我们在反观这个事件时，汇聚各个因素，会看到这样一个潜藏在历史大背景下的故事脉络：官军抽调去平剿教匪，边地饥荒导致骚乱，官军急忙回来扑火。也就是说世道不平之处正在兴起，而平定之下自然有其不平的深层原因，透过这起边患，"教匪""饥荒""骚乱"这样刺目的字眼，正在传递着一种信息：清王朝已经由盛转衰。

在马边有记载的历史中，周斯才是唯一一个前后两次任职马边通判的官员，他从嘉庆七年（1802）到任后，嘉庆十年（1805）离任，历时四年；后又于嘉庆十一年（1806）十二月回到马边，历时两年，而这次回来他主要干了一件事情，那就是修志，现在摆在我们面前的《马边厅志略》主要就是他的功劳。

可能是受劫掠事件的触动很大，周斯才对边防有强烈的忧患意识，他在《马边厅志略》的卷首中写道：

厅治紧与峨乐犍屏接壤，边防最为第一要务。然崇山峻岭，奇险绝异，举凡鸟道羊肠、桔槔轳轴，无不可通，是筹备扼塞又极为难事。余留兹四载，设立堡卡，留心防御，颇具蠡测之见。特以边疆辽阔、地方瘠苦，未能悉酬所愿，惟于目之所睹，身所亲历，凡与夷疆夷情交涉者，无不详细备载，反复畅言未竟之志，端有望于后贤焉。

在从明到清的两百年中，马边相对平安地度过一百多年的和平时光，但周斯才以撰史者的清醒和敏锐看到了边防的危机。然而，他的醒世恒言只是站在统治者的立场，而没有看到彝族民众的困苦，这是他的局限，也是时代的局限，历史的深处总是藏着弱者的血泪。

过去，在人的面相中也有一个叫"边地"的地方，指的就是额角与发际之旁的那一块，那里也是杂毛丛生的地方，跟实际的边地有相似之喻，这也说明边地确实有些特殊，需要小心梳理才是。

边地买官记

清朝的督抚制度是地方行政的重要体制，乾隆时期在全国设立八总督、十五巡抚始成为定制，四川总督作为封疆大吏一直位列显赫之位。但这一高官也并不好当，乾隆三十八年（1773），四川总督阿尔泰因为在马湖地区办运皇木一事，惹来杀身之祸，而到了道光时期，另一位四川总督鄂山也差点翻船，而这一回也跟马边有关。

事情是这样的，道光十二年（1832），一个叫赵岳兰的官员刚刚上任马边厅同知，却不太安心这个位置，心想着再有高升。

边地的官难做，他们的政绩考核主要是剿匪是否得力，维稳是否奏效，除此之外便可躺着睡大觉，但实际上他们从来就没有安稳的觉可睡。

那些年中，马边同知一职更换频繁，每任均不过一二年，如蜻蜓点水，而之后的升迁就只有靠八仙过海各显神通。赵岳兰在这年接任他的前任张履实之职，而张履实也不过才干了两年，他的前任吴文嘉和诚斌两人更为离奇，都是在道光九年（1829）上任的，一个上一个下，但任职均未超过一年。那时，由于边地官场更换频仍，连彝地百姓都蔑视汉官，认为汉人的事情太不靠谱，"对边地官吏，见一年一更换，认作官非终身事业"（张云波《雷马屏峨边区之夷务》）。

赵岳兰是安徽合肥人，其之前的任职经历不详，但在道光十二年，他刚刚当上马边厅同知不久，就突然得到一个消息，说是泸州知州一职空缺，要从其他州县调剂官员来补缺。赵岳兰闻之是蠢蠢欲动，他想这个官一定要争取一下，好歹他这个同知也是副州长的级别，离知州只有一步之遥。这时他就想到了一个人，谁呢？

"丁忧已满，延不回籍之候补从九品段崇善。"（《清实录》）

段崇善其实是个小人物，比赵岳兰的官小得多，相当于是个副科长，在当时是中国最小的官，因为在从九品以下都不叫官，他是候补从九品。

赵岳兰为什么会想到他呢？原来这个人颇有些神通广大，他认识四川总督鄂山署内的人，从丁忧已满延不回籍来看，就知道此人社会关系复杂。但这样的事情，赵岳兰明白自己不便出面，便让他的弟弟赵岳蕙来操办，很快就有了眉目：一万两银子搞定，明码实价，三个月后走马上任。

接下来，故事就开始了。

且说鄂山署里有门丁杨升、幕友杨某（名字不确）、仆妇马氏（人称马二奶）、杂役高五等人，段崇善与之相熟。这些人因为在鄂山身边服侍了多年，见识了来来往往的大小官员，能量不可小觑，民间甚至有"三杨开泰，一马腾空"的说法。所以，赵岳兰就想通过他们向鄂山牵线，用一万两银子买下泸州知州一职。

四品官的诱惑是巨大的，但赵岳兰当时拿不出那么大一笔巨款，怎么办呢？没有关系，因为中间人就说了，我们帮你垫着，你打个借条就行了，等办成了慢慢还。明白这个道理不难，想想看，假如你高升了大家都有利可图，按现在的话说这叫多赢。

　　不出钱就能办事，办成了那钱自然有办法还，羊毛出在羊身上，这是赵岳兰的算盘。于是，他弟弟赵岳蕙就出面与对方立约借了一万两。

　　接下来就是等着朝廷下旨任命，赵岳兰马上就要走马上任了。这时，一个意外的消息传来：原来的泸州知州不走了，人家还要继续当。赵岳兰失落至极，空欢喜一场。

　　而这时故事才真正开始。

　　没有买到官，并不意味着没有办这件事。中间人就说了，钱已经打点出去了，虽然打了水漂，但已替你跑了腿，钱是实实在在花了出去的，得如数还清。赵岳兰这才明白自己成了冤大头，这不就是个圈套吗？

　　谁都不甘白白被骗，因为这可不是笔小钱，马边厅通判每年额定俸银也才60两，养廉银600两，赵岳兰就是再当十年同知也未必挣得到一万两银子，所以他不愿当这个掉进了坑里的闷鳖。其实，赵岳兰也是个老狐狸，在立约的时候他留了一手，没有直接经手，借条是他弟弟赵岳蕙立的，跟他赵岳兰没有关系，而这最多只能算是民事纠纷，奈何他不得。

　　但赵岳兰做梦也没有想到，一纸状纸飞来，说他"营私谋缺"。

　　谁告他呢？就是之前为他鞍前马后牵线的段崇善。段崇善之所以敢告，以为是吃定了赵岳兰经不起这样一闹，因为他得保住他的乌纱帽啊。其实，赵岳兰并不是不知道此事的风险，他行贿的对象是四川总督，如果一旦告成，他这个马边厅同知休想再当，何况这种不光彩的事情谁敢在大庭广众之下说呢？

　　但事情就是这样，当你把对方完全逼于绝地的时候，相反对方就豁出去了。所以，当赵岳兰成为被告后，他真的就豁出去了，反告高五、马二奶等人交通作弊、朋比为奸之事，而这一告让对方始料未及，事情闹得更加沸沸扬扬。

既然状纸已到府里，那就得审，原告被告都得出场。但事情却蹊跷了，鄂山署里的幕友，也就是那个名字不确的杨姓男人突然死了，而主要被告高五已"送柩回陕"。

不仅如此，在府里要求鄂山交出高五时，他的下属居然将高五的名字写错，半年都找不到人，"该府吴秀良系督臣保奏之员，将高五姓名讹写，备文关传，未能到案，迟延半年"。

同样离奇的是，另一个关键人马二奶也神秘失踪了，致使本案两个直接被告无一到场，官司形同儿戏。事情到这里，想必读者也猜出了几分，鄂山让这高、马两人深藏不露必有用意。而问题的关键是，那个幕友杨某也死得太离奇，直到今天，他到底姓甚名谁？何方人氏？干甚勾当？都是一个谜，史料中竟然无一字记载，这未免也太蹊跷了一点，难道这个幕后高人把自己策划成了死人？

赵岳兰就只有坐以待毙了？不，此人也非省油的灯，他索性一不做二不休，干脆把状纸递到了京城，直接告鄂山包庇被告，隐匿真相。

那时候朝廷有专门监督官员的机构，如提刑按察使司，相当于现在的中纪委，不管怎么样，案子如果一直捂在四川，可能永远也见不了天日，但到了京城就可能出现转机。果然，状纸就到了京城，军机处很快就得到皇帝指示，要求处理此事，严查到底。

事情似乎又有了一丝转机。

怎么查呢？鄂山毕竟是朝中大员，下级陷害上级的事情也不是没有，所以军机处不能冤枉了一个好人，于是便在旨文中让鄂山自己先查："著鄂山明白回奏，并自行确查，据实究办，务期水落石出，不许稍有讳饰，倪意存消弭回护。"

这样一来，被告成了自己查自己，这又是赵岳兰想不到的，但事情已经通到了天，他也没有办法了。

这里要说的是，皇帝看了赵岳兰的告状，已经明白了大致情况，一个比鄂山小几个等级的小官敢于告他，如果没有点真凭实据，这不是拿脑袋玩吗？所以，在谕文中也看得出皇帝颇有些生气，口气近乎严厉："致有不实不尽之处，将来经朕派员查出，抑或经人控告，鄂山自问当得何罪，懔之慎之。"

道光皇帝之所以要这样处理此事，其实并不是不知道官场的腐败风气，而以四川尤甚，早就有人在告"佐杂官为买卖衙门"的各种蝇营狗苟，谁都知道这乌七八糟之"地方积弊"，但却一点办法都没有。

来看看《清实录》中的记载：

> 谕军机大臣等：有人奏川省地方，蠹役尤横。大州县或千余人，小州县亦数百人百余人不等，遇有民间词讼事件，官准一案差派数役往传，以致差役勒索多方，动辄破产。至缉捕窃盗，亦向事主索发脚钱，私取乞丐，导致窝家诈赃，以饱私囊，真贼反令远扬。诬扳有隙之家，逐户磕索，以乞丐送官搪塞。此等差役，相继承充，良民受累。

> 又川省文武衙门，书役弁兵，多于衙署侧近，设局招赌，名曰厅子。而武署为尤甚，每日招引城乡富民，并土豪地棍，设局赌钱，抽头分利，破家荡产，贻害匪细。又川省佐杂等官，皆设有书役多人，串唆擅受，需索多赃，牵连贫民受累。并不肖生监，盘踞说合及

至卸任，将牌票稿件，概行烧毁，一无凭证，擅受之巧无过于此，故
川省谓佐杂官为买卖衙门等语。

通过这段文字可以看出，文武衙门不再是为民断案、办事、请命的地方，而早已沦为污秽之地。

衙蠹盛则良民伤，而面对如此严重的官场腐败局面，皇帝无非是一厢情愿地责成地方官员严加惩治，而结果根本无丝毫改变，煌煌圣旨落为一纸空文，但行文中仍然是冠冕堂皇："著瑚松额、鄂山将各项情弊，逐细搜查，无任稍有蒙混匿饰，有弊必除，有犯必惩，设法妥立章程，据实具奏断不准以空言塞责，一奏了事。"

从这个圣旨的记载中可以看到，大清王朝的腐败已经深入骨髓，高五、马二奶等不过是贪婪蠹役中的几个小人物。而赵岳兰有心买官，并深知官场能够给他带来的寻租空间，所以从本质上讲，他们之间虽有利益的得失关系，而实则是一丘之貉。

赵岳兰一案，表面看是官与衙蠹之间的一场官司，实则是大鱼吃小鱼，也才会上演这出闹剧来。接下来，鄂山这个最大的被告不仅没有退避，反而由他来主持审理此案，所谓"饬令两司严查究办"不过是陪衬而已。也就是说事情已经由鄂山完全掌控在手，这一点赵岳兰应该早料到，但他还是打错了算盘，以为会为社稷着想的皇帝是他的救命稻草，但诡异的是，皇帝居然也靠不住。

就在这个时候，高五出现，他确实没有失踪的必要了，便从陕西大摇大摆地回到了成都。马二奶这个小脚女人也从乡下回来，她好像只是去走了回人户。也就是说，被告一个不缺，全数到场，签字画押，呈堂证供。自行审理的结果可想而知，审完之后，鄂山交出了一份报告。

这份报告讲述了事情的详细经过：原来是有个叫郑瑞的人，此人为衙蠹，即官场串串，他打听到有"调剂州县"的消息，便动了心思起意诈骗，于是就找上了赵岳兰。赵岳兰对升官之事兴趣极浓，便欣然答允，但他当时没有那么多的钱，郑瑞便说可以找他的朋友帮忙，这笔巨款可以从一个叫段兴的人那里借，只需要赵岳兰立个借约就行，事成后这钱还不是羊毛出在羊身上，大家都有好处，于是便立银票一万两用作打点。后来事情未成，但借约在，郑瑞、段兴等人就找到赵岳兰索诈，赵岳兰知道中计，不肯就范，段崇善便翻脸，将赵岳兰用银谋缺之事告上了府衙，这才有了后面的故事。

请注意，这个案子的状述中又多出了两人：郑瑞和段兴。而这两人才是此案的真正主谋，之前的那几个被告如高五、马二奶等均干系不大，连串谋都算不上，无非也是无知受骗，况且已经被鄂山撵出了署内。

同时，整个报告得出的结论是"诓骗未成"，也就是说这只是个未遂的诈骗案，犯罪程度大为降低。不仅如此，在整个案件中鄂山本人是完全不知情的，所以他与此案无关。不过，在报告中，鄂山也谦虚地检讨了自己的过错："既有厮役人等招摇生事，无论情事大小，总当奏明办理，方能服众而免私嫌。"

这样一来，这起闹得沸沸扬扬的案子顿时烟消云散。

但皇帝觉得事情如就这样完结，草草了案，必然会助长歪风邪气，于是就在奏折上批示："交瑚松额督同藩司李羲文秉公严审，务得确情，按律定拟。"

这个瑚松额是前任的成都将军、四川总督，同鄂山关系不错，两人同是满人，又曾同在四川共事。不仅如此，他们还在后来（道光十四年）一起经办过峨边"偷挖竹笋"而引发的抢掠夷案，当时派统兵杨芳去督办，哪知道杨芳好大喜功，办理不善，他们均被连累，同时受到了降一级留任的处分。所以，有了这样的患难交情，鄂山会有什么问题？

在调查审理了一阵后，瑚松额在奏折中写道："鄂山署内幕友家丁，讯无交通作弊情事，并鄂山于访闻此案之后，尚无徇私回护。惟案内既有干连已逐斯役，并不奏明办理，仅止照例咨部，不自引嫌，鄂山着交部严加议处。"

其实，他们都知道这件事情是明摆着的，想完全脱了干系不可能，鄂山的责任仅仅在于立场不坚定，但案情的厉害程度已经降到了最低，所谓"严加议处"不过是自欺欺人的说法，也就是说狗咬了人，主人无论如何都得负一定的看管责任。其实，他们是深知朝廷的规矩和皇帝的脾性的，当然整个案子前后之离奇复杂，确实也需要小说家的智慧。

马边厅同知赵岳兰买官案到此就了结，最后的结果是：鄂山降五级留任，赵岳兰革职。

其实，道光皇帝对鄂山是留了一手的，只是他略略有些叹息："该督无非咎止失察，有何紧要，乃如此含糊结案，反中一私字，朕为该督惜之。"

通过"朕为该督惜之"一语，可以看出皇帝对鄂山的偏爱，这或许同乾隆皇帝偏爱和珅一样，封建王朝的专制从这里也可窥其一斑，所以吏治若无宪政制约，只凭皇帝的个人喜好，难免奸佞当道。

虽然降了几级，但鄂山几乎没有受什么影响，仍然大权在握，稳坐泰山。道光十七年（1837），名将杨遇春在成都去世，鄂山去见道光皇帝，他仍然享受着宠臣待遇，这在《清实录》中还有相关记载："上年冬间，四川总督鄂山来京陛见。朕特亲书福寿二字，颁发内府人参十两，令鄂山带回赏给祗领。"

也就在这一年，即道光十八年（1838）闰四月，鄂山调任刑部尚书。而赵岳兰从此再无消息，也就在他被罢免的道光十三年（1833），他的职务被一个叫姜廷灿的人接任，他是死是活就没有人知道了。

此后四十多年当中，四川马边厅一共换了二十多任同知，均是平安过渡，再无像赵岳兰这样的事情发生。甚至在同治九年（1870）还出了个张秉绅，他因为剿匪有功被朝廷赏赐花翎，并"送部引见，候旨录用"，算是正正当当地得到了晋升。在后来的同治十三年（1874），马边厅同知徐璞玉也因为廉洁勤政，在他调走的时候，当地士绅为他立了一块"红牌坊"。也有反面人物，在之后的光绪二十九年（1903），马边同知陈再廉因为"庸暗无能，任丁舞弊"（《清实录》）而被革职，被划到了劣吏的一类中。

在马边，清廉之官可能遵照儒家道统行事，廉洁奉公，此如张秉绅、徐璞玉；而腐败之官则是甘心堕落、胡作非为，此如赵岳兰、陈再廉。小小的马边一地，就可以在这些频繁更替的官员身影中，看到封建王朝的官僚体系犹如一条被掩盖的臭水沟。难怪在嘉庆八年（1803）当过马边厅同知的周斯才在给家人的一诗中写道："宦境奔驰难了局，汝家清白少余赀。"

他真的是有些纠结啊！

山市：争买青盐换麝香

> 夷汉之争，自古皆然。临之以威，怀之以德，为治夷名言。
>
> （张云波《雷马屏峨边区之夷务》）

这句话反映的是过去汉族统治者对边地彝族的基本态度，但所谓威是"皇威"，所谓德是"王赐"，这里面就存在着根本的不公平。不可否认的是在经济文化等方面的差异下，民族歧视一直是边区社会矛盾的焦点，而强权的压制则是汉彝间争斗不断的根本原因。

马边作为一个四川西南边城，其位置非常特殊，平福增教授在民国时期考察凉山时曾说马边是"西南边区之中心，汉夷贸易之总枢"（平福增《雷马屏之农业》），足见马边在边区生活中的重要性。从马边建厅之后，清朝政府建城设官，置兵招垦，实有不少开明风气，特别是对待彝务上，鼓励汉彝间公平交易，这都体现了某些积极的因素。

彝人称自己为诺苏，"诺"就是黑的意思，彝人崇尚黑色，而彝族族群也有黑白之分。黑彝也称黑骨头，为彝人本族，血统纯正，被

马边柴市 （孙明经摄于1938年）

视为贵族阶层；白彝，也称白骨头，是被黑彝融化后形成的阶层，成分较为复杂，"内有被掳之汉人"。

彝族有自己的社会组织体系，以父系血统为纽带，形成代系明晰的家支结构，分为诺伙家支（即黑彝家支）和吉伙家支（即白彝家支）。在马边彝族各成员之间，依其血缘关系、经济占有等因素，又分为诺伙、吉伙、挖甲、呷西等四个等级。虽然彝族社会相对独立，但同汉人社会也有很多的民族交融。

在生活区域上，汉彝之间的交融更为普遍，互动频繁。汉通西南夷以来，这是最早彝人与汉人发生关系的重要历史时期。据史载，四川彝族最早是从云南昭通一带迁徙到大凉山美姑一带，而马边彝族大多就是从美姑迁过来的，这个时间是在公元4世纪前后。

到了唐朝后，始有区域辖制，才在这一片广袤的地区设立都护府，纳入中央的集权之下。

宋太祖时期，曾经以大渡河为界，只管理江北的汉区，而放弃了江南彝区的治理，这时的彝族部落名义上有归属，但实际是个自由王国。

但到元朝就变了，"复行经略，多立酋长，保保中至今尚稍有元风"（张云波《雷马屏峨边区之夷务》）。明朝设土司，后改土归流，这些历史都证明汉彝之间的交往，通过政治、军事、贸易的方式发生着千丝万缕的关系。

到了清朝，设千百户，王启焜的"圣代渐摩声教远，春风先渡八家蛮"一诗讲的就是这一段史实。所谓千百户，是清朝政府委派当地有势力的土著协助治理边地、管理属民的一种制度，行土官之职，只是权力更为细分，防止了各势力坐大为害。

千百户的设置，一般来说是在其族内千户以上，设千户一员，百户以上，设百户一员。当时马边也不例外，"康熙年间先后归化，设立土百户，颁给号纸次序承袭"（《马边厅志略·夷民志》）。在史料记载中可以看到，乾隆、嘉庆时期马边在前营烟峰地面委派了5名土百户，在后营中坝地面委派了7名土百户。王启焜诗中所谓的"八家蛮"就指的是康熙四十三年（1704），马边地区8个彝族土官在归诚后成为土百户（后又增加了1个，实为9名）。

被封的土百户有一定的权力，"父子承袭其俗，以黑骨头为贵，众皆推称之。凡土百户之弱稚愚顽不能出头者，则头人代为办事"。

彝人的生活方式与汉人多有不同，但与汉人相处交往却比较友善，"遇汉人至，则杀鸡为黍"，甚至使用的餐具都要洗得干干净净，"凡刀砧器具洗涤至，再捧持以进，俟其自为，烹调恐汉人恶其不洁也"（《马边厅志略》）。

但从人类学的角度来看，两个不同民族的交往存在政治、经济、文化诸多方面的不平衡，这种不平衡在历史中会出现各种各样的问题，能否以平等、和谐的方式相处对历代王朝都是一个考验。

马边处在汉彝杂处地区，是从四川通往小凉山的北大门，"南接建昌、乌蒙众夷部，东北联叙、泸、嘉、眉诸名邦，诚全蜀之一重镇也"（《明嘉靖新建马湖府记》）。由于地理关系，过去的马边是汉彝之间发生关系最为密集的城镇，其交界的地方出现了不少繁盛的山市。

从历史记载来看，马边的边地贸易始于封领之前，除了中央王朝与蕃夷的供奉及赏赐往来外，民间的交往也非常多。宋朝时期，马边地区的交易日盛，"马湖生蛮，许赴官中卖蛮马，优支价值"、"夷人常以马博茶锦"（《宋会要辑稿》）；明清时期，马边的贸易商品逐渐趋于丰富，从牲畜、粮食的交易发展到了手工业与农副产品的交易；而到清

1937年，马边聚盛和商号的全体股东照。　（图片由马边彝族自治县档案馆提供）

末的时候，达到其盛，"彝族用鸦片、皮毛、药材、水果、木板等土特产品换取食盐、布匹、铁锅、食糖、针线、农具等生活必需品"（《马边彝族自治县志》）。

但在过去，汉彝之地泾渭分明，出入彝地到马边城都需要有专门的证件，称为号纸。没有这个号纸，寸步难行。

在马边设厅以前，由马边营都司管辖，号纸由营部来签发；在设厅以后，手续办理复杂了一些，"一切俱由营中查报，然后移厅转详营中"。当时在营中设有数名目兵，也即是兵卒中的小头领，称为"隘总"，官职小于"把总"（相当于连长）。"隘总"的工作就是专门办理出入彝地手续的人，但这份工作有特殊性，专门要选择"阅历夷地、熟悉彝情者为之"。

同样，在马边厅中也有类似的低级行政职官，称为"乡约"，专门选择"近夷地之汉民老成干练者充当"。"隘总"和"乡约"干的都是同一件事，那就是处理汉彝日常事务，解决汉彝的临时纠纷。

昔时，马边的汉地只占全域的十分之二三，虽然在阿尔泰时期大量垦荒，但大多沦为彝区，所以从实际产量来说不算农业大县，且农耕方式也比较落后，"凡低凹多水之田，大抵为二年三熟制，高山缺水之地多一年一熟制"（平福增《雷马屏之农业》）。

由于农作不兴，这反倒强化了它的商业功能，马边周边存在着较大的汉彝交易市场，所以马边汉民更倾向于经商，"人民以商为重，农耕不过维持食粮而已"。

边贸胜于农耕，这是地缘的特殊性使然。王启焜在《烟峰城杂咏》一诗中写的"年年十月来山市，争买青盐换麝香"，就是对这一盛况的描述。

当地的农产品决定了市场货物的主要交易内容，而物产的丰歉又跟当地的气候分不开：

> 边地多山岚瘴之气，不免地湿温和，夏日炎暑有时特甚。冬季少雪霜，城中九九无冰，然去城二三十里，高山雪封，往往不化。树叶隆冬青蒨，交春发新乃脱。山花杂卉，四时不断，雪兰腊底盛开，五谷栽植较他处为迟；包谷四月种入，八月方收，禾稻端阳后插秧，早者八月，迟则九月后甫能成熟。十月农事方毕，其余亦皆较他处略迟。
>
> （《马边厅志略》）

马边在汉彝的交界处有一些小集市，如烟峰、油榨坪、大竹乡的普兴场、冈外乡的核桃场、三河场等，特别是在通往雷波的双星场，由于有二百多户人家，上千男女，被称为"马属第一繁荣市场"。

这些集市一般是定期赶集，彝人就会到这些集市上来交易，"夷地庄稼，多荞麦、苞谷、苦荞、萝卜，收敛囤积，遇场期则背负出，与汉人易换针棉等物"。对"针棉等物"的偏好可能同彝族民俗有关，彝人有极高的编织技艺，服饰"颇爱华丽，见红布绸缎则喜。女子首饰等物亦皆精巧"。

除此之外，马边也盛产药材，也是彝人交易的主要物产，"如贝母、黄连、附子、厚朴、麝香并包谷杂粮之类，入汉地俱换为布匹、烟盐、针线并绸绫绣缎等件"。当然，除了正常的通货交易以外，马边等凉山地区的汉彝集市中还存在着不少黑市和特商，这主要是从清末以来大量种植鸦片后才出现的新情况，这在后面会专门讲述。

其实，到民国时期马边最大宗的农产品是三样：茶、笋、丝。

马边的茶非常有名，宋即为茶马互市之地，过去称为"西路茶"。在谷雨前采摘的叫毛尖，春分前采摘的叫"上天字"，品质最佳，价格昂贵。马边出好茶得益于"山峦重叠，雨量充沛，溪水常流，云雾缭绕"（刘允枢《马边茶叶发展的历史与现状》）的自然环境。

同样，马边的竹笋也是得天独厚，分春笋、冬笋两季收获，历来是蜀中食馔美味，清朝时期就开办有"笋厂"，当地居民常常以此为业，笋子的加工常常是小凉山区的季节盛事，雷波、马边、沐川等均为产笋之地。"春时则笋发生，厅民业此者于清明节后，设厂募工，采归微煮，用火烘之。既干，然后盛为包运至郡城售卖，每百斤价银六七两"（《雷波厅志》）。马边在民国时可产三千万担以上。

马边的丝绸曾经一度很盛，但后来衰落了，这在史书中仍然能够看到一些记载。当时丝绸主要是由汉人经营，彝人种茶挖笋，但唯独丝不沾，因为他们不事桑蚕。

在彝汉山市中，有几个特殊的角色，颇值得一说。

"客长"，相当于现在的工商科长，他的职责在于秉公查察，公平断理，打击投机倒把。

"夷人通事"，即翻译。他们在集市中发挥的作用不仅是翻译的作用，也充当掮客和中间人的角色，人们称他们为"牙口蛮"。这些"牙口蛮"常常长期住在集市店铺主人的家里，主人供其吃喝；但一到赶场日，他们就在汉彝之中来回撮合，一旦交易成功，他们会得到一定的提成，这又叫作"牙口银"。但有了中间商，难免纵容奸民"短少克扣，欠负反先许后骗，皆为酿衅之端"。

交易的公正非常重要，要做到童叟无欺很难，彝人普遍受教育程度低，常常处于弱势地位。"汉人亦多欺人太甚，与倮倮交往，多作大斗小秤以欺之。一有反抗，即称为反蛮而聚殴之。"（张云波《雷马屏峨边区之夷务》）"内地无业奸民窜入其地，代为耕凿，教之树畜。狡黠之徒肆意欺侮诈骗，百般愚弄肇成衅端，又边地汉奸希图打厂，肆入夷地，纠众滋扰，致夷人生端，互相为难。"（《马边厅志略》）从中我们可以看出彝汉间出现的问题，这中间实际是利益的纠葛。

在《马边厅志略》中还记载有这样的事情：汉人去彝家承租土地，言明了每年交租若干，不问丰歉到期必如数交清，如果歉收不交则加利一倍。按说双方需讲诚信，但有些汉人到期不能偿还，欠债逃亡，彝人一怒之下便迁罪于周边的汉族百姓，"就近汉地一带捆抢人口货物，一如打冤家"。

在《清实录》中也有这样的记载："雷波马边等处汉租夷地，日事盘剥，穷夷积怨，每致纠众滋扰。"但这样的冤冤相报，实则是对汉彝间正常贸易市场的损害，在一定程度上制约了边地经济的发展。

实际上，清政府也并非不知道边地贸易的情况，对待汉人之恶，也曾经下决心整治。

　　　　夷番滋事，大率皆由汉奸逼或诱引所致，平日地方官稽察严密，使汉奸不敢有侵占勾结夷人之事，则夷民自不致滋生事端……近日滇省临安边夷滋事，亦以汉奸就获，遂得迅速办竣。雷波、马边等处，情形大略相同，总当重惩汉奸，并严查书吏兵丁之串通欺压夷民者，从重治罪，则杜其衅端，边圉自永臻宁谧矣。

　　　　　　　　　　　　　　　　　　　　　　　（《清实录》）

不过，过去彝汉之间虽然有矛盾和冲突，但民族间的交融并不会减少，而且随着时代的变迁，这种交融是越来越加强了，马边的日渐强盛证明了这一点，"商贾日盛，虽处崇山峻岭之间，亦川南一重镇也"（《叙州府志》）。

彝族有句谚语："汉人离不开皮货，彝人离不开盐巴，彝族离不开汉人，汉人离不开彝家。"这恰巧又说明了彝汉民族间的相互依存关系。

流官的夷疆宦旅

马边厅建厅以来，从乾隆二十九年到宣统二年，总共不到150年时间内，这里经历了103任同知（光绪二十二年马边厅改为马边县，同知改为知县）。每任同知（知县）在任时间平均只有一年零四个月，屁股都没有坐热就要走人。

做官如走马灯，特别是在西南边地任职的流官，更因其地域的特殊性和环境的艰苦性，常常是短暂而过，犹如流星。曾经写过《成都通览》一书的傅崇矩是个清末的新潮人士，为了体验一下流官生活，他先去了松潘，步行而去，沿路采风，对边地的风俗民情颇感兴趣；一年后又到了马边，任嘉犍峨马县清乡司令，结果死于任上。书生意气不管用，流官看来并不太好当。

流官是明、清时期对西南边地任职官员的专称，是改土归流的产物。改土归流就是把土司自治管理的方式改为政府派官管理方式，加强了中央集权，流官是相对于土官而言的。流官与内地官员在环境上有诸多差异，实则也是对从政生涯的一种考验。但由于其流动性强，在短时间内难有政绩，大部分流官都不曾留下雪泥鸿爪，泯灭于史迹。不过，在历史上很多重要人物都有在边地做流官的经历，为其宦途增加了底层经验，甚至还留下了不少精彩的人生故事。

这里要说的就是光绪十四年（1888）在任的马边同知蹇子振，他就是个不折不扣的流官。

蹇子振（1835–1894），名蹇诜，自号醒庵。他的家族原在四川巴县，后来为避张献忠之乱，转迁到了贵州遵义，从此蹇家代有人才出，成为当地的名门望族。

蹇子振有弟兄三人，大哥蹇谔，二哥蹇阎，他是老三。蹇子振小时候"敦敏嗜学"，16岁参加岁试，以第一名的身份成为廪生，每月领取廪膳，享受国家助学补助。本来他可以安安静静地读书，以待将来博取功名，但贵州战乱来临，大哥蹇谔不幸战死，他的家庭也随之发生了巨大的变化。咸丰十一年（1861），二哥蹇阎在四川彭山县当知县，蹇子振就带着父母一起投奔到了成都。在这期间，蹇子振与当地贤达来往，"内督家政，外延宾客，声誉翔起"（《贵阳府志·列传·蹇诜》），四川总督骆秉章也听说了他的故事，便"檄令随府君（蹇阎）襄办松茂番务"（《蹇公行状》），也就是推荐他去当一名流官，但蹇子振早立下不仕之志，想过安贫乐道的生活，所以推谢了这桩美差，"以读书养亲为乐"。

后来蹇阎率旧部赴援遵义，这样蹇子振又带着一大家子人回到了贵州，其实他的生活跟一个流官也差不多。不久，蹇阎又得命回川任职，但走在路上就一病不起，不久去世。

两个哥哥先后死去，对蹇子振的打击很大，好长一段时间都没有恢复元气。几年后，他出外游历散心，但所到亲友之处，都劝他出山，因为在别人的眼里，名门蹇家不能一蹶不振，重担已经落到了他的肩上。蹇子振本身无意仕途，却鬼使神差地让他在仕途中沉浮，而机会在这时出现了。

光绪二年（1876），丁宝桢由山东巡抚出任四川总督，他是贵州人，到川之后便想物色幕府，于是就有人给他大力推荐蹇子振，丁宝桢见了他后极为赞赏，认为此人可堪重用。就这样，已经四十多岁的蹇子振被意外地派到了马边，而这个过了半辈子闲云野鹤生活的读书人，人生也从此被彻底改变了。

丁宝桢为什么要把蹇子振派到马边呢？因为当时马边的形势复杂，治理颇为棘手，但这正是考验他的机会，而这正包含了丁宝桢的用意。蹇子振当时"援例以同知到川"，也就是说因为他两个哥哥的功劳而得到了"封荫"。

在马边期间，蹇子振政绩不俗，让丁宝桢大为赏识，"马边事定，奏擢知府，格于吏议，准补缺后以知府用。然公之著循绩而享蜀民之私祀，自此始"（《蹇公行状》）。

有"循绩"，而享"蜀民之私祀"，这是蹇子振的荣耀。当然，对一地有贡献的好官并不鲜见，却并非都能被后人记住，而蹇子振在马边的故事留有余响，这是因为认识了当地人贺永田，两人共同演绎了一段传奇故事。

贺永田是何许人也？他是马边官帽舟人，字熙隆，光绪年间的秀才。贺家原籍在外省，很可能就是当年垦荒而来马边的那一批人。笔者曾有幸见到过贺永田的几位后人，了解到贺氏家族的一些情况。后来又通过对相关档案的查寻，找到了一些更重要的史料，让贺氏家族的历史渐渐浮出水面。

《马边彝族自治县志》是这样记载贺永田的："贺永田，字熙隆，光绪年间秀才，因涉嫌反清，逃亡竹根滩（现属乐山市五通桥区）。经商致富，家资百万，是该地首富。"

那么，贺永田是如何经商致富、家资百万的？这就跟蹇子振有

马边土筑碉楼　（孙明经摄于1938年）

太大的关系了。

贺永田本是个秀才，因"涉嫌反清，逃亡竹根滩"。但阴差阳错的是，光绪七年（1881），蹇子振被任命到越嶲厅当同知，后又被委任到"犍厂"当盐官，这个"犍厂"就在现在的乐山五通桥，也就是贺永田的逃亡之地。由流官变为盐官，蹇子振的这段经历，在他的后人为他写的《蹇公行状》中有一段追述：

> 公（蹇子振）抵省，即委管犍厂盐务。谂知其故，每月定值，必代计盐本俾稍丐，余利上官，或以增价。诘责必上言，恤商即所以保厂之故。狠狠争辩得当，乃已又多布耳目。贫灶亦得领值售盐，无赖亏币者屏之，商困大纾。又念犍盐之贵由煤值太昂，召商董假以资，令益开煤矿，取用不竭。本轻利重，商民感悦公凡两榷厂务。去之日，阻送者舆属于道，舟衔于岸。既去，复相与户而祝之。迨公殁，遂设位于盐井神祠，春秋附祭，至今不替。

这段文字的背景是这样的：丁宝桢上任四川总督后的光绪三年（1877），推行盐务官运制，废裁过去的盐务官署，在五通桥设犍厂官运局。蹇子振到盐场任职后，贺永田这个逃亡的秀才也有了用武之地，他被蹇子振留在家里当西宾老师。

此时的蹇子振，比在马边当流官时的情况好多了，盐在过去是大大的肥缺，盐官的日子自然好过，此间他的生活是："所至登山临水佳胜处，辄为构亭台庐舍。偕幕僚携琴载酒，数至以为乐。客至投辖治，具流连尽欢……"在地方文史资料中，还能看到他与盐官牟思敬、余云墀的诗酒场面："醉寻归径穿林去，杳杳钟声月满船。"（牟思敬《偕蹇子振、余云墀饮菩提寺》）

当时五通桥盐场有个盐商有口春先灶，但经营困难，欠下巨债被官府没收。蹇子振就想到了贺永田，便让他去经营，一年下来，贺永田不亏反赚。于是贺永田便接二连三地扩充井灶，数年之后，他已经有了上百口煎锅，日进斗金，迅速成为光绪年间五通桥盐场的首富。

丁宝桢在光绪年间推行的官运盐法，让川盐税收年达一千万两白银之巨，而五通桥之盐也因受惠于该法而达到极盛。作为川盐的大盐场，蹇子振的官场背景，是贺永田发迹的真正原因，贺永田才在"官运制"中获得了巨大的商利。所以，当贺永田有了雄厚的资本后，由于他本身也是读书人，就想到了做官的好处，让人挑着十六挑银子进成都去捐官。后来贺永田顺利地捐到了四品淞沪铁路会办一职，开始了"官商相连，日益家富，家资巨万，妻孥成群"的家族景象。

可以说，是蹇子振成就了贺永田的这段传奇故事，当然故事还在继续。

在五通桥管理了一段时间盐场后，这一去就是几年。光绪十四年（1888），丁宝桢去世两年后，蹇子振居然又阴差阳错地被调回到马边厅任同知，重新做了流官。绕了一圈回来，让人百思不得其解，像他这样二度在同一地任官，在马边历史上可能只有一例。有人会说嘉庆七年（1802）的同知周斯才也是两次到马边，但他第二次实际是退休后的"返聘"，做的仅仅是修志工作，已不再是马边的父母官。

每一位任职马边的流官，都必须面对这样的现实：治理边患。《雷马峨屏调查记》中说："任边职之官吏，能安抚夷人，即能四境晏然，政声卓著。否则边地骚然，民无宁岁，而在职者，亦不能久安于其位矣。"但这也正是流官的难做之处，它担负着为朝廷守边的责任，圆满完成任务，皆大欢喜，但稍有闪失，便会遭到罢黜，这种例子非常之多，不胜枚举。

流官的出现本身就是与土官权利的取消同步的，是对土司制度的瓦解，这其实是明朝一对巨大的社会矛盾。马边一地的出现，是改土归流的结果，也可以说是这一矛盾的体现，而每一个到这里的流官自然就被推到了风口浪尖上。

不妨来讲一段与马边相关的历史，来看看流官取代土官的过程并不容易。

在三雄之乱平叛后马边建城仅隔了一年，即万历十八年（1590），播州都指挥使杨应龙就在贵州开始谋反。他是播州（今贵州遵义）世袭土司，到杨应龙这里是第二十九代，承袭七百余年；在三雄之乱平叛中，还曾带领骁勇善战的"播州兵"参与了协防，"数赴征调有功"。但他素有反叛之心，贵州巡抚叶梦熊早有察觉，曾上奏其不法情事，力主改派流官治理。万历二十四年（1596），杨应龙愈加猖獗，四处劫掠，川黔两省鸡犬不宁。于是朝廷调募24万八省联军征剿，耗银二百余万两，虽平定却元气大伤，有人由此认为是明衰清兴之转折点。播州之役同朝鲜之役、宁夏之役合称"万历三大征"，那真是动了国家全身的筋，才卸下杨应龙这根最大的反骨。其实在整个过程中，朝廷一直对杨应龙施行宽宥之策，希望以保住他的世袭地位来换取一地安宁，结果养成大患。这次平叛结果跟马边有相似之处，播州一分为二，诞生了遵义、平越二府，分属川黔两省，派驻流官，而后面确实换来二百余年的平安。

流官的主要职责其实就是乱时征剿、平时安抚，他们是王权在边地的代理人，对异己势力坚决剪除，维护边疆安全。不过在实际情况中，往往是盘根错节，要因时因地灵活处理，却是非常之难，这往往就需要流官的个人才干了。

寋子振在处理边防上有一个小故事，颇具心法，值得一说：

马边夷乱作，刘公（四川总督刘秉璋）所部将率均江，南人不谙夷性，征之未服。而急于奏功，遣译人说降。公（蹇子振）至，降局已定，约期椎牛申誓矣。至日，陈兵郭外，设巨案，文武列坐。夷酋椎牛毕，誓曰："自今以往，夷敢再叛者如此牛。"复扬其目而上睨曰："文武官有再以兵临我者亦如之。"列坐佯若不闻。酋有矜色，复近案大言。公不能耐，叱左右缚酋曰："今日降不受矣，明日即督兵入！"酋惊惧自投服罪，列坐亦为缓颊，乃改盟歃血而去。

（《蹇公行状》）

杀牛本为结盟，但"夷酋"说的话依然桀骜不驯、咬牙切齿，让人想起那个曾经强悍的杨应龙，其实是他的骨子里未被真正征服，虽然受降，但随时可反。蹇子振看透了这点，镇定自若地用计谋战胜了对方，免除了杀戮，得到了圆满的结果。其实蹇子振是明白一个道理，这个矛盾无法根本改变，只有暂时化解，但求相安无事，此为一时之策，亦为时时之计。为此，他还得到了皇帝的嘉奖，"以剿办马边厅匪徒，赏同知蹇诜等花翎"（《清实录》）。

除了对边务的得心应手，蹇子振在教育上也可圈可点。他在马边城小东门办了一所龙湖书院（旧址在今马边小东门粮食宿舍），这是马边历史上早期创办的有影响的书院之一，培养了不少人才。光绪十八年（1892）六月，蹇子振调任江北厅（现属重庆），不久即去世，年仅59岁，而龙湖书院办到了民国前，可以说他是马边教育事业的先行者之一。

再说贺永田在五通桥成为巨商后，重金请来江南的能工巧匠打造了一座大庄园——太和全。该庄园24个天井相连，蔚为壮观，被当地人称为"桥滩大观园"。不仅如此，由于他捐官四品，他的儿子贺伯霞也得到"封荫"，到贵州铜仁府任知府，贺家显赫一时。

大富大贵的贺永田又在马边购田置地，衣锦还乡的他经常帮补他的穷亲戚，这其中就包括他的亲侄儿，后来成为著名历史学家的贺昌群。

关于贺昌群的故事，后面会专门讲到，但在这里要说的是，如果没有贺永田的兴旺发达，就不可能为贺昌群后来在成都、上海等地读书提供经费，贺昌群仍然会是马边的一个贫困孩子，其命运可想而知。当然，如果没有蹇子振，也没有贺永田大富大贵的日子，而这样的人世勾连，可能连研究历史的贺昌群也未必能够想象得到。

贺永田死后，家道中落。民国初年，贺家更是加速衰败，让贺昌群失去了经济依靠，被迫辍学另谋出路。不过，贺昌群的人生路跟五通桥贺家有非常大的关系，因为他已经走出马边，看到了外面的世界。在抗战期间，贺昌群避难乐山，常常去太和全庄园走亲访友，并在最后见证了太和全的分家过程。有趣的是，他同蹇子振恰好是在一头一尾见证了一个盐业世家的兴衰，而这又是冥冥中的因缘相连。

流官大多都是过眼烟云，其间人物或升或贬，皆属常态。蹇子振前后在马边当了4年同知，《贵阳府志》中这样评价他："诜所在民爱，所去民思，明威示信，因俗施教，有循吏风。"但官方话语未必可信，重要的是他的夷疆宦旅，为后人留下了一个真实的流官故事。

喧哗与骚动：铜的开发史

　　马边境内峰峦重叠、地形复杂，是个自然资源丰富的地方，其磷矿储量在全国都居于前列，有"磷都"之称。但在过去，人们对马边的自然资源有最初认识的是铜，马边的铜早在明代就有相关的文字记载，"马湖自前明以来旧为产铜之处，今按旧址万石坪有画眉厂，前营夷地内有飞云厂，鹰嘴岩等名皆系旧基"（《马边厅志略》）。

　　这段话中提及的万石坪，历来是个神秘的地方，民间有"打开万石坪，世上无穷人"之说，而过去在此地开设的铜厂也证明了这点。

　　其实，在清朝早期，马边的铜已经很有名了，铜被称为边地膏腴，而铜为马边带来的改变是巨大的，"马边开厂以来四十余年，历年出铜，自完课（税）外，分商售卖四方，贸易接踵而至，号称鼎盛一时，故有小成都之称"（《马边厅志略》）。铜商的出现是带着资本性质的，而这也证明马边是在内陆边区资本早期的逐利之地。

　　关于马边当年采铜设厂的情形，还有一些记载：

厂开之初，各处商人云集，挟重赀而谋利者不可胜数。凡商贾及土人有能识矿苗者，采得其处，勘明实系山形丰厚，矿苗旺盛，先行试采，每矿一炉，出铜若干，名为试火。如果获利，再赴地方官具保批准，饬令书课，查勘有无妨碍田庐坟墓，禀覆然后招募勤砂人等排班尚紧攻采。矿苗既现，攻挖入山，仍需二三十丈或一二百丈，然后得矿，是为曹硐（即矿坑）。曹硐既得，然后招募炭窑等户，建设炉房箱甄，以为煎炼之具。

在巨大商利的带动下，到马边发财的人不少，几乎形成了一股热潮。但由于开采铜并非是一件简单的事，从头到尾都是耗时耗财费力，所以采铜一事非得兴师动众不可。我们可以通过乾隆二十五年（1760）的一件开采事件来看当时的情景。

清朝某年，铜商王珏、万雀、金玉等人在龙门溪、细沙溪、楠木坪等处发现了矿砂，便给政府打报告，"请准开采"。政府也极为重视这一商机，便派专人去考察，而确定的考察成员非常严密，为防止中间的贪污受贿，设立了相互监督的机制，所以参加考察的人分别是高县知县李鸿楷、屏山知县彭建修和一名马边县丞。

考察的结果是认为矿点"山形丰厚"，可以试采，限定在半年内如有成效，就将议立章程，派专员去管理。但好事多磨，过了三年后，一直到乾隆二十八年（1763）才定下了这事，在经过督院批准后，派射洪县洋溪镇巡检李宗统、屏山县丞周芬斗会同管理，并设"龙门溪厂员"专门督理，这名厂员的名字叫符兆熊。

当时开采铜要上报朝廷，不能私采，更不允许铜私自流入民间。铜不仅在冷兵器时代具有崇高的地位，是国家战略资源，也是重要的财政收入来源，清朝时期国家在货币上采用的是银、铜双本位制，虽然利用民间资本来开发，但仍然受控于政府的严密监控。在《清实录·乾隆朝实录》中就有这样的记载："开采四川马边厅属铜大、雷波厅属分水岭二处铜厂，从调任总督孙士毅请也。"看来采铜并非小事，得经过总督巡抚一级的大员批准才行，所以上面的程序虽然有些复杂，也就可以理解了。

万事俱备后，厂正常开工，于是从乾隆二十八年七月初一开始"抽取课耗"，政府原来是看好它的税收贡献。

这税是怎么收的呢？"每百斤抽课铜二十斤，耗铜四斤半，余铜一半分商，一半官卖。"也就是说在开采的铜中大半归官，小半归商，当时每百斤铜卖9两银子，这是官方定制，这样算来，商人实际能够拿到的银子不足3两。

那么，既然已经抽取课铜，那"耗铜四斤半"又是拿来做什么的呢？原来铜厂除了大量的生产工人外，还要养着一大批管理、守护人员，其中厂员1名，每月20两工资；课长2名，每人每月工食银2两；书记4名，也是每人每月工食银2两；巡役16名，每人每月工食银1两5钱，共24两，另外还有"油灯纸笔银"每月2两，这样一折合，就大概每月需要生产600多斤的铜来供养这些人。

虽有大量的成本消耗，但生意依然红火，四面八方而来的商人络绎相寻。

就在这年的四月，商人胡泰来、肖逢源等也在铜厂沟、大奔坎等地开采铜。由于这些地方在前明时就开采过，只因"兵燹皆废"，所以是在旧基上开采曹硐，费时不少，直到乾隆三十二年（1767）才告正式生产。而在这四年中，商人如非有雄厚的资金实力，恐怕很难熬得过来，所以其中不堪重负者极有倒闭破产的危险。

其实，开铜厂本身就是个风险很高的买卖，就算找到了矿，但

　　马边永乐溪，在清朝以前叫铜厂沟，这一带曾经就是马边产铜的地方。　（龚静染摄）

矿的出产数量决定了商人的获利程度。这里面既有商人的时运，还有不少经营者的人为因素，如"存心厚薄，行事邪正，匠工巧拙"，所以"火候有得失，即盈绌丰吝之异乎"。

不仅如此，炼铜也需要具备一些客观条件，如冶炼需要大量的木炭，而木炭一般是就地取材，这样成本会降低，这就需要附近有大片的树木可伐。"当其盛时，每铜一炉，用矿三千余斤入炉煎炼，约得铜千斤或七八百斤，此其大者，其次或三四百斤或二三百斤。其时油米食物无一不贱，山林树木随处烧毁，故资本少而获利多。"（《马边厅志略》）

但后来情况发生了一些变化，铜厂大兴后，人烟日众，大家都看到了赚钱的事情，便垄断山林老树，不准铜厂砍伐，致使铜厂无烧炭之处，"居民往往霸据山林，与厂民互相构衅"。这样的情形着急的不只是商人，官府也极为不满，因为当时马边盛产铜后，此项收入也成为当地主要的经济来源。

在嘉庆年间，马边每年要向朝廷"额运三万八千"的铜，这个任务跟地方官员的政绩挂钩，在周斯才当马边厅同知的有一年，就出现过完成不了任务的情况，竟然出现了"一万六千缺短"，其原因就是炭的问题解决不了，"连年以来皆开木厂，解板挖瓢，反阻铜厂烧炭"。为此他上书蕃司，请布政使出面解决问题，"请一面严出示谕，将屏邑现有铜厂地方附近老林竹木，饬令封禁，归于厂用，庶愚民知警不致歧视厂务，于铜政鼓铸大有裨益"（《马边厅志略》）。

木炭是炼铜中最大的一笔成本，无炭则无法启炉，这几乎决定了铜厂的盛衰。但自然资源的开采其实是看天吃饭，旺盛有时，衰竭也有时，这是自然规律。

"自嘉庆六年以后，大旺山上诸处铜，每炉大者不过二百斤，其小者才百余斤，甚至八九十斤，欲求敷炭本而不可得。"故"各商只好携本归里"。

商人虽然为利而来，但他们的处境却极为艰难。马边处在汉彝杂居处，商人开铜厂还面临着彝人的滋扰，如嘉庆八年（1803）的铜大厂、花板冈等地就被彝人焚烧，致使工人全逃。同时，在开采过程中，邻县为地界之争也常常让商人吃尽苦头，当时马边与屏山就常常为铜厂之利起争端，而其原因有很大的历史渊源在内。

过去，马边曾经属于屏山县管辖，乾隆二十九年（1764），马边从屏山分出，独立行政，但两地的地界就常常有交错之处，商人办铜厂搅动了当地的利益，官司不断，如嘉庆九年（1804）就发生了这样一件事情。

这年八月，马边商人徐正龙寻找的矿点在与屏山的交界处，这个地方叫奔土曹，是以前就有的曹硐，这次是重新开发。徐正龙是个遵纪守法的商人，在开采之前是"报明在案，蒙准踩勘"，也就是说他是获得了政府的批准才行事的。

但就在他"费尽工本，连月攻采"之时，一伙人突然冲了过来，"将炭窑抄毁五座，炭户等五人拘拿屏邑"。这是怎么回事呢？原来是惹到了当地土豪朱湘侯，他带着二十多个乡丁闹事来了。

在这个事件中，徐正龙损失不小，"家具多被抢掳，不能开火，煎炼难以办铜济运"。而被朱湘侯抓去的几个人被关进了屏山县的监牢里，屏山当局的理由是严禁厂民在当地伐木烧炭，"此后凡铜厂需用竹木，须将官给铜本，动用公平，给价购买供用"（《马边厅志略》）。这样一来，徐正龙要想在当地炼铜，就得从屏山县政府那里买炭烧，中间的盘剥自然不少。但问题是屏邑的这一做法损害了马边的利益，所以马边厅就将此事告到上级政府，搅动了两地的官司。

在马边厅的讼文中，谈到了一个问题，即屏邑说的要买炭须得"动用公平"，马边就提出了异议。他们认为，过去是"官卖每百斤铜给价九两"，但这是乾隆二十七年的事情了，当时的柴米油盐很便宜，而如今已经过去了几十年，"百物腾贵"，如果再用旧制，"于铜本内动用公平给价，则铜本愈短，谁肯承办"？所以，所谓公平之价不过是堂皇之词而已。

另外，在当时的情况下，很多当地的民众以开垦耕种为由，占据山林，致使铜厂必须要去买他们的烧炭，实则是与铜厂争利。但在前朝定例中是开设铜厂在先，报垦土地在后，所以马边厅就认为"山树与厂相近，原应归厂烧炭"。

当然，如果这样下去，商人赚不到钱，就没有谁去办厂，国家也就没有税收，谁也得不到好处。"国家铸山煮海之利，匹夫皆得。攘背而相争，小民踞薮泽山林之富，而朝廷无贡金，鼓铸之资金岂一民尺土，莫非有之义乎？"（《马边厅志略》）

这件事虽然惊动了马边、屏山两地政府，而且还上书到蕃司衙门请求仲裁，但终究是不了了之。但既然上面对于下属是哪一边都不好得罪，致使马边方面深感绝望，"自此炭山愈难，屏山之厂愈不能办矣"。

砍了皂荚树，免得老鸦叫，为了一方利益而损害了地方经济发展，其实是得不偿失。但我们也应该看到，通过马边的铜矿开发，这个边远的小城渐渐被外人关注，与外界的沟通也逐渐增多，人丁聚集，商贸繁盛，"小成都"名声在外，这个在过去人们印象中只为了"平夷""镇边"的地方，马边的形象也就悄然发生了变化。

铜或许只是人们探寻边地财富的一个引子，资本的汇集改变着小城的传统自然经济，封闭的边城有了被打开的可能，这又是当时的人们不曾想到的。

　　从19世纪的下半叶开始，来到马边的人群出现了很大的变化，他们中不仅只是军人和流官，或是为了赚钱而冒险前来的商贾，陌生的人群也出现在了马边境域，他们来自不同的地方，怀着不同的目的，那么，他们将为那个动荡不安的边城带来些什么呢？

马边的军费和皇帝的御匾

大清倒了后，绿营士兵如潮水般开始退防。

清朝解体以前，凉山边防有一整套严密的防御体系，这是王朝统治者处心积虑，用了庞大的人力财力才建立起来的。

当时边防的军费开支状况有这样的记载：

> 清代经营凉山，不遗余力。除以渐进方法完成边区政治组织外，更于沿边安置重兵，多设关卡，以防猓猡之骚扰；卫要之区，则筑城寨为营垒，以资震慑。计雷马峨屏四县，共设汛地一百三十又八，分卡多至五十有七，兵勇多至一万数千名，岁费饷银三十万数千两，占清末四川全省正粮之半，以全省税收之所得，耗其半数于猓猡之防护，其严重盖可想见。
>
> （《雷马峨屏调查记》）

过去，四川绿营的将领分为提督、总兵、副将、参将、游击、都司、守备、千总、把总、外委等，提督管理一省军务，下面分为镇、协、营、汛四级，镇的首领是总兵；镇之下是协，由副将统领一协，职务相当于现在的地区级军分区司令员；协下面是营，营由参将、游击、都司、守备分别统领，汛由千总、把总统领。

清朝在四川设有四镇，即重庆、松潘、建昌、川北；又在军事要地设有八协，马边是其中的一协。马边协与阜和协（驻今四川康定）、懋功协（驻今四川小金县）是四川在西南边地方位上的三大军事要塞，专门针对彝、藏事务，驻军众多，防范严密。

但军事之靡费，我们单从马边一地的投入就可以看到："设汛地三十七，分卡一十四，官弁五十五员，兵勇二千六百五十六名，年纳饷银七万五千三百八十两。"而当时马边厅赋税年收入还不足2200两银子，巨大的短缺全靠朝廷拨饷补贴。

清政府在对待彝务上重在安抚，沿袭的是唐、宋、元、明陈法，即以缓解民族矛盾来换得天下太平，所以每发生反叛和征剿，最后都是希望以和平相处的方式来解决，并不想永远以暴制暴，冤冤相报。《雷波厅志》中就记载过光绪十六年（1890）恩各支彝投诚后，举行了盛大的饮血仪式，朝廷"赏给布匹、银牌、哔叽、花线、盐酒，该夷等欢欣鼓舞而退。并令琐簸、呼曲二酋在城当差，余均分遣，边境肃清"。

其实，四川总督丁宝桢曾在《筹边策》中就总结了安抚的要点："明赏罚以伸信威，设夷酋以资约束，集乡团以慎防御，筑碉堡以广招徕，界兵民以杜骚扰，定斗称以禁欺凌。"可以看出，其核心理念是要防备也要安抚，并在垦务、商贸等方面加强互通，促进彝汉的民族交融，而这确为明智之举。

丁宝桢为什么要这样做呢？因为有前车之鉴，在他处的时代，这样的思想算得是真知灼见。到了民国时期，关于治夷的办法也有不少的争论，归纳起来不外乎三种，一是武力荡平，二是法治立信，三是垦殖开发。这在1934年中国西部科学院报告《关于开发大小凉山之商榷》中就是这样总结治理凉山的办法的，可以说这些思路在当时具有一定的代表性，但哪一种才是切实可行的呢？

武力荡平只不过是为了体现威权，是封建帝王的想法，但千百年的历史告诉人们这根本不可行，也可以说是极不人道的，而后两种是近代意义的，是在《筹边策》的思想基础上的融合、发展。

关于武力荡平其实在经历过历史实践之后已逐渐为人唾弃，但仍有余毒，到清朝还有人在鼓噪。如在道光十八年（1838），四川总督苏廷玉、成都将军凯音布、四川提督张必禄三人就曾经合谋，认为要让边防"若百年无事，非用大兵不可"，便奏请朝廷拨款300万两银子，调兵2万人，以大动干戈的方式彻底剿平凉山，以为这样就可以高枕无忧了。

这300万的军饷从哪里来呢？这就要在每两中加征五钱"川税"，分十年来摊还。

这一提议让龙颜大怒，因为道光非常讨厌无大事用兵，而且对加税更是深恶痛绝，所以下旨将"原奏诸臣，降黜有差"。由于苏廷玉是首倡者，被降为四川按察使，拔去花翎，从此以后无人再敢提大举进剿凉山的事。

办理彝务涉及广泛，困难重重，绝非易事，任何不切实际的幻想都是有害无益的。道光时期江南道监察御史刘晸道就在给皇帝的《边夷情形疏》中写道："夫夷地非甚大也，夷人非甚众也，夷情又非有图城夺地之谋也。"他的这个说法表明彝务问题只能以和平手段来解决，这是人道主义的态度。

清朝政府一直提倡安抚，为此付出了巨大的开支。实行彝官制就是安抚的一种方式。

设立彝官并非始于清朝，而彝官制是安抚政策中最重要的一项，彝官的名目繁多，有土司、土舍、千户、百户、酋长、土目、夷约等，而每一个不同阶层的彝官，都要政府每年发给俸金，以笼络人心。而事实上，这一政策效果不大，并没有解决汉彝间矛盾的根本问题，这就是为什么到了民国后，彝官制被废弃，导致大小凉山的局面更为混乱的原因。

在安抚的效果大打折扣之后，军事守备又变得重要起来，这几乎变成了边地防务的一个底线，而守备之中包含了政治、军事、经济、民族等多方面的综合因素，是个浩繁的体系建设，需累百年之功。

2016年初春，笔者与乐山的江一帆先生到屏山县龙华镇去做过一次考察，该镇离马边近一百公里，在沐川、屏山两县交界处，依山傍水，历代为兵家必争之地。但就是如此遥远的地方，在过去也是马边协防区的一部分，据《雷马峨屏调查记》，"咸丰元年，设平安营，驻防屏山之龙华寺，仍归马边协管辖"。

马边协当时管辖有"左营"（驻马边三河口）、"右营"（驻马边烟峰）、"存城营"（驻马边城）、"万全营"（驻沐川茨竹）和"平安营"，每营设一都司，马边协的首领称为协台，为清代副将官衔，总管辖人数为2500人。龙华这个古镇过去是通往大小凉山的必经之地，商贸繁盛，至今还保留有昔日防戍的城堡痕迹，如此漫长的防御体系定然要耗费巨大的军费开支，而每一个塘汛关卡，每一个军事据点都是用钱填起来的。

当年像这样的小镇的日常边防状况是怎样的呢？这在《清实录》中有所记载：

> 其村场市镇，因山傍水，周围环砌墙垣，外挖深壕。堡内丁民责令团首督率教演，官给鸟枪抬炮，定期校阅，分别赏罚。无

事则耕作营贸，有警则闭栅登陴，足资守御。

城堡建设要搞，而军队管理也要抓，我们可以从边防巡查这个角度去看看。

清朝边防巡查是定例，也是年度的边地防务盛事，一般是每年两度，在小凉山各营汛哨卡的轮流巡查。每到巡查大员到访，必然是大队人马排列，威风凛凛，以示震慑。在《清实录》中还能够看到当时的例行检阅制度："每年春夏之交，请饬建昌道前往越嶲、峨边等处，永宁道前往马边、雷波、屏山等处，均各巡查一次。秋冬之交，由建昌镇、提督分赴巡行，以重边防。"

当时，小凉山的布防军队比较严密，每个县城都有驻防，如马边城驻的是镇边营，雷波城驻的是普安营，峨边是城守营，屏山城则是万全营。

驻军是流动性的，经常换防、征调，正所谓铁打的营盘流水的兵，而不同地方的驻军，军人素质也差别很大。如"金川兵"就非常厉害，"川军以金川屯练为强"，他们长于山地作战，是在苦寒环境下练出的一支军队，在进剿马湖生番过程中常常是威震一方。

"金川兵"的形象很有特点，按现在的说法甚至还有一点酷："着虎皮帽、牛皮靴，胸前排小藏佛，背负火枪、腰刀械、火药、糗备约二三十斤，登山越岭如平地。火枪教营枪重而坚，能命中极远无虚发，每行军必争前锋，耻落后。"（魏源《圣武记》）当然，这样的士兵为人称道，而"金川兵"正如本书前面提及的"播州兵"一样是训练有素、勇猛作战的典型。

但固然有"金川兵"的增援，清朝凉山边防也深感吃力，而每任官员如履薄冰，边地一旦闹事，稍有剿办不力，就有可能遭到处罚。正因为此，朝廷针对马边等边厅实行一定的特殊政策，官员只要干满三年就可以升级，干满六年就能够升任知府一级的官。据《清实录》："马边、越嶲两厅同知，抚边紧要，应俟三年俸满，以升衔留任；再满三年，准以题调选三项知府升用。"但这样的奖励实如烫手山芋，查遍史书，在马边厅能够当上六年以上的同知屈指可数。

这也怪不得他们，因为现实是如此的错综复杂，办理彝务常常处于两难境地。在彝人的习俗中，把抢汉族"娃子"作为一种生存之需，彝族是个阶层社会，有贵族（黑彝）、平民（白彝）、奴隶（娃子）三个阶层，需要"娃子"去充实它的底层社会。在马边，直到1951年前的彝区还盛行蓄奴制度，而这样带来的民族冲突可以说是从无间断。所以，汉人的防御是必然的，而武装平息也是常态，历代如此。

过去，到边地做官，等于是被推到了风口浪尖。又据《清实录》记载："夷匪等出没无常，抢掠人畜财物，扰害良民，若不加以惩创，恐积久生玩，酿成巨案。"这就是说，出了大乱谁也担当不起，但如果是一股小民扰乱，大动干戈的话，恐怕会带来劳民伤财的恶名，常常的情况是"夷匪等藏匿老林，原不值重烦兵力，深入穷追，然兵集则逃，兵撤复出，相寻不已"。

怎么办呢？朝廷的要求是"周密布置，竭力防范，相机剿堵"，所以这就需要审时度势：需不需要派兵？派多少兵？都是一个问题。兵少了，怕弹压不住，引来大祸；但如果大军深入，又怕"水土不宜，糜饷劳师，实属不值"。所以，朝廷在一般的情况下，都是要求"文武员弁，平时勤加约束，务使相安。遇有抢掠之案，认真稽查，随时惩办，既不可因循贻误，尤不可过事张皇"。也就是要注重日常防范，不能事到临头措手不及。

但是，实际的情况还要复杂得多，天高皇帝远，加之人心诡诈，办理彝务也常常被有些人看成是发财晋升的机会，"文武各员往往张大其词，希冀用兵，以为邀功地步。每有抢夺，浮言四起，此等恶习，最为可恨"。

在马边防务中，为上面的种种情况而受贬挨罚的将士不在少数。如道光二十九年（1849）的马边守备罗文斗，因为"于该夷出巢滋扰，不知督率兵丁奋力堵击。胆敢许给银两，希图了事，难保无串通营私情事，可恨已极"。后来罗文斗是被"提省严审，加等定罪"。

同一年，署马边协副将峨边营参将文寿、马边厅同知姜吉兆（1846年-1849年任职）等人"目睹情形，不知揭参，辄复附和，滥为支应，著一并解任归案质讯"。

在清朝的屯兵制度中，游击、都司、守备一级的军官官职虽然不大，但权力不小。当时的戍边也实行寓农于兵的政策，战时为兵，闲时为农，马边的"屯田营"就有这种性质。所以在驻守马边的过程中，也有两头渔利、欺压百姓的现象，如光绪朝中的署马边协副将城守营游击穆德霈，被人告了不少的状，经查办的结果是"虽查无钻营卖缺实据"，但"惟声名恶劣，均著革职永不叙用，以示惩儆"（《清实录》）。

像穆德霈这样的军官，在防区内屡有所见，所以老百姓对他们没有什么好感，他们甚至是产生军民不谐的原因，而官司也时有发生。如道光时期的马边营千总徐步云，就因为被当地"廪生董崇淳、民人周凤岐、张廷悦"怀疑其"纠结夷匪，藉和图利"，就将他告上了衙门。结果是将他从千总降为把总，后来他又有立功表现，重新恢复了原职。像徐步云这样的例子，其实反映了边地驻军的复杂生态，而办理防务之难也可见一斑。

一面是边防的现实困境，一面是朝廷的居高临政，而这正是庙堂与江湖的距离。连接两者的，可能只有在千里之遥的道路上往复的奏文和诏书。

但庙堂之高也许是另外一番情形：在一个风平浪静的日子里，皇帝会突然提笔为他从来没有去过、甚至永远也不可能去的某个地方题写几个字，而这些字会很快在精心雕刻装嵌后，挂在当地的庙堂之上，为百姓争相观仰，其场面之喜庆，恍若太平盛世。

当年，马边的关帝庙就曾得到光绪皇帝的一幅御题匾额。为什么会得此隆恩？恐怕至今也无人知道是什么牵动了皇帝那根柔远绥边的心思。

按照惯例，这件事被朝廷内务文书记录在了大清档案中，其性质或事由归在"随手"一类中，也就是说可能是皇帝的随兴而为吧。但皇帝的赏赐不同寻常，甚至会成为一个地方值得骄傲的政治资本，所以我们看到虽然它在《清实录》的记载中只有短短一行字，却有着耀眼夺目的效果：

颁四川马边厅关帝庙匾额，曰绥边锡福。

御题的内容并非闲情逸致，明显是含着政治目的，他不是题给文庙，而是题给武庙。在边地，孔子的诗书固然重要，但关羽的大刀却更为现实，由此看出皇帝也当得并不轻松。

这幅匾额题于光绪乙未年，即光绪二十一年（1895）。这一年四月，清军败于日军，《马关条约》签订，甲午战争结束。五月，康有为、梁启超等在京发起"公车上书"，变法维新运动开始，这是一个摇摇欲坠的江山，实际上也就是这一年，大清的气数已尽。

民国之后，江山易帜，巡防驻军无人供养，渐渐回到内地，其中大多解甲归田或自谋出路。其时马边边防的人数大为削弱，已不足过去的五分之一，而拼凑的队伍也非清朝绿营兵，不过是地方招募的游兵散勇，由商民出资以求自保。边地防务几陷完全崩坏的境地，《雷马峨屏调查记》一书中说："及入民国，夷务败坏，官箴不肃，贪婪之吏遂以重贿卖质夷，为在边地生财之大道。"

没有了皇帝的边地，王土涣散，世道又重入乱世，丁宝桢的《筹边策》沦为虚无，虽然那刻着"绥边锡福"的匾额还端端正正地挂在关帝庙的屋檐下，但却有掩不住的岁月仓皇。

消失在大山深处的城堡

驻守边防要花费多少国家的银两？

这个问题可以通过咸丰年间户部的一封奏折来解答。在这个奏折中，记下了将盐茶耗羡银等借来办理边防的确切数字："四川省办理马边等处两次夷务，借动盐茶耗羡银二十六万余两，官民捐输余剩银三十万六百余两，余茶银八万余两，封存银十八万余两。"（《清实录》）

那些借动的银两只是为了办理两次夷务，但耗费之大让人触目惊心，而在马边这样的地方，夷案频发，这几乎成了国库难以填补的无底洞。所以，财政的捉襟见肘是常事，而边镇粮饷一日不可缺，哪怕是用割肉补疮的方式也在所不惜。

实际上，清朝政府也想过一些其他办法来弥补军费的开支，如将拨付军费的一部分用来借贷或是购买田产，可能会产生一些利润，所谓"膏腴尽为公产"，但这样的想法是否真正有效呢？

前借拨银一百万两发交四川省，以三十余万两为初设防兵之需，其六十余万两或发商生息或置田收租。请于四厅近边之地，收买民田，安置屯防兵勇。

（《清实录》）

军费被挪作他用，实为无奈。因为那些投资到底能否产生效益是个未知数，而军费一旦变为借贷或田产，要想在临用之时马上拿回可能也是一个问题。军费挪作他用，这中间必然会产生很多复杂的因素来，以清朝的腐败来看，这对军费的合理开支也是极为不利的。

从这点上看，其实反映的是朝廷对边防形势认识严重不足，因为时代在前进，边防的概念也在发生变化。

坚固的边防是王朝的政权基石，而到了清朝中下叶，中国的边疆早已不再稳固。有趣的是，在船坚炮利下破境而入的却非紧邻的那些少数民族，大清的边疆史也非前面若干代王朝的情形。就在西人跨洋而来之前，国人皆漠然，朝廷仍然将防务放在传统的政治军事思维框架内，以致认为只要能够处理好周边防务，天下即可太平。

同治时期，已是西方列强环伺，危机四伏，但朝廷还在大张旗鼓地对马边的一次剿办成功而进行例行封赏："以四川马边剿匪出力，赏总兵官王大文、张升扬、彭振兴一品封典，总兵官萧迎祥、张步霖、副将周代礼、游击姜殿宜、巴图鲁名号，游击王腾芳等花翎，千总李锡麟等蓝翎，余加衔升叙开复有差。"

可以理解的是，当年明王朝的边防被女真人攻破，清朝政府也害怕重蹈覆辙，所以对边防人才格外重视。以马边为例，朝廷对有能力的将士大力举荐重用，如道光时期在四川龙安营任都司的李昶，本来准备提升他去江西建昌营任游击，但四川总督宝兴认为此人有才能，要留他在四川马边营任职，于是就上报朝廷，称其"办理夷务甚属出力，于夷情尤为熟悉，请仍留川省"。很快朝廷下旨，同意李昶留川，"以马边营游击升补，此系为夷疆要缺需员"。

说到这里，就不能不说说道光时期的四川提督齐慎，以及他于道光二十四年（1844）亲自督办马边边防的故事。

齐慎（1775-1844），河南新野人，年幼即中武秀才，历任清朝武官高职，是道光时期的一位大将军。道光二十一年（1841）三月，他以参赞大臣身份率川兵抵广东抗英，后"英兵来犯，力战却敌"，在镇江一战中颇有英名。但后来，"城卒陷，退守新丰。奕山、奕经先后被遣，慎夺职留任，回四川"（《清史稿·列传》）。

实际的情况是他在《南京条约》上拒绝签字，失去了提升的机会，后重回四川任提督。齐慎一生身经百战，"以勇闻"，但他极重边防，前后几次亲临马边调查，曾经在道光十九年（1839）拟定《筹议边防章程》，为马边增兵3600名，设参将7人，将绥定协改为马边协，"将绥定协副将改为马边协副将，绥定协中军都司移驻三河口，作为马边协中军都司，三河口守备移驻烟峰汛"（《清实录》）。也就是说，他把马边的边防放在了一个比较重要的位置上。

到了马边后，他"将新旧兵勇严定赏罚章程，逐日训练。数月以来，咸知奋勉，一洗从前惰怯积弊"（《清实录》）。这段话说明其治军有方，确是大清边防良才。但在道光二十四年五月十五日，齐慎在马边行台阅兵途中，由于积劳成疾，"伏枕流涕而逝"。

在《清史稿·列传》中是这样写的："二十四年，出阅伍，卒于马边，赠太子太保，谥勇毅。"这也是齐慎同马边结下的生死情缘。

在齐慎死后，道光帝御赐祭葬，可谓备极哀荣。齐慎之死，也透射出了国家命运的无尽沧桑。他经历了与洋人的战斗，也参与了对彝务的督办，齐慎或许能看到这个国家衰败的症结，然而他是无能为力的，不管他以如何的威武英勇来报效皇帝，最终也无法改变

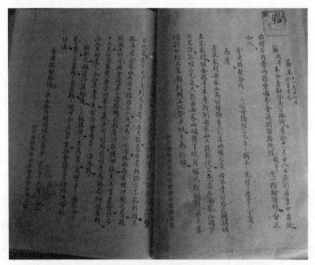

民国时期修建沐马公路的函文，原件存乐山市档案馆。

一个王朝的衰落。

当时，像齐慎一样在前线阵亡的兵勇都被视为英烈，同样会得到相应的奖赏和抚恤，如同治时期马边一位武官因公殉职的奖赐，"予四川马边伤亡总兵官刘为美祭葬，世职加等"。不仅如此，政府在对阵亡将士家属也会有奖赏，"旌表守正捐躯四川马边厅民许某妻李氏"。

然而自清中后期以来，国家的财政已经非常困难，从太平天国、鸦片战争、中法战争、甲午战争再到八国联军，已经让国库空虚，国家的经营难以为继。但就在这样的状况下，对于边防兵弁的薪水，一分钱不会少，甚至还会对瘠苦之地给予额外的补助：

> 裁拨马边分驻油榨坪等处卡隘兵丁，俱著每名每月加增米折银三钱。派驻边防千总，著加每月薪水银三两，把总每月薪水银二两，外委每月薪水银一两，准其于上年捐输余存银内借提生息。除每年应支银六千两外，余银四千两，准其留为岁修碉堡及巡费之需。
>
> （《清实录》）

其实，从这里也可以看到边防的开支是名目繁多，而支给每一个士兵的口粮、薪水、补贴等都要从国库里拿出真金白银来，虽然油榨坪的士兵每月只增加了三钱银，但若以全国边防官兵来计算，就不知道还要花费多少钱财了。

2016年初夏，笔者再度来到马边，去一个叫油榨坪的地方实地考察。油榨坪曾是马边最为重要的一个营堡，是明代万历十七年（1589）同马边城一起建成的防卫设施，过去的名字叫施家寨，在前面的章节中已有提到。

现在的油榨坪属于马边高卓营乡，在民国以前是马边边防的右营，"清代鼎盛之秋，油榨坪为大场，作倮倮交易所"（张云波《雷马屏峨边区之夷务》）。当时，马边以凉山为界，在其境内布防了两个营：左营三河口，右营油榨坪；营之下还有更小的汛地布列在其周围，如烟峰汛，形成了一道严密的网络。

油榨坪右营遗址现在还留着当年的城堡残迹。城堡建在一个山顶上，长达数十米的城堡用石头整齐垒成，站在旧城堡上，视线极为开阔，四周大山里的动向一览无余，确是一个防守的要点。当然，我们现在能够看到的只是其中的一部分，其他都被垦地和秧田淹没了，完整的城堡早已不在，只能透过残迹想象当年的情景。

城堡中驻兵不少，生活的功能应该很完备，甚至附近还有监狱遗迹。据当地人说，监狱的围墙高达数米，厚达一米以上，可谓坚不可摧。陪同笔者一起去寻找遗址的是高卓营乡人阿支阿喜，他是地道的彝族，过去就生长在这附近，对这一带非常熟悉。

阿支阿喜告诉我，过去这里有街道，有买卖，还非常兴旺。据笔者推断，这可能就是过去的山市，但现在除了一些彝族民居散落在这里以外，街道早已不见踪影。目前这里全为彝人居住，但实际上过去这里曾居住有大量的汉人，这还能从随处看到的一些汉族留下的生活痕迹中得到证明。巧的是，当天我就在油榨坪发现了一块半截汉葬墓碑，上面刻有时间，是嘉庆二十三年（1818），这最少说明在19世纪下叶以前这里曾是汉人群居之地。

油榨坪山上还有个半亩地的大池塘，山上小溪流入塘中。据笔者分析，这应该就是当时驻军或百姓生活用水的来源，且可能是人工凿成。其实，在油榨坪上，只要你细细寻找，总能找到过去的痕迹，如

　　马边油榨坪上的城堡遗址。清朝以前，这里曾是马边右营驻扎地，周边有繁茂的彝汉交易市场。　（龚静染摄）

残碎的瓦砾、房屋的石块等。

在汉人经营时期，油榨坪驻扎有"勇额凡四百二十五名"，加上汉族百姓，这里的汉人应该在千人以上，所以民国初年的《三边屯务调查报告》说这里是"农民之繁，农业之饶，亦特为该厅冠"，"过去马边之繁荣，凡皆右路之贡献也"。

1938年前后，人们看好油榨坪的肥沃土地，马边通宁垦社在这里创办，想将之办成"边区中最良移植开发之区"（向贵富《马边县通宁垦殖社启示》），但实际成了鸦片种植区，流毒四溢这是后话。

油榨坪的衰落是在道光中期以后，这同边防的变迁有关。没有了国家财政的保障，油榨坪只是一个普通的山冈，除了能够种植一些农作物，并无特别之处。当然，如今的油榨坪是宁静而安详的，只是当你以寻史的眼光出现在这里的时候，好像所有的一切会在不经意间告诉你：这是一个正在消失的城堡，一个破碎的边防。

城堡的历史已经过去，在断垣残壁中，你感受到的只是时空的缥缈和虚无。只是时间的场景陡然已变，在四野里涌来的虫鸣中，历史已缩身而遁，不见踪影。

也许我们还能感受到当年边关外时刻存在的威胁，这是帝国的肉中之刺。皇帝为了他的江山社稷，需要铁打的边疆，但这个边疆是银子堆出来的。大清后期的财政陷于崩坏，虽防务在前，而危局在后，这就是我们通过马边一地看到的。

敲门者之钥

鸦片换枪：西南边疆的真正危机

　　我得到这样多的枪后，马上将附近各县的袍哥兄弟和大小股匪纠集起来，编成一个团，自称团长，报到杨春芳部。这时熊克武、刘湘正在酝酿争夺地盘的战斗，熊派吴玉章为代表来收编我们，委杨春芳为第一旅独立旅旅长，我为杨旅的团长……

　　上面的文字是《回忆我在四川袍哥中的组织活动》里的一段话，讲这段话的人可能人们并不熟悉，但在二十年前，他的故事在四川几乎达到了家喻户晓的地步，他就是电视连续剧《傻儿师长》的原型——四川军阀范绍增。

　　要深入理解范绍增的这段话，先得讲讲当时的时代背景。

　　辛亥革命前后，中国社会的各种势力风起云涌，它们都在极力填补着皇权旁落后留下的政治空间，如同盟会就是其中最具影响力的团体，而在四川最为活跃的则是袍哥组织，他们代表着地方的政治新势力。袍哥组织来自民间，渐渐成为一方草莽英雄。

　　四川早期的大军阀几乎都是袍哥出身。我们从范绍增的回忆中可以看到，枪是权力的象征，拥有枪的多少决定了他们在军阀中的地位。文中提到的杨春芳就是一个善于用枪的军阀，他深知枪的重要性，用枪换鸦片，在获得暴利后，又买枪壮大自己的队伍，而就在这一期间他迅速成为四川一股不可小觑的武装势力。

杨春芳的鸦片买卖大多跟凉山有关，他分别在民国五年（1916）和民国七年（1918）最为混乱的时候两次进入雷波，以九子枪换鸦片，前后输入枪支上千支，当年到凉山考察的西部科学院考察队员都惊叹道："凉山武器，遂灿然大备。"

就是因为杨春芳将枪与鸦片的交易习以成为江湖风气，从而增添了彝人在边地的话语权重，改变了小凉山的地缘政治格局。

> 在民国七年以前，汉人袭前代之余威，虽夷务日形败坏，而夷人慑于汉人之快枪洋炮，尚未十分轻视汉人。及大规模输入枪械之后，遂如虎生翼，为所欲为。边地糜烂，遂从此始。故民国七年，实为雷马峨屏各县夷务遽变之关键也。
>
> （《雷马峨屏调查记》）

据《马边彝族自治县志》大事记中记载，"民国六年，马边油榨坪被焚"，"民国七年，烟峰、三河口被焚，乡场废"……其实，这些事件并非偶然，它们是凉山那段时间内发生的一系列事件中的一部分。这些事件都发生在彝人大量拥有枪支之后，在汉人看来是边地的安稳再度受到严重挑衅，而在彝人看来这不过是为争取更多的生存空间而已，但也让政权当局大为震撼："凉山夷人，因支派复杂，恩怨各殊，能于自相混战之际，举行大联合，以侵略汉人。其计划之伟大，运用之敏捷，实可惊异。"（《雷马峨屏调查记》）

枪和鸦片的转换，爆发出了巨大的能量，这可能是连军阀杨春芳也没有想到的。

那么，凉山的鸦片是怎么来的，它跟那个时代发生了怎样的关系？

凉山地区种植鸦片的历史可以追溯到19世纪上半叶以前。道光十一年（1831），四川总督鄂山向朝廷上奏的《查禁鸦片烟章程》，就说明凉山彝区鸦片的种植是在清朝道光之前："据称川省五方杂处，间有吸食鸦片烟之人，会理州、平武县一带毗连番界，尚有种植罂粟花处所。"（《清实录·道光朝实录》）云南的烟土就是从四川彝区带进去的，"滇土由夷地行，贱食贵买，夷人利之"（《李星沅日记》）。

史学家一般认为，鸦片进入中国是18世纪西方殖民者对中国发动的一场贸易战争，鸦片不仅让国民身心遭受毒害，还让中国白银大量外流，财政日危，致使禁烟之声日渐高涨。但在鸦片的高额利润面前，私种鸦片的诱惑非常大，川、滇地区由于地理、气候等独特的条件成为私种鸦片的主要产区。

其实，清政府不是不知道鸦片的危害，就在鄂山的这折奏书中，他还对私种、私食及疏于重惩种植鸦片等方面给予了建议。鄂山还在其中特别提到了凉山地区的会理州，说明这一带确实是鸦片种植肆行，已到了不得不严加查办的地步，《清实录·道光朝实录》就记载道：

> 其会理州等处，私种罂粟花地界，著饬该地方官于编查保甲之便，遍历查看。如有私行种植，立即犁毁，将地主治罪，田土入官。并严饬各土司晓谕夷民，毋得私行栽种。令该土司每年冬间亲往履查，如有私种，即行拔毁。将夷民照例枷责，田土归土司招

种，傥该土司不认真查察，即参革示惩。

应该说，这一时期彝区种植鸦片的数量并不大，区域也比较分散、零星，而相比之下，汉区种植鸦片更为普遍。但随着此后几十年的禁烟运动，即从道光到民国初期，汉区种植鸦片的罂粟地渐为绝迹，这跟清朝对禁烟律法的严苛有关，比如栽种罂粟为首者，"发极边烟瘴充军"；开设烟馆的首犯，"拟死罪"；平民吸烟在一年半者，"拟杖流"。

清政府曾经在道光时期颁布了禁烟令章程36条，条条都是对种烟、贩烟、吸烟的人惩戒，因为"吸食之弊一日不断，则兴贩之来一日不绝"，而对犯罪之人"不得稍从宽宥，今定以死罪，立限严惩"（《清实录》）。清政府不是没有看到问题的严重性，也不是没有防范的措施，而是整个行政治理体系效率低下，治标不治本，鸦片烟毒害终未根治。

而就在汉区的高压禁止下，彝区私种鸦片却开始兴盛起来。

彝区是中原王朝统治下的一个空白，山高皇帝远，它相对封闭的地理环境为种植鸦片提供了绝好的条件，而彝区鸦片的输入最早就是由汉人带来的。

邻近马边的美姑县巴普地区，是在民国前开始种植鸦片的。"1909年，由住在三侯以达山背后的黑彝井曲达仁的父亲从汉区带回鸦片种子，在汉人指导下进行试种而开始种植的。普雄瓦吉木乡则在1911年后，因汉区有对鸦片种植的禁令，汉人烟贩到布吉洛（中普雄）一带租地种烟，以后彝人也就逐渐种烟。马颈子和阿尔乡也都是在这个时期传入的。"（《四川彝族历史调查资料、档案资料选编》）

民国学者张云波考察彝区后，在《雷马屏峨边区之夷务》中写道："周围二千余里，少数之兵，封锁看守，自难周到，偷运者甚多。看马边市面之银币即知，向夷地买鸦片均用银子，一个月内每两银价由六元涨到十四元，需要者多，遂将银价提高。且贩烟者多为特殊阶级，武装走私，地方政府有时也无力干涉。"

其实，当时的彝人对鸦片并没有什么好感，吸食者很少，主要仍然是汉区对鸦片的大量需求，导致了地下市场的泛滥，烟土屡禁不绝。"烟苗之所以未能根绝，是因为夷区里面，黑夷包庇种烟，汉官势力一时不能达到，所以没有办法……但（黑夷）他们根本不喜欢种烟，不过因为汉人需要此物，常常来买，所以就种起来。只要汉人不买，夷区禁绝，不成问题。"（曾昭抡《大凉山夷区考察记》）

这就形成了一个特殊的现象："故烟禁弛，夷地种烟少；烟禁紧，夷地种烟多。"（马松龄《四川边地行纪》）而鸦片的此消彼长，带来了汉彝间贸易的兴盛。

学界有人还认为，鸦片也带来了近代彝族社会的巨大变迁，"开启彝汉族群互动大门的重要因素之一就是鸦片的内地严禁和凉山弛禁。这个因素造成彝汉民之间空前的接触与相互交往，从而成为彝族社会变迁的重要动力之一"（巫达《社会变迁与文化认同：凉山彝族的个案研究》）。

马边一带小凉山地区"气候温暖，雨量适中，土壤肥沃，又多山水灌溉之便"（曾昭抡《大凉山夷区考察记》）。但种烟需要掌握种植、收烟、割烟的技术，彝人并不懂这些，所以最早是请汉人的"烟把式"（师傅）来教，这就解决了如何利用偏僻的山地、河坝种植鸦片，以及如何选择土质、稳定产量等技术问题。

由于鸦片种植与收割都有一定节期，在此期间边地运入大批汉工，事毕后又送汉工出夷境，这是彝区一道奇特的景象。民国三十二年（1943），人类学家林耀华在凉山考察时就遇到了一个八十多人的队伍，他们就是专门到夷区去收割鸦片的汉工，带头是个五十多岁的人。在同他聊天的过程中，林耀华了解到：

> （这群人）受着黑彝保头的担保，荷枪护送进入夷区，在马颈子（今雷波县附近）北部一带，收割鸦片。工资则以收割数量为标准，每割鸦片八两，抽出一两为工资。老者每日割二十两，可得工资二两半。事后到汉地销售。该年三月间夷地鸦片的价格，一锭银购三两鸦片，那时银币一锭银值国币千元。鸦片运至汉地，每两值六百元，三两共计一千八百元，得利约双倍。因是边地流氓不顾性命，时常往返夷地，贩运鸦片。

而一到收割季节，交易市场也活跃起来，大批的烟帮来到马边收购鸦片。

在早期，烟贩常常是针对彝人的喜好，用以物易物的方式进行贸易，所以他们带来了日常生活用品，如盐布酒锅、洋广杂货等，这些都是彝人最需要的东西。当时，马边是小凉山区北部的交通枢纽，盐贩在周边彝区收购鸦片，然后集中在马边县城卖给烟帮，这些烟帮其实都是有资金实力和武装押运能力的团伙，是地下黑市的隐形力量。"马边一县每年偷入夷地种烟者，约在千人以上，边境甚长，实无法清查。"（张云波《雷马屏峨边区之夷务》）李伏伽先生是马边人，曾经在《旧话》中如此回忆马边贩烟的情形：

> 每年春夏之交，收割鸦片的季节来到，外来豪客，本地官绅商

学，袍哥地痞，以至家庭妇女，只要有点能耐的，都千方百计弄来白银、枪支、珊瑚珠子、盐布酒锅、针线花边、腊肉米酒……前往彝区赶烟会，收购和调换烟土。没有钱的便去帮助收割、背运、做杂活。这种生意其所以有这般吸引力，是因为它花的力气少，时间短，而利益很大。要是搞得好，只需一两转，便可获致一年半载的衣食。

　　由此可见鸦片市场对地方的影响是巨大的，这可以体现在很多方面，比如加大了货币的流通，彝人后来接受白银交易鸦片就是受此影响，传统的以物易物方式得到改变，物价和消费也随之起了相应的变化。如果推及深远的影响，实际上这就是现代学者们所说为封闭的彝族社会输入所谓"现代性"的开端，而它的影响甚至可以追溯到今天。

　　而最重要的变化是以鸦片换枪。

　　过去彝人虽然强悍，但使用的武器不过是弓箭、刀等传统冷兵器，面对汉人的先进武器还是心存畏惧，而当彝人也拥有了枪支之后，情况大为改变。民国三十年（1941），四川省边区施教团到小凉山考察，就发现彝人拥枪非常普遍，枪支是家庭的重要财产，很多家庭拥有的不止一支枪，而若是一个家庭有了三支枪，更是威力无穷，彝人出门浑身是胆，不把汉人放在眼里。

　　枪让地区局势变得更加复杂，"抢娃子"和"打冤家"越演越烈，可以说对族群的关系、彝汉的和谐、地区的安定都带来了巨大的威胁。但另外一方面，彝人的力量增强了，枪支可以挑战国家意志，甚至也可以改写新的西南边疆史，而这一切的可能性皆来自于枪。

　　1945年9月，刘仁庵调任四川省第五区行政督察专员兼保安司令，他一上任不到一月，就烧了第一把火，要坚决铲除小凉山区的

1913年，德国人弗里茨·魏司被委任为驻川总领事，期间有过一次凉山之旅，到过马边、三河口、峨边等地，这张照片即是他在路途中拍到的彝人群落。　（图片由四川省外事办提供）

烟苗，并严密部署了一系列禁烟行动。为此，省政府给他"补充机枪二十挺，发步枪弹各一万发"以壮行。

刘仁庵面临的形势不可谓不严峻："雷马屏峨沐地处边荒，山深林密，形势险峻，汉夷民众常有偷种烟苗情事。不肖垦社，辄假垦社之名，而以种烟为实，且胁迫良民种烟收税；内地居民则以武器、白银，潜赴边区调换，于是垦夷武力，日益趋雄厚，毒氛日炽，不可遏止。各地莠民、土匪、烂兵及亡命之徒，遂蚁附麇集，肆行不法，种运吸售，无禁不犯，而抢劫、暗杀、械斗等案件之发生，几无不与鸦片有密切之关系。"（《四川省第五区行政督察专员兼保安司令刘仁庵查铲本区雷马屏峨沐各县烟苗工作报告》，存乐山市档案馆）

刘仁庵既已下定决心，做事便雷厉风行，在11月中就完成了前期的准备工作，只等大干一场。但人马正要出发，他突然接到父亲去世的消息，只好急回成都请假丁忧一月。而刚办完丧事，刘仁庵即赶赴前线，而此时他已从九十八师调了一营士兵跟随其后。

一路披荆斩棘，但走到马边境内时，刘仁庵才感到了前所未有的困难。

> 横亘于沐马两县边境之大横山，俗名大堰。六十里全属荒林，绝无人烟，断崖峭壁，险峻异常。时临深涧绝壑，独木为桥；时而怪石矗立，下临深穴。匍匐而行，积雪没径。过去夷人打冤家，更曾以枯藤、老树、乱石等阻塞其间，故行进异常困难。无水可饮，亦无栖息之所，一行人员官兵均感疲惫之极……

他们走了整整一天，到天黑才走到马边大竹堡。在马边的两个多月时间中虽然辛苦，但成效显著，刘仁庵单在马边就铲烟四万亩以上，其中在九坝铲烟一万五千亩以上，"夷人业石果果、业石千千等，建有洋房，因历年种烟，家资极富，且最顽强，战败后已举家远逃"。又在烟峰铲烟一万七千亩，在三河口查铲烟苗一万亩。刘仁庵的这次铲烟行动威震了小凉山，他在其中举行了近十次"打牛谋誓"仪式，以求感化当地民众，"务使无一茎烟苗存在"，但他能够彻底做到吗？那些被他铲除的烟苗会不会重新生长出来？

在铲烟过程中，遭遇了多起枪战，打死了数十名顽抗分子，但后来他们发现单乐群垦社有400多只步枪，机枪10挺，迫击炮10门，在当地谁都不敢惹，俨然是一支独立的军事力量。不仅如此，彝人家中也多藏有枪支，其间出现了一次重大伤亡案件，当地人拉哈向铲烟人员行贿求免不遂，乃乘着暗夜杀害铲烟队长夏目青，并打死民工一人，打伤一人后逃走。由此也可看出禁烟之难，而鸦片与枪捆在一起，更增加了禁烟的难度。

民国初期，在瓜分鸦片带来的巨大黑金中，各路力量都汇聚到马边，军阀、官僚纷纷占山为王，大肆种植鸦片烟，而这中间引来了一波又一波的开垦热潮，马边俨然成为财富的风水宝地。而就在这一时期，各种垦社如雨后春笋般出现，它们同鸦片种植有无关系？在地方上扮演了什么样的角色？同时，它们将为这个边地小城带来什么样的故事呢？且听后面分解。

穿行在凉山秘境中的民国脚步

在民国以前，大小凉山一直是人们心目中的神秘之地，其在自然资源上的富饶吸引着商贾、探险者和科考学家，但"其政治风俗，自成一区，历来无敢深入凉山求知其内幕者"（《雷马屏峨调查记》）。

常常的情形是"汉人潜入夷地者，由附近素相认识者为援引，或则夷地中亲友相报，率由山径小路，不令地方约保知之"（《马边厅志略》）。但到了20世纪二三十年代，人们对了解凉山的迫切再也挡不住，考察凉山的热潮不断兴起，而马边往往就是各路团体从四川进入大小凉山北部的门户。

在可考的史料中，最早进入小凉山的是1912年四川省派出"三边屯务调查员"杜明烽、何元体、王秉基三人，他们专程赴雷、马、峨、屏进行调查，绘制出《峨马雷屏四县调查表册》一卷，对四县的军事、夷务、屯垦、物产等记载甚详，具有一定的参考价值。

这三人中的王秉基是四川乐山人，其弟王陵基非常有名，乃近代四川的风云人物，当过四川省政府主席，是四川的老牌军阀。

王秉基在早年曾与吴虞联手创立书局、报社和学堂，堪称蜀中名士。通过王秉基可以看出这次调查组的成员身份特殊，但由于路途的艰难和环境的险恶，他们并没有走遍小凉山，而是只在马边、雷波、屏山等边缘地带走马观花了一次，"其所做的工作，尚不能视为凉山区域的实际调查工作"。

而后来的情况就发生了很大的变化，进入小凉山科考的大多是有专业知识背景的专家学者，比如1930年3月，北平静生生物调查所就派出汪发攒进四川，先后到马边、屏山等地采集植物。

静生生物调查所是近代中国建立较早、最有成就的生物学研究机构之一，因中国近代著名教育家范源濂（字静生，湖南省湘阴县人）而命名。范源濂1927年12月去世后，为纪念他于1928年2月在北京成立静生生物调查所，是现今中国科学院动物研究所和植物研究所的前身，主要创办人为著名动物学家秉志和植物学家胡先骕。

当时，汪发攒首站就到了马边，沿周边进发，历时10个月，在小凉山区采得标本1000多号，20000余份，木材标本200段。他的这次考察有填补空白的价值，因为早在30年前，英国的一个植物学家威尔逊（1876-1930）已经来到中国，成为"打开中国西部花园的人"。

威尔逊从1899年至1911年期间，4次进入中国收集植物，足迹遍及西南地区，前后12年收集了4700种植物，65000多份植物标本，将1593份植物种子和168份植物切片带到了西方，其成就令世界震惊。但他的整个行程中却没有到过小凉山，只是在1908年从乐山、雅安经过峨边、金口河、瓦屋山地界一直到康巴藏区，擦肩而过，这不能不说是他的一大遗憾。可以想象，当时要进入小凉山确实是需要更大的冒险，威尔逊在峨边地界上没有继续深入彝区腹地，这也让他的中国西部之旅留下了一些空白。而静生生物调查所的这次考察就具有了开创的意义，其中就在马边发现了"瑞德木新属"，可以说他们是进一步打开了中国西部花园，书写了中国人自己的植物采集历史。

值得一说的是，对植物学家来说，采集工作虽然艰辛，但也有很多的乐趣，这在后来者对马边植物的探寻中不乏精彩的记载，如任映苍在《大小凉山开发概论》中写过1941年秋季有考察团在马边大有冈、三河口查勘到了"万山老林中有落叶阔叶林"，那半山的红叶是相当的壮观，"树树雪花，以点缀于常绿针叶林间，几疑栖霞红叶已移植小凉山内。当感景色佳丽，栖霞或竟难与比拟"。

他们在目睹这样的美景之后极度震撼，甚至产生了深埋于此不为人知的遗憾，"惟此属沦陷，不禁既感观止，复感万分愁惨惟恨耳"。这是边区植物采集过程中一些花絮，让人感叹。

汪发缵的工作刚完，回到北京不久，1931年春，卢作孚在重庆创建的中国西部科学院就派出杜大华、秦沛南、孙祥麟、彭彰伯等人到马边采集植物标本142号。

1934年，中国西部科学院又派杜大华、孙祥麟在马边、屏山两地采集植物标本493号，后来这些标本分别送国内相关的学术机构。而在这次考察中，他们总共派出了生物研究所、地质研究所共12名学者，其中包括发现攀枝花矿脉、有"攀钢之父"美誉的常隆庆先生。在当年5月至11月的半年时间内，他历尽艰辛到大小凉山地区进行调查，撰写出翔实的调查报告《雷马峨屏调查记》，详细介绍了当地的自然环境、土壤、气候、植被和风土民情。

此后，考察队伍更加密集，来自中西方的各路人马纷纷进入大小凉山，而考察的成员、对象、方式、内容、目的也更加丰富多样。

客观讲，在早期考察凉山的团体或个人中，西方学者、专家、传教士、冒险家是最早出现的身影，他们涉猎的范围也极为广泛，在地理、民族、宗教、经济等方面的研究都走在国人的前面，如法国传教士马尔丹在四川彝族地区传教20年，搜集了大量彝族风物和彝文文献，其著作对西方学界影响很大；又如法国探险家吕真达，他于1907、1910年两次考察凉山，著有《建昌罗罗》一书。

我国早期的一些学术机构对凉山的关注、调查和研究稍晚，主要集中在20世纪二三十年代，当时很多大学、学术机构纷纷设立专门的研究部门和出版专门的期刊，如1922年成都华西大学成立边疆研究学会，1938年中国民族学会出版的《西南边疆》月刊等，也正是这些学术机构、出版单位的推动，让西南少数民族地区逐渐成为各界关注的热点区域。

再到后来，进入凉山的考察队伍也更具声势和影响，他们要么从云南经过西昌入境，要么从四川乐山经过屏山、马边、雷波入境，这两条线路是当时的主要线路，其中的区别只是因考察的内容目的不同而行程有些差别而已。但不管怎么样，这些考察团体都是怀着强烈的好奇心走进大小凉山，而几乎每一次除了带给他们强烈的震撼之外，其收获也非常丰富。

在20世纪三四十年代的考察团体中，笔者拣出重要的几个，按照时间顺序简述如下：

1935年，成都中央军官学校的教官徐孝恢等组织了一个六七人的考察团，由徐孝恢的黑彝学生带路，从马边出发考察凉山。

徐孝恢（1889-1962），华阳县人，四川"五老七贤"中的徐炯之子，家学渊源深厚。他14岁跟随华西协和大学创办者启尔德学习英语，后留学日本学习垦殖，对四川边地兴趣极浓。时为中央军校成都分校训练屯垦队230余名成员之一，恰逢校长蒋介石有开发川南边区之意，遂促成此行。后来，西安事变爆发，又因时值雨季，考察受挫，20多日后返回，但徐孝恢仍然写出了《治理凉山夷区的方案》呈交政府，只是这一成果被悬置，未受关注。

这是一次由热血青年组织的、有明确政治需要的社会学考察项目。抗战期间徐孝恢任西康省屯垦委员会垦务处处长，督导彝区各县农林技术事宜，致力于凉山的开发，而显然那一次的考察对他一生的影响非常之大。

1937年春，时任中央研究院和中央博物院考察专员的马长寿教授，率民族考察团赴凉山彝区调查，历时4个多月。但他在回成都整理大小凉山彝族考察报告时，发现一些问题尚不清楚，"虽于山陵民族与平原民族各得资料若干，而以未明土司区域之情况为憾"，决定1938年再次返回凉山收集标本，其后用了两年时间在乐山埋头撰写《凉山罗夷考察报告》。他的《彝族古代史》一书也是在这两次的实地考察基础上完成，并奠定了其在西南民族学研究上的重要地位。马长寿对学术研究非常执着，在考察期间，他为了能够更好地同彝人交流，潜心学习彝语彝文，以至在数月后"诸彝相顾惊异，以为作者亦马家罗彝也"。

抗战来临后，形势又发生了一些变化，作为大后方的凉山突然变得重要起来，其考察团的任务中明显有了国防的概念。1939年5月，中央庚款董事会组织川康科学考察团，由农学家吴文晖、经济学家伍启元带队，团员成分复杂，各不搭界，其中就有昆虫学专家周尧、著名法官齐兆武，而语言学家马长寿亦再度出现在这个考察团中。

社会学家梁瓯第，1936年写过一本名叫《近代中国女子教育》的畅销书，一度开了时代之风气，也作为此次考察团成员之一，深入大小凉山，回来后写出《我怎样通过大小凉山》一文，提交给中英庚款董事会。由此也可看出，这个川康科学考察团是个大杂烩，各路人马临时拼凑，尽管有些走马观花，但总的来说对开发凉山有助推声势的作用。

教育也是考察中的一个重点。随着民国对文明的倡导，边区教育殊为重要。1940年8月，四川省政府边区施教团来到马边，前后二十多天时间中，对马边的教育、民情、物产、彝务等进行了考察，考察成员分别以专题撰文，合编出了《雷马峨屏纪略》一书。这支施教团的故事后面会专门讲到，也正是他们的考察报告真实反映了那一时期马边的教育情况。

1941年初，中国边疆建设协会委托江应樑带队对凉山进行民族学田野调查。江应樑是广西贺县（现贺州市）人，当时只有32岁，他是中山大学迁回广东后留在云南的教师，但他接受了三个任务，其中之一就是入大凉山调查彝族社会。江应樑只带了两个助手，从成都沿岷江到乐山，然后经屏山至马边，住在马边县抗建垦殖社。此后历时6个月，江应樑历经艰辛，这段经历被其子江晓林根据他的自述和回忆，写成《江应樑传》一书。书中写道："江应樑自进入凉山，穿上了彝族的披毡，换上草鞋，吃包谷、苦荞、洋芋，喝冷水，没有菜蔬，甚至没有盐。夜晚住在彝人的草棚里，裹着'察尔瓦'（披毡），睡在火塘边，寒冷的山风穿过草篱，直透肌肤，几不得眠。数日不洗脸，半月不更衣，蓬头垢面，无伴侣，无仆从，孤身一人，翻山越岭，辗转换保，对凉山彝族社会作直接地观察，直面黑彝奴隶主和白彝奴隶，了解他们的部落支派、家庭组织、文化生活、个人经历等各方面的情况，历时百余日。这是江应樑历次在边疆民族地区考察经历中，最为艰险辛苦的一次。"

1941年初，江应樑在马边与当地黑彝乌江抛勾卜的合影照片。 （图片由江晓林提供）

后来，江应樑根据在凉山实地考察所得，著有《凉山夷族的奴隶社会》一书。

进入40年代后，考察凉山的队伍更加频繁，特别是抗日后一批大学的内迁，把很多民族学、社会学、人类学等学科的人才汇集于大后方，他们中诸如袁家骅、马学良、陶云逵、高华年、邢公畹、黎宗瓛、罗常培、曾昭抡等先后致力于这方面的研究。他们到西南后有了得天独厚的条件，在西南彝区进行了广泛的田野调查，不畏艰辛，成果斐然。

1941年7月，西南联大川康科学考察团穿越大小凉山，由曾昭抡带队，他带领裴立群、陈泽汉、钟品仁、戴广茂、周光地等10个西南联大学生上路。而这一个考察团极为特殊，因为它是一个完全自费、也无任何机构担保的考察队伍，"考察团的经费由团员自筹，不依靠学校或社会上的赞助"；同时这些青年学生完全没有在彝区旅行的经验，领队曾昭抡也只是个文弱学者，要穿越强悍之地，让人们不禁为他们捏了把汗，认为这些莘莘学子是在完成一个前无古人的创举。

曾昭抡（1899-1967），湖南湘乡人，他是曾国藩的弟弟曾国潢的曾孙，20世纪20年代在获得麻省理工学院博士学位后回国任教，后来去了西南联大。当时曾昭抡已经40出头，是考察团中唯一的中年人，他的学生回忆道："旅途中，他既要照顾、教育学生，又要不停地考察记录，口袋里一直放着小笔记本和铅笔，一旦歇脚，便随时随地记录、书写，到达宿营地后，在蜡黄如豆的油灯下，还要整理修改及补充当天的记录直至深夜，从不间断。"（裴立群《曾昭抡先生带领西南联大学生考察大凉山》）值得一说的是，考察团是"全过程步行"，无人借力于马匹、滑竿或车辆，同甘共苦，这在其他考察团中

四川边区施教团在去马边的途中 　（胡玉章摄于1940年）

极为少见。

后来曾昭抡写出了《大凉山夷区考察记》一书，被称为"观察角度之多样，记述内容之广泛，细节描写之真实，思考问题之深刻"的精品之作。其他的考察团成员也收获很大，他们的成果通过在1942年2月印行《国立西南联合大学川康科学考察团展览会特刊》上得以展现。

应该说，通过上面的各路考察，人们对凉山的认识和研究已经粗显轮廓，初见成效，为后面的考察团队打下了很好的基础，召唤着更多的考察之旅。

1940年，从哈佛大学获得人类学博士的林耀华来到成都燕京大学任教，他曾经有一个梦想，就是游历凉山，深入"倮倮国"。这一愿望在1943年7月终于实现，他"亲历了伟大的西南后方"。当时他的这个考察团只有胡良珍、校工老范、翻译王举嵩、胡占云和一个黑彝保头，但他仍然将这支队伍称为"燕京大学边区考察团"。虽然团队小，但林耀华的个人学术研究实力非常突出，让人刮目相看。

这支考察团在刚进入彝区边界上时，林耀华第一次见到的彝人就是马边吼普家支的一个黑彝，所以感到非常新鲜好奇，给他留下了深刻的记忆。他是这样描写的："这个人头发剃平，只留头上一束，谓之'天菩萨'。他的胡须整个拔掉，左耳戴着耳环，身上背着一个皮袋，内贮银钱烟叶等；下体穿裤，裤脚甚宽大，且有裙边，但足部从不着鞋履草革。这个黑夷嘴角下垂，状甚骄傲。"（林耀华《川边考察纪行》）可以说，林耀华对彝族社会的研究，就是从这个他第一次见到的黑彝开始的。

从1943年7月2日到9月26日，"燕京大学边区考察团"的行程时间为整整87天，林耀华后来回到成都，撰写出了极具影响的《凉山夷家》一书，该书成为研究彝族社会的经典之作。

值得一提的是，路途中，林耀华的考察团队在雷波巧遇了同济大学医学院的考察队，由教授方超率领两个学生去"专门测量夷人的体格"，从事人类学民族学的研究。而林耀华这次的调查"一时无从统计考核"，缺的就是这一块，方超正好填补他的调查空白。这次偶遇，让林耀华有了意外收获。但从这件事情我们可以看到，1940年代后各路团队纷纷涌进凉山，虽然不能用过江之鲫来形容，大概也是当时的一道热闹景观吧。

这些当年的大小凉山考察团队，大多是以学术调查研究为主，目的仍然是为了经世致用，实地调查彝族社会现状，科学分析未开垦地的自然资源，并为开发马边等大小凉山制定出发展计划。

而就在这些考察团体活跃在凉山的山林沟壑中的时候，抗战的形势让西南的战略地位急剧凸显，加上刘文辉入主西康省，这块过去被人视为蛮荒之地的边疆，几乎变成了一块热土。

"入凉山手续"

考察团是个近代概念，是由西方传来的，但民国时期中国的考察并不成熟，与西方尚有不小差距。

一般来说，在面对一个时间较长、路途复杂的项目时，除了在课题设计、考察内容、旅行装备、医疗保障等方面做好大量的前期工作外，其他野外发生的事情却非人所能定。因为在过去凉山不是一个可以随意擅闯的地方，每走一处都可能危机四伏，不借助一个通途的力量，难免遭遇风险。

在这里，我们可以让时空稍稍倒回一下，跟随民国二十三年（1934）中国西部科学院对雷马峨屏的一次考察，去感受他们当时所经历的、难忘的小凉山之旅。

中国西部科学院是1930年由卢作孚在重庆创办的，是中国第一家民办科学院，也是我国西部地区最早建立的自然科学研究机构之一。其实，这个科学院叫"卢作孚科学院"也无妨，因为卢作孚这个人既为民族实业家，也是民间教育家，对中国近代的教育启蒙贡献不小。

早在中国西部科学院成立（1930年9月）不久，即派科研人员组成"川康植物采集团"，赴小凉山边缘的地区进行植物采集工作，以"研究及调查华西产物"，回来后收获很大，他们由此对这一地区产生了浓厚的兴趣。

实际上，促成中国西部科学院诞生的还有另外一些因素，即另一个科学团体探索西部的成功深深地刺激了卢作孚，它就是1926年的中国科学社川康植物采集团。后来，北平静生生物调查所，中国科学社生物研究所、金陵大学川康木本植物采集团、中央研究院等科学机构纷纷派动植物专家入川边进行科学调查，让卢作孚更为心潮澎湃。他认为"吾国西部诸省物产丰富，幅员辽阔，不但为西南屏障，且与东北有同等之价值"，于是他考虑尽快设立科研机构，打开西部宝藏，而这也是中国西部科学院创办之始的动力所在。

卢作孚在强国富民上抱负宏大，他认为："四川幅员广大，物产丰盈，千年以前，即有天府之称。迄于今日，整理开发，尚在萌芽。……夫以幅员辽阔蕴藏极富之区，竟弃而无用，此诚吾国家民族之羞。民国十九年，创设本院诸同仁，以不能忍耐之情绪，不计成败之意志，毅然作科学之研究，发地下之蕴藏，以求有助于国家。"（《中国西部科学院概况》）

也就是在这样的思想基础上，1934年，卢作孚果断派出了"中国西部科学院雷马峨屏考察团"，由常隆庆、施怀仁、俞德浚3人分别作为项目组的领队，分为植物组、动物组和地质组3个小组，每组4人，一共12人前往小凉山区。

考察团是1934年5月11日从北碚的总部出发，他们在重庆置办好了医药用品和旅行用品后上路。在上路之前，考察团要有详细的考察规划，而其中对行路的考虑非常重视，因为他们知道行路的安排是否妥当也决定了考察的价值大小。

　　但实际的情况是，考察团的人基本没有彝区生活经验，他们对彝区的认识主要来自前人的著述，在很多事情的判断上都受到书本的影响，而一临实地却感到是相差甚远，现实远比想象困难得多，常有措手不及之感。

　　凉山的道路除了险峻之外，还存在着彝区被大大小小的家支割据控制，这种情形比自然地理的险峻更为麻烦。不过，中国西部科学院的考察团早有准备，采用了不把鸡蛋装在一个篮子里的做法，错开几个小组的路线和行程，比如第一组走陆路先到马边，第二组搭船先到蛮夷司（今四川屏山县秉彝场），第三组先到龙华寺，翻老君山到蛮夷司，而三组人马汇合后同赴雷波。

　　但到了雷波之后，他们面临一个巨大的考验，因为他们要在那里办理"入凉山手续"。这个"入凉山手续"是什么？又为什么要办理"入凉山手续"呢？

　　所谓"入凉山手续"实际就是从清朝就有的"包由保路制度"，一句话就是汉人经过彝地，就得要留下买路钱。实际上，这个制度是朝廷为了安抚彝人，在边地设夷官，许以俸禄，让其负责保护当地村庄，此叫作"包由"；又将彝汉间的通商大道交于彝人保护，年给巨金，只求边疆的稳定而已，此称为"保路"。但如此一来，彝区变成了一个特殊的区域，而所有进入彝区的汉人都得给钱买路，形成了一个特殊的利益资源。

　　当时的情况是，无武力可凭的汉人要过彝地，必须要有保头带路，"凡汉人入凉山，自来即须请凉山中一剽悍之夷人，或亲仁善邻、冤家稀少之夷人为保头，率领同去"（《雷马峨屏调查记》）。如非这样，则可能在途中被劫为奴，终身不得出山。所以，在过去一般人都不敢擅闯凉山，"官绅士人，从未有作深入凉山之梦想者"。

中国西部科学院的考察团要进入凉山，也得办理"入凉山手续"，而且由于他们的动静很大，"此次考察团之人数既多，行迹又与一般商贾大不相同，故到雷波后，即引起凉山夷人之注意，因此更须格外小心"（《雷马峨屏调查记》）。

他们第一步要做的是"欲深入其盘踞之巢穴，常先使恩札等支投诚，并须使凉山各支夷人，了解考察团之目的，方可减少阻力"。

这里说的恩札家支，是小凉山地区中势力很大也非常强悍的一支彝族家支，先做通他们的工作，下一步才好行路。于是考察团按照彝族风俗举行了相关的仪式，许以各种好处，达成盟约，这才相当于办好了入凉山的手续。

> 乃于七月十一日，设宴招待拘禁于雷波之作人质夷人，说明考察团入山，仅为游历，并无恶意，并使传谕各家，尽心扶助，以资互惠。同时即积极接洽各支家长，并预备盐布针棉等物，以为入凉山后，换取食宿之用。旋雷波县乃招致恩札支，于二十二日，举行投诚之钻牛皮典礼，杀牛饮血为盟，封为千户，奖以酒钱。即以保护考察团入凉山为投诚之条件。恩札家支为小凉山最繁衍而势力最大之支族，其家长亦可与为善。自恩札家投诚后，深入凉山，始有把握。
>
> 七月二十四日，再召集恩札娃儿及其子铁嘴、磨石达夷、里区毕初、角石等三支之家长，在县政府中，商订护送入山手续，及酬劳等事。旋经商妥由三支家长带枪十枝，亲随护送。由考察团一次犒劳彼等各色土布六十四匹，并每日支给伙食钱三十千文。
>
> （《雷马峨屏调查记》）

去马边的途中 （孙明经摄于1938年）

如此折腾了几天，万事俱备，考察团准备出发。

但就在出发前的7月31日，雷波县府得到密报，说是有人准备要在行路中劫掠考察团。

一时间风声鹤唳。说来这事情非常蹊跷，里区毕初就是保头之一，还在和他们谈怎么进山的事情，难道中间生变？这个消息是否属实？难道考察团的行踪已经被凉山彝人悉数掌握，并虎视眈眈地等待着他们，是内部出了奸细？

就在众人疑虑万分、异常紧张的时候，8月2日这天，又得到一个惊人的消息：本来是谈好去护送考察团的恩札、里区两支的人，突然集体从城里失踪了。

消息果然是真的。

形势大变之下，考察计划临时取消。后来的情况是，没有参与串通的磨石达夷答应亲自护送考察团进山，此人甚为和善，且家支冤家极少，磨石家支是"凉山中极有体面之支族也"。于是，他们重新计划，决定减少团员，减轻行李，并绕行恩札、里区二支彝地，以防危险。在这样的情况下，考察团又答应把所有谈好的保头费全部给磨石达夷，并给雷波做人质的"质夷"40两镖银，一波三折后才终于重新启程。

实际上，每一个进入彝区考察的人都会面临同样的境况，即必须办理"入凉山手续"，任何人都没有例外，不能报侥幸之心，这是因为"其危险实有不堪言喻者"。1941年，青年学者江应樑的那次考察也是先要千方百计托人找保头，然后举行盟约仪式，饮血为盟，如非这样，他在彝区寸步难行。

1月底，江应樑从成都坐小船沿岷江到乐山，逆大渡河到紧靠凉山彝族区的峨边，再顺着彝汉边缘一线经屏山至马边，就住在马边县抗建垦殖社。经黄自强辗转介绍，江应樑认识了凉山的一位黑彝酋长乌抛勾卜和他的弟弟，送给他们兄弟俩一些针线、红布做礼品，并请他们兄弟俩为保头，终于跨入了久欲亲身进行人类学考察的巴布凉山。

进凉山后，还须按照当地彝族的风俗与乌抛勾卜盟誓。这天，双方盟誓的溪谷，春光和煦，遍野葱绿，环顾四围的山巅，却是白雪皑皑，两人各持铁锤把事先准备好的一头黄牛击昏，四周的人一拥而上，众刀齐下，顷刻剥下牛皮，铺在一个木架上，竖在空地中。江应樑和乌抛勾卜酋长一同从牛皮下走过，意思是"如有背盟，有如此牛"；再取公鸡一只，杀后将鸡血滴入酒中，两人一饮而尽，结为兄弟；然后把牛肉切成大块，放进锅中煮至半熟，大家围在一起，匕首割肉而食，大碗舀酒而饮，直至酒酣。

（江晓林《江应樑传》）

1943年，人类学家林耀华到凉山考察走的路线跟西部科学院和江应樑大致相似，而面临的情况也几乎一样。

当时，他也要先办理"入凉山手续"，但他显然仔细看过前人的一些考察报告和相关书籍，分析过如何与彝人打交道，所以他对饮血为盟这样的仪式并不感兴趣，认为它不是彝汉之间建立信任的有效方式。看得出这个在美国受过西洋教育的学者，对鬼神之类的崇拜是不赞同的，林耀华写道：

至于入大凉山事，已与里区打吉商量，他愿为保头，一路护送我们入山，并由雷波李开第县长，于八月十二日在县府主持实行简单仪式，由双方当事人到场行礼，然后入山。从前西部科学院和四川省政府施教团入凉山考察之前，先与保头杀鸡宰牛发誓，双方饮血为盟。因为夷人信鬼，发誓之后，不敢背叛，免鬼来作祟。实则，夷人饮血盟誓，事后背叛者甚多，徒赖誓盟，不足担保。我们此次未饮血，开汉夷往来关系之先例，希望以后考察员不必拘泥于迷信风俗，反阻碍夷汉文化的流通。

（林耀华《川边考察纪行》）

但是，对凉山彝地的复杂性，林耀华仍然有所担忧和顾虑，所以在进入彝区前，他还是给妻子和朋友分别写了两封信："一封寄重庆内子饶毓苏，一封寄燕京大学法学院院长吴其玉兄，通告他们入山日程，黑夷保头的支系姓名，办理夷务的介绍人等等，以防意外事变的发生。同时上山的衣服食品、盐、布、银两、交换礼物等，都已备办妥当。"（林耀华《川边考察纪行》）

后来，中国西部科学院在圆满完成了考察任务，准备返回重庆时，他们也深深感到如果没有一个得力的保头的带领，他们的考察将会面临完全不同的结果。所以，在庆幸的同时，他们也想到了为他们出力的彝族头人，心甘情愿地犒赏了保头，并在"旅程纪略"中记下了这一幕：

余等此次得平安出山，实保头之功，其犒赏办法，除履行前规定之条件外，对其随行娃子等，每人赏璧山布一匹，醉宴三日，并特赏保头蓝布中山服一套，大旗一面。……（是日）鸣炮奏乐，街上游行一匝，当时鼓炮连天，颇极一时之盛。

（《雷马峨屏调查记》）

其实，林耀华的考察团也在最后举行这样一个感激的仪式，只是相对简单一点而已，送保头一面红缎旗，中绣"汉夷一家"各字，下款燕京大学边区考察团敬赠，另外更以钟、表、刀、布匹等酬谢礼物。

应该说，"入凉山手续"这一保路制度是特殊时代的产物，这种封闭、隔阂的状况大大地阻碍了川边彝族地区的社会发展。但时代的潮流是挡不住的，考察团的来到实际就是在边地一次又一次地冒险敲门，而进入20世纪初叶，凉山的大门就快要被敲开了。

"倮倮国"中的神秘彝家

民国时期考察团的凉山之行，除了考察当地的地理条件、自然物产和彝族社会等，他们最想了解的是彝家生活。

白天的行走和工作是忙碌和辛苦的，夜晚的来临本来应该是好好休整的时候，但这对他们来说却是一个难得的考察彝族百姓生活的机会，因为他们住进了彝家，能够直接感受得到他们生活中的方方面面。

当时，一方面汉人能够走进彝家的机会非常之少，所以在汉族社会眼里，彝家主要居住在边远的高山深处，是非常神秘的。另一方面，过去汉彝之间存在的民族矛盾，沟通很少，主流社会又常常以汉人视角去评判少数民族，并对历史进行了建立在中原王朝统治话语体系下的不尽客观、公正、真实的书写，这更加深了彝汉之间的偏见和误解。

客观讲，虽然彝族社会一直被挤压，但它由于在地理上独守一隅，也俨然是个游离于王权之外的独立王国。

这也就是林耀华所说的"倮倮国"，可以说每一个考察团来到大小凉山，不仅是要走进这个独立王国，还要走进不为外人所知的神秘彝家。其实，从客观条件上讲也需要住进彝家，因为"凉山区域一片荒野，人口稀少，没有近代旅馆茶店的设备，行旅自感困难"（林耀华《凉山夷家》）。

彝族社会，黑彝、白彝、娃子的阶级地位分明，黑彝是嫡系贵族，白彝是遗种平民，娃子是奴隶，各就各位，等级森严，黑彝白彝不能通婚，生活中也不容有任何僭越。在马边，大体存在着诺火（黑彝）、吉伙（白彝）、挖甲（安家奴隶）、呷西（娃子）四个等级，诺火有权占有吉伙的绝业，可以无偿占有挖甲的命金和儿女聘金，白彝以下阶层绝对不能占有黑彝的财产，而如果对黑彝不尊重，如"抓诺火的发结，要赔九头牛"（彝谚）。

彝人对血统的纯正看得非常之重，在过去黑彝是绝对不会与下层或外族通婚的，而这也捍卫了其贵族的纯洁性，并一直居于本民族的顶层。过去，根据与汉人的亲疏，汉人又将彝人分为熟彝和生彝，熟彝是指近汉地居住的土司、土舍等，他们接受朝廷分封，完粮纳赋，适应汉俗；而生彝则不与汉人为伍，为汉人眼中未开化之彝人，他们"多傍山坡，诛茅为屋，随地开垦，种杂粮苦荞、苞谷、燕麦，无稻田，不知耕种，其垦地以所掳汉人为之"（《雷波厅志》）。

凉山地处四川西南边地，海拔通常在1000米以上，农作物以莜子、玉米、燕麦为主，民国后输入洋芋，并广泛种植，为彝人的主要粮食。彝人性喜寒，多住在2000-3000米的地方，哪怕种植的土地在山下，他们也宁愿住在高处，而这种居住习惯的形成，可能也有守御方面的考虑，在历史中彝人常常不得不提防"王师"的镇剿，并以此获得游刃有余的生存空间。

我们看到，历史上那些处在平原地带或无回旋空间的氏族部落或王朝，多数都会在争战中逐渐消失。逐鹿中原就是一个例子，大大小小的诸侯国相互倾轧，要想独自割据的可能性非常之小，中原的命运总是一家独大，而其他的相继覆灭，可以说这也是中国能够成为大一统的原因，其背后的地理因素也是关键性的。而两千多年前，彝族的一支通过从云南迁徙而来，依峙崇山峻岭，扼守西南边疆，在大小凉山地区找到了自己的家园，这不能不说是这个民族的生存智慧使然。

但处在寒冷地带，必然也会有生存上的制约，比如在大宗物产的丰富性上就不可能同低海拔地区同日而语；同时，受气候条件影响，产量不丰，而这些客观上会影响到他们的饮食结构和习惯，并慢慢成为一种生活传统。

彝族人的生产生活一般是自给自足，主食在夏季是洋芋和莜粑，秋季吃玉米和由豆浆挤制后留下的"连渣脑"，冬季则吃萝卜叶和苦荞粑，蔬菜有黄豆、萝卜等，所以彝人同汉人的主要粮食有一定的差别，而中原甚至四川汉区的粮食作物已经广泛地种植水稻、玉米、豆类、薯类、小麦等，蔬菜作物则更为丰富。在肉类上，彝汉之间没有太大的区别，但在食用上彝人平日并不多取，而是在家族活动、节日或客人来时尽情享用，"有客至，量其尊卑，分别以鸡猪羊牛等为招待品"（《雷马峨屏调查记》）。

彝族是个好客的民族，一旦客来，无论生熟，倾其所有招待客人，这是他们的风俗习惯。一般的情况是杀鸡宰羊，彝族人称之为"打牲"，附近的人闻之也可以来吃，即使是完全不认识的人，也会见者有份；而对客人更是热情无比，"献诸贵客，殷勤劝吃。若客不吃，或食之不力，则主人犹怫然不快"（《雷马峨屏调查记》）。

彝族的这种风俗至今保留，如今外地人到彝区，当地人常常要招待"坨坨肉"。"坨坨肉"的食材是用那种在山上敞放的小猪，长到几个月就宰杀，这样肉才香嫩可口。待煮熟后，一般是热气腾腾地大盆端上，拌以彝族独特的香料木姜子，味道独特，异香悠长，再喝上彝族酿制的"秆秆酒"，那真是让人难忘的美食体验。

过去，彝人在每餐吃饭时也是等级分明，黑彝永不与白彝、娃子同桌，而餐桌的座位摆放也很讲究，以左为尊，外人稍不注意便为冒犯。但在吃食上却是同等的，彝家人不管食物怎样贵重都是大家一同分享，不分黑彝、白彝、娃子以及外人，这一点上恰巧又打破了等级隔阂。

平时，彝人的饮食比较简单，"一日早晚两餐，都没有一定的时刻。备饭系女孩的任务，由主妇在住室内取出贮存的晒干的包谷或荞麦，递给女孩去制造。无论苞谷或荞麦，都得先在石磨中磨成细粉。锅装（锅庄）烧起来，架上铁锅，把细粉倒入，加水煮过一道，然后再倒在圆竹箕上，捏成圆饼形，谓之苞谷粑或荞粑。包谷粑必须再放铁锅中蒸过一道，然后便可充为食粮。平日便饭，包谷粑之外，有酸菜汤用为佐餐。若加上煮洋芋，或豆腐及青菜合成的连渣菜，就是比较丰厚的餐饭了"（林耀华《凉山夷家》）。

彝人在肉食上很有意思，习惯是"凡杀一动物，一餐吃完"，而这种情况一般是遇到客人到家、毕摩施法、儿女嫁娶或者盟会的时候，倾其所有，非常豪爽大方，而且是尽量让客人尽兴而归。

在屠杀和食用牲畜上也很有特点，比如在鸡的吃法上是："杀鸡时将其捏死，将毛拔去，切成小块，煮后加盐，连汤而食。"猪的吃法是："猪杀死后，置火上将毛烧去，切成小块煮之，汤中加以酸菜。"牛羊的吃法是："牛用木棍向头上打死，羊则用刀杀。去皮后切成小块，连肠子等煮食；将熟时，火中烧有盐块，和牛羊油猛置汤中，其味甚鲜，连汤而食。"（《雷马屏峨纪略》）

乌边土司的女儿 （孙明经摄于1938年）

马边的两个毕摩 （孙明经摄于1938年）

彝人的房屋同汉式民居也有不少的区别。受环境影响，为了抵挡风寒，彝人的房屋一般都比较矮小，屋顶用木板盖，石头覆于其上，但在小凉山多为茅顶，大凉山多为木顶，也就是说凉山彝族的建筑大小凉山有别、贫富也有别。房屋周边有围墙，墙角有碉堡，开有一两道门，屋前有平坝，围墙内一般养着一群狗，见到生人就狂吠不止。所以主人出来拦狗，大多就是隆重接待来宾的开始。

彝家民居的建造比较相似，一般是连着的三间屋。走进中间的屋内，会见到靠墙左边有一火坑，立着三块石头用以支锅，彝族人称之为锅庄，"燃火之法用铁击燧石，但圆坑中恒保守火种，日夜相继，火燃不熄"（林耀华《凉山夷家》）。笔者曾经到马边县高石头村的彝家考察，发现现在的彝族民居样式跟过去变化不大，只是盖房的建材有些变化。虽然一些彝人家里能够看到电视、冰箱、沙发等现代生活用品，但那口火塘永远是最显眼的存在，他们的生活仍然围绕着那个神圣的东西。

锅庄是彝人家庭中的核心物件，生活中一切都围绕锅庄进行，而锅庄也体现了彝族的等级观念。比如在方位上就很讲究，传统上是左边为主位，白彝只能坐右边或前面，当年林耀华走进一家叫约哈的彝人家里，他见到的景象颇能代表一般彝族人民的居住特点："主位背后或住室左边隔着板墙就是主人卧眠之所，也是贵重物品食粮存贮的地方。锅庄前面有木柜木架水桶及一切饮食用具。架下放着木柴和引火稻草。住室右边用竹篱隔开，后半置石磨、石臼、木桶、竹箩等物，前半架一木栏，栏后住着两头黄牛。"

外人到彝家，需遵彝俗，晚上也要睡在火坑之旁。锅庄为彝人的神圣之物，从火炉上跨过或者踩到那三块石头都是大忌，所以汉人到彝家须千万注意了解他们的习俗。1908年，英国冒险家巴尔克到马边不远的牛牛坝考察，不幸被害，有一种说法就是他无意中触犯了彝俗，惹怒了当地人，才招来了杀身之祸。

旧时彝家的餐具极为简陋，"无桌椅及被褥，食具亦仅木碗碗数个，极讲究者乃用木勺以供饮汤，大木盘以供称酒菜。惟铁锅一口，家家不可少。但皆来自内地，极为珍贵"（《雷马峨屏调查记》）。木勺在彝族叫"马食子"，专门用作喝汤用的，系木制品，很有特色，同汉族使用的汤匙是同样的功用，一般是"双手抱粑而吃，咽吞时用右手执'马食子'盛汤物传送入口"。

彝人的服饰非常独特、精美，而最独特的衣服是披毡，"造牛羊毛为毡衣，人披一袭，寒暑不易"（《雷波厅志》）。彝族披毡用羊毛织成，质地柔软，抵御寒冷非常有效，而水也不会打湿，非常防潮。小时候笔者的家乡离彝区很近，常常看见彝人在冬天里裹着披毡躺地睡觉，后来一部叫《红披毡》的电影也在那里拍摄，它讲的就是一个彝族的故事，所以对披毡的印象非常之深，可惜现在穿披毡的彝族人不多了。

笔者在马边高石头村见到的彝族老人啥妈革批已经七十多岁，他一直保持着彝族穿着，穿披毡，戴头帕，帕上挽有彝族人特有的英雄结。但他的孙女达子和孙子达叶平时的穿着都是流行的汉装，只有特殊的节日才会穿自己民族的服装。后来笔者又到了高石头小学去了解情况，这是一所有两三百人的彝族小学，但看到的孩子穿彝族服装的仍然非常少，说明这一地区的汉化程度已非常高。

过去的彝人不饮茶，这与藏人有很大的差异。但他们喜欢喝酒，彝家的酒一般是用荞麦或者苞谷酿制，称为泡水酒，自然发酵。彝族男女老少都饮酒，且酒量大，酒是他们生活中很重要的一样东西，跟彝人相聚，没有好的酒量不行。

传统彝家分散在山区居住，通讯甚为困难，所以他们发明一种用人声传递的方法，称之为"肉电报"。什么是"肉电报"呢？

> 两山头动即数十里，皆用话相传，即边地所称之肉电报。先吼一长声，使对方注意，然后再说事情。听不清楚，即卧下以耳就地，利用传声；或用牛皮铺地上再听，更为清楚。

这个所谓的"肉电报"非常管用，信息传递准确、畅通，来者何人，只要一吼，全都一清二楚。当年汉人进剿夷地时，彝人就是通过这样的方法向远方传呼，"自雷波经大凉山深处至马边县，不下千余里，八小时即可传遍"（《雷马屏峨纪略》）。这确实让人惊叹和难以置信。而彝人平时虽然要打冤家，但一到有外来者侵境时，则非常团结，"立即合作，分守要隘，决不后人"。

汉人走进彝家，除了要尊重其风俗习惯、宗教信仰外，彝汉关系相处其实不难，林耀华说："我们旅居夷家，因带有蜡烛，燃光照耀，夷人莫不稀奇。于是谈天嬉戏，或吹口琴，或作歌唱。且引起夷家姑嫂二人跳锅庄舞，诚亦夷居中的一件乐事。"

彝汉本是一家，手执玉帛，方无干戈。

挂灯坪之巅：去彝区的神父

2015年12月，《绝配百年四川话》一书出版，这本书原是1917年由加拿大传教士启尔德编著的《华西第一年级学生用中文教材》，里面有不少用四川土语发音的英汉情景对话，非常生动有趣，是外国人学习四川话的一本活教材。

这本书让我们看到了启尔德对四川方言文化向外传播的贡献，以及为成都这座城市带来的新鲜文化。没有他们，就没有世界闻名的华西坝，更没有让成都人引以为傲的华西教育。当然，影响远远不止这些，这些最早的传教士的价值还在于为人们认识一段历史提供了丰富的文字资料和独特视角。

说到这些，就想起另一个已经被人遗忘的传教士谢纯爱。他当年到马边传教时，为了与当地人沟通方便，勤奋地学习彝语，并编著了彝语的法文教材。

正如启尔德所讲的"传教士抵华的第一件事就是领悟汉语"（《华西第一年级学生用中文教材》序）一样，谢纯爱到彝区的第一件事就是学习彝语，以至能轻松自如地与彝人打交道。这不是件容易的事情，非下苦功而不能为之。

谢纯爱，法文名字叫密龙（Biron），当时的年龄在50岁左右，是法国外方传教会派到中国的传教士，他的生平至今不详。

谢纯爱到马边传教是在1926年，马边天主教堂在1926年以前叫公济堂，是一个中文名叫黄文清的法国人创立的。这个公济堂只是四川犍为天主教堂的一个分堂，平时疏于管理，多是教友的自发活动，黄文清也很少去，只是重大节日才有聚会。但就这样，马边当地的民间传说中已经有了外国传教士的身影，老百姓也在纷纷谈论着那些神秘而让人生畏的传教士们，如马边城边流淌的马边河，在它绕城转弯的地方有个爆花滩，这个地方"人们传说那里原来也是一个深潭，一到月明人静的深夜，便有一对金鸭儿在水上游放，天一亮它就钻进水里。后来有个外国神父到马边传教，把这个宝物盗走了。从此以后，那儿就出现一个大滩"（李伏伽《旧话》）。

本身是河里转弯处的一个自然景观，却被说成是因为传教士偷走了宝物形成的，这说明传教士的形象受外界讹传影响甚深，这与百年来中国社会一直在抵制洋教有关。

谢纯爱就在这时候来到了马边，他虽然只是一个普通的传教士，但特殊的时代也注定了他这一不寻常的传教之旅。

马边过去属于犍为教区（小区），天主教一直想深入马边开展教务，但苦于环境的险恶都没有实现这一目的。谢纯爱当过犍为天主教堂司铎，马边属于其教务范围内的事，所以他一直想进入马边传教。

1926年后，马边划归叙府教区（即后来的宜宾教区），谢纯爱终于来到了马边建立天主教堂，成为马边天主教堂的第一任本堂神父。这个教堂建在马边县城内，刚开始几年发展比较顺利，据《马边彝族自治县志》记载："创办经言学校，招收教徒20余人学习文化，又购置药品数十种，免费为教徒及县人治病。对穷困教徒，借给小款，不收利息。使教徒增至100多家，数百人。"

也就在这一时期，谢纯爱不仅学会了彝语，且善用彝族谚语，与彝人交流已非常自如。他还以自己的语言天赋编著了《彝文教会经典》和《彝法文辞典》。后来他又把这两本书送到成都去印制，分发到各地教堂和修道院，因为当时在四川的法籍神职人员数量不少，而广大的彝区正等待着更多像他这样的传教士去侍奉神业。

这一时期最重要的一件事是他认识了黑彝水普说格，让谢纯爱有了真正走进彝区传教的可能。而水普说格的出现，彻底改变了谢纯爱的命运。

水普说格是当地的黑彝，懂汉话，常与汉人打交道。

当时，马边地区流行麻风病，有两个彝民因为患了麻风病，家族里的人开始诅咒他们，劝说他们跳水自杀，不然就要将之活埋。麻风病的传染性极高，当时患上麻风病简直就是遇到了灾星，人人避之不及。谢纯爱知道后，就去找到这两个人，亲自给他们洗澡、敷药、打针，救了他们的命，这让当地人改变了对谢纯爱的看法，也得到了水普说格的敬重。

两人熟识之后，谢纯爱就想让他带自己深入彝区走一回。水普说格对此事非常积极，甘愿充当保头的角色，主动陪着谢纯爱从马边、峨边一带走了一圈，历时两个多月。也就是在这两个月中，水普说格同谢纯爱建立了深厚的友谊，回去后两人便商量在水普说格的家——离马边县城四十多公里的挂灯坪设立马边天主教分堂。

挂灯坪在今马边县高卓营乡大河坝，位于群山之中的一座山巅上，高山峻岭环绕，从马边县城到挂灯坪要花两三个小时的时间，基本是在山道上盘旋。同时道路极为狭窄，弯道又多，仅能过一辆车，往车窗外一看，下面全是悬崖峭壁，让人心惊胆战。

但登上挂灯坪，感觉就不一样了。

天空湛蓝，云朵晶莹透明，似羊似马，让人怜爱；而平目远眺，群山纵列，如从天而降的亘古波涛，涌动着莽莽苍翠。挂灯坪的山顶是一块难得的平地，被四周的山峦团团围住，有种众星捧月似的感觉，非常壮观。教堂就建在这块山巅上的平地，哥特式尖顶穿破云天，充满了一种神圣的意味。

到彝区传教是谢纯爱酝酿了多年的事情，他到挂灯坪的事情也在马边彝区广为人知。1958年，由全国人大民委和国务院民族事务委员会组织的联合调查中，在四川的调查成果里就有谢纯爱到挂灯坪传教的详细记录：

> 1931年，密龙以70锭银买就水卜说格（水普说格）、水卜先家、水卜木牛的土地林地十余亩。该处地势平坦，土质较好，宜于修建和种植蔬菜。后面有老林作为屏障，前有垭口，地形相当险要。是年三月密龙同另一个法国教徒又去看过一次，转县之后，即雇汉族泥木土工20多人到木竹足木（地名）动工修建。四月份就率领汉族教徒二人住在该处监修房屋，培植耕地。……总共修成平房八间，四周种有竹木，地里种有萝卜、青菜、向日葵等。

但在教堂建好几年后，1935年8月29日这天，发生了一件不幸的事情，一群当地人冲进教堂，将谢纯爱杀害。他的死亡在《美姑县志》的"大事记"中是这样叙述的："1935年8月，美姑黑彝头人恩扎嘎夺率领20余人到马边县挂灯坪活捉法国传教士密龙，在途中将其勒死。"

1935年，马边进步青年张洪熹、曾宗纯给报纸撰写了一篇《马边挂灯坪教堂法籍神父谢纯爱被彝民勒毙》的新闻，详细记录了事情的经过：

> 民国二十四年八月二十九日，黑彝六铁木勒、瓦罗美什子、水普痴铁等约集200多人，包围了教堂，要谢付给山价款和保头费。谢一文不给，而且大发脾气，遂被人用绳子拴着颈项，意欲拖他去县衙评理，谢睪着不走，被拖倒下死亡。谢死，木勒等人遂将教堂财物抢去，掳走工友二人，放火烧毁教堂。谢纯爱的尸体，由说格送回城区，葬在县城北门罗埂亭坪。

1945年，马边县社会科长要编撰马边县志，马边天主教堂提供了一份《天主教成立马边县本堂区志略》的文字资料，文中专门提到了谢纯爱在马边传教和殉道的事情：

> 一九二六年，即民国十五年，法籍司铎谢纯爱（Biron），奉命成立马边县本堂区，历年六载，进教日众。一九三二年，复呈奉核准，并获官方许可，得进夷地，购买挂灯坪，建堂宣教。堂未成而夷人版，将纯爱颈部系以毛绳，逼之随行，愈拉愈紧，卒致勒毙殉教，时一九三五年阴历七月廿二日事也。逾三日，尸移马城，葬于北门对岸罗埂亭坪，有碑为记。其在夷地公余，译有夷文教会经典，及著有夷汉字典云。

"马边夷人向极剽悍，聚族而居，嗜杀善斗。"（1942年6月27日《马边县政府三十一年度第八次扩大县政会议记录》）这大概能一定程度上解读谢纯爱的死因，而传教的艰难由此可见。谢纯爱死后，另外一个法国传教士林茂德继任马边天主教堂神父，而在两年后，林茂德去了宜宾主教区。1937年12月，34岁的汪波接任马边县天主堂司铎（即神父）一职。

汪波，号淘江，1903年6月14日生于四川犍为县铁炉寺安南村。由于生活贫寒，汪波幼年无钱读书，在家种地。但汪波的家乡铁炉寺安南村是犍为县最早有天主教传入的地方，据《犍为县志》记载："同治年间开始在县境设教堂传教。最先在新民乡、铁炉乡发展教徒，教徒以汪姓居多。铁炉乡安南村设有经堂1座，规模宏大，盛极一时。"所以，汪波很小就受到了天主教的影响，到11岁那年，他受洗成为天主教徒。

而为他施洗的人就是谢纯爱。

也就在汪波14岁那年，即民国七年（1918），谢纯爱介绍这个少年到宜宾三官楼小修院学习。通过近20年的系统宗教学习，汪波被培养成一名神父。所以，汪波到马边传教，就具有一种传承衣钵的意味。而我们通过汪波到马边传教的过程，也就能够发现谢纯爱当年的一些情况。

当时马边的天主教是个什么样的状况呢？

汪波在日记中写道：马边"地处深山，交通不便，匪徒拦途，传教殊多不便，教士至其地巡视教务一年之中不过二三次而已，因是之故大有鞭长不及马腹之势，因此教务在那时不甚昌达"。

在过去，单从犍为到马边最少也得三天时间，日行一百华里，翻山越岭，且需风雨无阻。最为麻烦的是匪患，被抢被杀是家常便饭，可见早期的传教士进入大小凉山都是要冒着生命危险的。

《马边彝族自治县志》中这样记录当时的交通状况："以县

城为中心，通往外县有两条石板路，其余均为蜿蜒崎岖的山间小路。'阎王''擦耳崖''手爬崖''油石崖''倒马坎''困牛石''钻天坡'均是令人胆寒的险道。"

1937年12月22日，汪波独自一人从马边出发，迂回经过屏山、雷波等地到宜宾主教区述职，途中经历是一份珍贵的记载，又让我们看到当时在彝区传教的一些情况。

> ……四十五华里宿×××腰（幺）店，房屋漏烂，跳蚤又多，虽然为行路疲惫，人亦其患。二十三日到了秉彝乡（今屏山县新市镇）五十华里，而精神疲惫已极，腿痛得异常。
>
> 二十五日晨起又复进行前程，经石谷营，五华里过冒水孔（今马边县民主乡）。三十华里未停留而行，星雨住，而路亦略干，到惠南乡。五十华里时已二鼓了。这地店房十余间，而且颇多漏烂，夜膳的预备就是包谷粑、稀饭和点面而已。
>
> 第二晨早小雨，路甚溜，至中都乡（今屏山县西北部）五华里。今天的路更难前进哟！路是半干半湿的泥浆，可以淹足背，余着胶鞋三步一脱，两步一落……
>
> 二十六日过宋江岩，约午刻至黄瑯。雷波志云古雷波属指此地，风景佳，古迹胜，有湖三十里长，十里宽，名叫马湖。二十七日从黄瑯买舟过湖抵海落坝。三十华里早膳，翻菁口山，于此有保安队保行人，因夷人常出没此山抢捆商旅，为患非浅，旅客苦之。

笔者曾与朋友谢鸣沿着汪波走过的这条路线大致考察过一次，从马边出发，经过莜坝、中都镇、新市镇、黄琅等地。当然，现在的交通条件已经大为改善，但在马边与屏山交界的不少地方仍然颠簸难行，可想当年的行脚何其艰难。

谢纯爱第一次到马边的情景我们无法看到，但汪波首次来到马边城，却有记录，他在日记中是这样描述这座小城的：

> 马边本马湖边营之简称，位居雷（波）屏（山）峨（边）中心，前清置厅，属四川叙州府路，民国以来已改为县了，属四川永宁道。轿顶山立于后，河从夷地来，往南门折而东门而北门，包围一方，形成合包式；莲花山矗立于其东门对河岸之上，真武山壁立于其西，县（城）适包络于丛山之中，有河自夷地流来，经南门折而北门包围县城。三方形成合包式，是为马边河，复流至清水溪，又名清水溪河，皆以地名之。河可行小舟，供可沟水利者，可得兴味不少。西外有沟，亦自夷地流来，水亦长流不息，故县人多在此搬水……

民国时期的马边是一个美丽清秀的小城，城内的居民不多，城区沿河而建，河水清亮可鉴。自清末民初以来，马边的商业也在兴起，"万寿宫""南华宫""禹王宫"等纷纷建立，各地移民杂居一城，祭祀节庆习惯仍袭汉地，城内有戏台五座，外地戏班能来此登台唱戏，百姓在逢年过节时也能津津有味地看一回《白蛇传》和《御河桥》。

更让汪波欣慰的是，他的前任法国神父谢纯爱和林茂德在这里已经给他打下了传教的基础，可以说最艰苦的时期已经过去了。

汪波写道："迨法籍司铎林茂德继任谢纯爱司铎职，惨淡经营数载，渐有欣欣向荣之象，概有综合教民数目达一百余人。彼虽有著划宏筹，尚未尽量的发挥即行他调，可惜而可惋。余到边后的不久，或有提倡成立善会以联合人心，冀有团结合作之精神……"

这是一片古老的土地，谢纯爱没有在这片边地插上十字架，只能以生命殉道，其中得失且留与历史去评说，只留下故事在彝区流传。

带我们寻找教堂遗迹的是彝族青年阿毕阿善，他的爷爷阿毕噶洛曾经是水普家的管家，显然他对这一带非常熟悉，但我们看到的只是被青草和树木掩埋后的一点残迹，如几块柱头石墩、几截雕花的石板以及一些零星的石制构件。据说在谢纯爱死后，教堂便没有人再来管理，有些建筑物被当地彝民拆掉搬走，大多残留遗迹被推为平地，散落在地下为青草覆盖，昔日教堂的影子难觅。

如今，挂灯坪上开满了白色的蒲公英和黄色的迎夏花，野草莓上沾着露水，随手就能够摘采，这里除了朝云暮雨，配得上那一段隐秘岁月的，可能只有遍开的鲜花和星辰起落撒下的万丈霞光，而这一切都还给了那永恒的、深深的静穆。

"马边王"之死：理想国的破碎

马边的很多老人都知道李静波这个人。

李静波生于光绪二十五年（1899），是马边三河口守营都司的儿子。在清朝绿营中，都司是地方军事首领，实际的权力要大于知县。也就是说，李静波从小就生活在一个有权势的军人家庭。

但李静波生长在一个急剧动荡的时代，他并没有享受到家庭带给他的特权。清朝一倒，所有的旧军官都失去了往日的权势，没过几年，李静波的父亲就去世了。这一来，李家很快就衰落下来，当时李静波待在马边无所事事，前途迷茫。

民国九年（1920），李静波21岁，他不愿再待在家乡，"身上只带了铜圆二千四百文，背着一个小小包袱，脚上穿一双草鞋，就走出马边丛山，去闯江湖去了"（李伏伽《旧话》）。

他去了哪里？这里暂且按住不表，只说他这一出去就是十多年，等他在1931年重返马边的时候，已经是刘文辉二十四军"川南游击队"第二支队的支队长了。

这一年，李静波带着刘文辉的命令，准备在马边、屏山一带发展军事势力，目的是扰乱二十一军在宜宾的后防。当时川中军阀混战，武器或军费都无法保证，李静波除了几个人和三十多支枪以外，实际就是个光杆司令做不成大事，于是李静波就想到了马边，那里是他的家乡，可以到那里去壮大人马，寻找机会。

机会就真的来了。

原来刚走到乐山的时候，李静波得到一个消息，说刘文辉手下的一队人马现在走投无路，正滞留在犍为境内。这队人马的头叫李树德，他带了一连的兵力，押运三船满载银圆的大盐船到乐山，但还没有走到乐山，就在犍为叉鱼子附近中了二十一军的埋伏，财物全数被劫。李树德怕回去交不了差，正在左右为难之际，碰到一个叫曾昭布的人，此人跟李静波同是军官讲习所的同学。于是，曾昭布就劝李树德留下来跟他们一起干，这样也可以将功折罪。李树德没有其他去路，就拉着人马投奔了李静波的"川南游击队"。这一来，李静波就莫名其妙地捡到一百多号人，无本起灶。

李静波的消息很快传到马边。

当时的马边团练局长叫李湘廷，是地方一霸，兵强马壮，一般人想要进马边没有他同意是不行的。但李湘廷是李静波的叔父，本是一家人，自然要放一马，李静波顺势就进入了马边城。

一进城后，李静波就开始招兵买马，搞新政，他组织召开各界人士的代表大会，商讨改革事宜，并委任王道元为新县长，而之前的旧县长吴峻之才上任不到一年时间。

其实，李静波完全没有料到会出现这样奇特的局面：马边处在四川的边陲，过去的驻军主要是针对汉彝边界的防卫，而到了民国，绿营解散，马边就几乎成为一个军事上的真空地带，是谁有实力谁就能够做主的地方。当李静波在回到马边的时候，突然感到自己变成了一方诸侯，便产生了一股强烈的征服欲，他深信这个曾是他父

1947年3月成立的马边储蓄会，实际就是民间钱庄。　（图片由马边彝族自治县档案馆提供）

亲雄踞的地方，也是他实现自己人生理想的地方。

这个地方已经跟他的野心联系到了一起，一个独立的王国、一块社会改革的试验地已经出现在他面前，这样的机会千载难逢。刚好30出头的李静波能够放弃这样的诱惑吗？

当年，李静波走出马边后，到外面闯荡，开始的几年非常艰难，几乎到了走投无路的境地。无奈之下，他曾跑到杭州灵隐寺给庙子抄写经文。当时连庙中的和尚都认为这个年轻人已经远离市尘，选择了清苦的生活，不久就会削发为僧，皈依佛门。但他没有，一年以后，李静波悄然离开寺庙回到了四川。

走到宜宾的时候，李静波遇到了他在马边时的同学曾昭布，此人当时正在刘文辉部王绍余连上任职。两人一见，分外亲热，曾昭布就把李静波介绍给了他的上司王绍余，李静波的命运由此发生转变。后来，李静波参加了刘文辉举办的军官讲习所，并渐渐为刘文辉所看重，提拔为旅部见习参谋，再后来他又被选送到日本士官学校读书。李静波勤奋好学，一到日本，思想发生了很大的变化，"在日本的两年，在'左倾'思想的激荡下，更加如饥似渴地阅读大量的进步书籍。这使他的眼界大开，从而也奠定了后来他倾向于革命的基础"（李伏伽《旧话》）。

1931年冬天，李静波从日本回到成都，他被升为少校参谋，并被允许休假两个月。但他哪里也没有去，直接回了马边，此时的他多少有些衣锦还乡的意思。

回到家乡后，他到当地的小学为学生讲课，所到之处深受欢迎，这也让他第一次展现了青年领袖的风采，为他后来在马边想建立一个理想国埋下了伏笔。

但是，当李静波带着一大队人马再次回到马边的时候，情况发生了巨大的变化，他面临的却是错综复杂的形势。显然，这里已经不是他儿时的马边，也不是他之前一个人回到马边时被人们拥戴的马边，人们不知道他要来干什么，冷眼打量着这个熟悉却又陌生的青年。

在马边城建成以来的几百年时间中，过往的兵丁军匪多如牛毛，人们已经司空见惯，习以为常，李静波又能同他们有什么区别吗？他们是不能够理解李静波的，李静波的一腔抱负是要同过去的社会决裂，他要实现一个民主、宪政、大同的社会理想。但这样的理想却又是乌托邦似的。然而革命的含义中天然就包含了对旧秩序、旧势力的颠覆，李静波也逃脱不了这样的时代宿命。

他一到马边，便大开杀戒，迅速将他最大的障碍——他的叔父李湘廷和堂兄李蕃父子杀掉，收编了他手下的四乡民团，而李静波的人马一下增加到六七百人，牢牢地控制住马边的局势。

接下来，李静波又开展了一系列的肃清运动，枪毙了马边最大的土匪头子龚德华，又对土豪劣绅进行镇压，财政局长胡发祥罚款4000大洋，四乡民团中的官湖乡团总王朝轩、永善乡团总杨继书、川秧乡团总刘继超、回龙乡团总杨春和各罚款400至1000大洋不等，并将这些人抓来戴着高帽子游街示众，以立震威。

马边城里再也没有谁敢公开对抗以李静波为代表的新势力、新政权，而轰轰烈烈地搞了一个月后，马边城里似乎很快出现了新的面貌。

接下来，李静波顺势推出了他的社会改革计划。

他的计划中主要是以反封建和破除迷信为中心，主张男女平等、实行男女同校，不准女人裹小脚，不准留长辫。他亲自带人到城隍庙、东岳庙、真武庙去砸神像、神龛，并将城隍庙改建为礼堂与剧场，演文明新剧，禁止街市买卖香蜡纸钱，更不准搞迷信活动。

李静波又准备对城市进行一些改造，增添公共文化设施，树立百姓的公民意识，如着手修建马边公园，此事让马边人至今记忆犹新。1922年出生的伍克非先生，在李静波搞改革时，正在读小学。他在《李静波是怎样闹红军的》一文中回忆道："公园内有草亭、阅报亭、图书室、走马转角楼的四方翘角的两楼一底的楼阁，底楼下面是养鱼和栽藕的大水池，各花台内培植许多奇花异草，还有各种花树，如红桂花树、紫荆花树等。"

李静波提倡言论自由，大开民主之风，伍克非又回忆道："自新政权建立后，就将城隍庙门外的戏台设置为群众代表议事台，建立每周星期天早晨的朝会制度，每次会开一点多钟时间，请各机关法团、开明人士和师生代表等各界人士的代表，在议事台上议论地方上应兴应革的事情，群众在坝子上入座听其发言。议事之后，由小学学生作改革讲演比赛，谁讲得有道理，主持人便组织评奖。"

应该说，在短短的一段时间里，通过李静波的猛烈改革，马边呈现出了一种从来没有过的景象。而这时的李静波豪情万丈，放言要"把新兴的马边建在小凉山上"。

但是，就在李静波轰轰烈烈地勾画着他的改革宏图时，形势实际已经是危机四伏，乌云密布。

在李静波从成都带到马边最初的几个人中，有王道元、李恒阳、曾昭布、赵克培、林开鉴等几人，这些人跟他是志同道合的，有些还是同乡。所以，到了马边后，他也没有忘记培植亲信，任命王道元为新县长，李恒阳任红军川南游击队马边支队队长，曾昭布、赵克培、林开鉴、李树德几个分别担任连长，而他自己则是上校大队长，是马边的实际统领者。

但这群人是否真的志同道合呢？

民国二十二年（1933）在马边的政治史上是极为特殊的一年，

这一年之内换了五个县长，按顺序他们分别是王道元、李恒阳、李树德、曾立三、朱恒修，前四个都与李静波有关，都是他直接任命的。但通过这一频繁的人事调整，可以看出形势的复杂多变，而就在这充满了争夺、怀疑、背叛的背景中，李静波的改革计划已悄然变成一场众人参与的政治分赃，阴谋笼罩着马边城，杀戮和血腥又再度上演。

首先是李静波将曾昭布杀掉，原因是他起了二心，想另立山头。曾昭布是李静波的恩人，但居功自傲，他万万没有想到李静波会突然干掉他而决不手下留情。

曾昭布的被杀，让李静波岌岌可危的局面得到短暂的安定，但人们对李静波产生了强烈的恐惧感。而李静波似乎变得疑心重重，对异己势力也是极度敏感，稍有风吹草动便强硬回击。也就在这样的情况下，王道元辞去县长职务回了成都，不干了，李树德也辞去连长职务，去当了监狱的典狱官，而李恒阳当上了县长，林开鉴当上了营长，这一群跟着李静波到马边想做一番事业的年轻人实际已经四分五裂。

更为吊诡的是，李静波最为信任的人出卖了他。

笔者在写作《桥滩记》一书过程中曾经无意中接触到同李静波相关的档案资料，五通桥是岷江边的大盐码头，从地理上讲跟马边关系密切，过去从马边到乐山、成都是必经五通桥。当时也同为马边籍的进步青年贺国干（即本书《流官的夷疆宦旅》一节中提到的贺永田之孙，贺昌群之侄），同李静波是连襟，贺国干的妻子张运贞与李静波的妻子张运霞是姊妹。

同时，贺国干与李恒阳是成都成城公学的同学，贺国干曾经在他的自传中写道："与同学郑国祥（现名郑伯克）、李素（后名李恒阳）极友善，那时他们都很进步或已是地下党员，朝夕相处，思想受他们的影响。"

这些记录厘清了这段史实中的一些关键问题。

首先是李静波与李恒阳、贺国干、郑伯克（四川沐川人，1978年后任中央组织部老干部局局长）等人非常熟悉，这些人中有地下党和进步学生，但李静波不是共产党人，贺国干称之为"进步军人"就是明证。

二是李恒阳是叛徒。这又对李静波之死因添加了新的证据，即李静波当时已经处在内外交困的处境中，而李恒阳的出卖可能是最为关键的因素。在过去的相关文字记载中，一直把李恒阳当成共产党人，没有涉及他变节的史料，应该说这是首次，也由此揭开了李静波被杀的内幕。

李静波在马边搞得如火如荼的时候，他的事情已经传到外界。人们对此事是看法不一的，比如外面的老百姓都风传马边在闹红军，而李静波的所作所为表面确有些像红军：打土豪、分田地，为当地百姓拥戴。而这件事的影响之大，甚至让中国共产党的早期领导人王明都听说了，他在莫斯科共产国际会议上专门讲到这件事，认为这是革命的火苗。

但在四川军阀混战的大背景下，李静波的这支人马已被人觊觎。而最想兼并李静波的恰巧就是当年有恩于他的王绍余，此时他已从二十一军投降了二十四军陈兰亭部，并升任团长（在二十一军时他是营长），但他缺少人马，实际就是个光杆司令，于是他就想到了李静波。当年是王绍余保送李静波进了军官讲习所，对他有知遇之恩，所以他认为李静波的队伍应该跟着他干。

于是，王绍余就同他下面的一个连长张运斌（李静波妻子张运霞的堂弟）亲赴马边，企图说服李静波，接管其队伍。但两人在马边同李静波谈判了三天，分歧很大，互不让步。第三天早上，王绍余、张运斌还在等李静波的答复，但等到的却是一群士兵，冲进来就将他们抓了起来，然后拖到一个小巷中乱枪打死。

李静波岂能受人辖制、摆布，他从小就生活在一个强权家庭，耳濡目染的就是如何驾驭支配别人，他绝不可能选择投降或者顺服，但这正是李静波的悲剧所在。

李三官就是在这时出现的。

李三官，泸州人，是个土匪头子，后来投靠川军二十一军，生平不详。李静波在马边大开杀戒引来了报复，而充当杀手的就是这个李三官。

要干掉李静波并不容易，他防备森严，李三官的人马如果要强攻马边，他不见得能占到什么便宜。所以他想了个主意，声称自己是在川滇边的红军游击队，要转往川西北，再北上抗日，要求给予方便。李静波对这件事很谨慎，便派李恒阳去侦查联系，而李恒阳回来向他报告说真的红军来了，于是商定由双方的领导人亲自会面谈判。

李静波为什么会这样轻易受骗呢？

实际上，这个时候李静波已经被出卖，贺国干说李恒阳"出卖过进步军人李静波"也许就出现在这一时间点上。从动机上讲，李恒阳刚当上县长两三个月，就被完全不懂政治的军人李树德取代，显然李静波已不再重用他，或许这是李恒阳心生嫉恨的原因。两年后，重庆银行考察团到达马边考察，在《川康季刊》中专门记录了这件事的结果："民国二十二年六月，红灯教匪李三官、土匪王少东等受某部之命开往马边，至分水岭，请李静波到彼处，愿接受改编，李（静波）不疑有他，如约而往，被李三官暗害。李三官即入城，估派款项，焚烧抢劫。"

　　需要说明的是，李静波之所以轻易相信了一支土匪队伍，这与他的困境是相关的。他虽然暂时当上了"马边王"，但四面无援，他正在急切地想找到一个可以依靠的力量，而投奔红军也许是他的一条出路。实际上他的队伍中就潜伏有地下党，他的思想中明显也受到过共产党思想的影响；另一方面，李静波本是个社会改革的拥护者，却在险恶的环境中变成了沾满血腥的激进党人，而他的队伍内部并不团结，成分复杂，已经出现了严重分化，他已经无力再掌控局面。

　　在距离马边城三十多里的分水岭下半山一个叫磕膝坡的地方，李三官早已等候在此，李静波如约出现。但就在这时，李静波仍然保持了异常的警惕，他让随从扮成自己的样子走在前面，他扮成随从的样子走在后面。然而在一阵乱枪之后，李静波中弹，他没有逃过此劫，这个渴望成为英雄的人以悲情的方式倒在马边的土地上。

　　李静波被杀后，刘湘的二十一军顺势占领马边。

　　这一时期马边是个什么状况呢？李伏伽在《旧话》中写道："人心惶惶，城里人家门户半开半闭，满街都是三五成群，游荡，喝酒，惹是生非的非兵非匪、亦兵亦匪的新的占领者。晚上，月黑风高，四处狗吠，便可听到什么地方的枪声……"

伍

近代的曙光

抗战前夕的马边之治

李静波被杀之后，朱恒修当上马边县长，他是反李静波的势力扶持起来的。

表面上朱恒修刚开始也做了几件好事，如修建李静波丢下的半拉子工程——龙湖公园，又建立起马边简易乡村师范学校，所以百姓为他在北门立了块德政碑。但没过多久，人们便发现他是个伪君子，不仅贪污公款，还将学校女生纳为小妾，于是愤怒的人们将之丑行揭露出来，将粪泼在德政碑上，而他在身败名裂之下也只有滚蛋了。

那几年的马边是一片混乱，百姓频惊风鹤。

朱恒修走后，接任的县长又换了两个，但都没有待上半年，很快就走人，等到民国二十五年（1936）初，新任县长余洪先的到来才暂时终结了这段蹉跎的时光。

但余洪先刚到马边并不顺利，一来就遇到了一场大地震。

这场地震发生于民国二十四年（1935）十二月十八日午后，地震"历时约十分钟，地中吼若雷鸣，地壳跳跃不已，走石扬沙，崖崩土裂，房屋倾圮，墙壁倒塌，人畜伤亡"（《马边纪实》）。这次地震的强度，把百年来修建的几百座碉堡全部震垮了。

当人们在余震中慢慢开始修整破损的房屋时，1936年4月27日，马边又发生了地震，这次比上一次更大，6.8级，而时间离上一次还不到5个月。

这一震让之前尚未完全震坏的房屋破坏无遗，全县百姓十分之八九沦为难民，饿殍载道，哀鸿遍野，新上任县长余洪先大呼"惨痛之情，非可言喻"。

而在大震之后，又遭遇极端天气，冰雹突降，致使当年的小春颗粒无收。

面对这样的情景，余洪先有两个选择：一个是马上拍屁股走人，天灾面前没有人会责备他；二是继续留下来同难民一起抗震救灾、重振马边。

他选择了后一个。

余洪先，四川彭山县人，光绪十三年（1887）生，当年正好50岁。他原是刘湘手下的旅长，被"委奉到此"，所以他上任后称自己是"一介武夫，学理政事"。但这个军人并非粗莽之辈，相反颇通文理，对政府治理也极有魄力和想法。

在余洪先上任之前，马边政务是个烂摊子，他在给四川省民政厅的复函中描述了他当时的处境："时承劫余之后，人民智识卑陋，地方财政奇绌，夷患匪祸交乘，劣绅土豪横肆。"

所谓乱世出英雄，这在余洪先身上就是证明，他一上任就展露了非凡的才干。此人思路清晰，有自己的一套理政方略，具体总结了下面的二十句话：

加紧训练壮丁，养成基本武力，增建震坏碉堡，巩固乡间保障，渐进收复失地，积极推广垦殖，提倡改种合作，救济农村破产，相机施用恩威，安定夷人反侧，严密编查保甲，肃清盗匪来源，延揽公正士绅，扶持地方正气，努力实践新运，振作以往颓风，紧缩不要开支，减轻人民负担，着重普及教育，提高民众智识。

很明显，余洪先与李静波不同，他没有把事情搞得轰轰烈烈，虽然从某种意义上讲，他也是这一时期的"马边王"，军政大权集于一身，到马边后不久就将大土匪梁世铭捕获砍头，这好像与李静波杀李湘廷父子相似。但细细分析，两人的动机全然不同，一个是扫清边患，一个是排除异己，这也导致两人命运的截然不同。

余洪先是务实派，他很快获得了士绅和百姓的拥护，其施政理念可以用八个字来概括：拓地、安民、利用、厚生。而实质是建立一个仁爱、务实、廉政的政府。可以说，余洪先的思想是相当开明的，所作所为难以让人相信是一介武夫所为。

他一来，就拉开了治理马边的序幕。

在教育方面，余洪先从省库中争取到1万元经费，设立了男女小学各一所，以及各乡初级小学24所，让马边的基础教育逐渐得以普及；同时在大众中举办通俗演讲，组织演讲队，不分白天黑夜，利用茶馆空间进行演讲，唤起民众热情；又举办夜课学校2所，民众阅报室1所等，这些举措让马边兴起了一股兴学办学的风潮，近代文明思想也渐渐传入这个边远的小城。

在地方建设方面，余洪先大力开展植树造林，为固堤之计，沿着马边河种植了6000多株竹类植物；又在马边城附近的炮台山、真武山等处培植桐树苗5770株，十年之后便可蔚然成林。另外他又修筑了犍马公路之一段，将马边城外的公路加以培修，方便了民众的通行。

在民国初期，特别是民国十五年到民国二十五年这十年，有史学家将之称为民国的"黄金十年"（也称南京十年），指的是在1927—1937年间，通过南京国民政府努力推动，在政治、经济、基建、文化、教育等方面取得较大成就，呈现出近代中国之欣欣向荣景象，可惜这一兴盛时期因为抗战的来临而被迫中断。

余洪先到马边正好是这个"黄金十年"的最后一年，他的施政思想也不例外地受到"黄金十年"的影响。比如，他针对马边过去农作物品种不丰富的状况，开办农事试验场，种植芝麻豆类蔬菜等，用以试验；为了信息的畅通，他专门派人到重庆去接运无线电收音机，同时又从极为困难的财政中挤出钱来安装线路，在城区、莜坝、靛兰坝、下溪、上溪等重要地方接通乡村电话，以"灵通地方消息，免于内地隔膜。传达地方政令，免失时效"。

马边是个彝汉杂居的地区，民族之间的生活习惯存在较大的差异，但余洪先一到，就开始大力推行"新生活运动"，成立了马边县新生活运动促进会，他自己亲任主任干事。

这个促进会的工作非常具体，先是成立了几个服务团，划清责任目标，每周分别到大街小巷进行义务宣传，张贴宣传画，进行街头讲演，指导市民进行清洁扫除，像屋檐下的蛛丝、墙壁灰、垃圾等都需清除得干干净净，并检查厨房柴薪的堆放是否整齐、安全。街面形象是政府的脸面，卫生清洁是重点，服务团要随时上街"发现问题"，小摊小贩、公共场所的卫生由警察纠查，而对行人要培养左行的习惯等。

马边县的"新生活运动"是为了革除陋习，树立国民道德，普及国民知识，这与蒋介石早期提出的"要改革社会，要复兴一个国家和民族"的思想是一脉相承的，而从实际效果来看，确实是对边地民众的素质有不小的提高。

另外，余洪先对公务人员的素质也很看重，他虽然是行伍出身，但热爱读书，专门成立了"公务人员公余读书会"，这是因为他感到当时的马边"人才寥寥，诵读声稀"。

余洪先又大搞社会普及教育，针对社会广大人群，男女老少，开办了"巡回露天学校"，其目的是扫除文盲，培育新民。这种形式也特别有趣，教授人员到一地要自带小黑板一个，铜铃或者口笛一支，只要有三户人家居住之处，择一平坦地块，便摇铃上课。露天学校讲授的内容一是识字，一是讲故事，另外还要唱歌，真的是生动有趣，为乡民喜闻乐见。

在推动地方产业方面，余洪先也是不遗余力。马边自古盛产茶，有史可查的可追溯到宋朝以前，而宋代时就为茶马互市之地。马边的茶远近闻名，这同它独特的地理条件是密切相关的，既然马边的茶有巨大的经济价值，余洪先就对马边种茶有进一步的思考："马边山地倾斜度多在三十度以上，气候土质，均宜种茶。已有显著成绩，如加以改良，（以）提倡从事价廉笨重之普通农作相较，更为有利。"

于是，余洪先就提出了建立茶叶公司的想法，官商合办，股金10万元。茶叶公司的经营一方面是整理旧有茶树，指导施肥除草，改良茶叶包装，这样每年可产3000担以上；另外把一些不能够产茶的茶树进行"召刈法"，恢复茶产，这样每年可以新增2000担以上。不仅如此，公司还新种了一批茶树，集中种植，集中管理；当茶叶摘采加工后又实行统一货色、统一包装的方式销售，这样就保证了茶叶

在马边河中捕鱼　（孙明经摄于1938年）

的质量，也获得了市场的青睐。与此同时，为了适应规模化生产，茶叶公司又培养了大量的技术工人，使其在种茶、采茶、制茶等工艺上达到专业水平。而且公司又购置了新式小型机械，使生产加工更为高效，这不仅提高了茶叶的产量，而且是当时"专办出口茶叶"的新招，为传统茶业经营所远远不及。

当然，余洪先在马边做的事情远不止这些，他还在彝务、财政、禁烟、垦殖、保安等方面均有可圈可点之处，为马边的复兴出力不小。

但以马边而言，有件事情非常值得一谈，这就是疏导马边河，因为这是前人尚未做过的事情，而余洪先将之视为"开发大小凉山之先决问题"。

1937年4月，他在给四川省第五行政区的函文中阐述了开发马边河的重要性：

> 窃查马边县政，凡民财建教保诸端，以建设为重要，而建设一项，尤以疏浚马河，治夷垦荒为当务之急……马河疏通，以裕民生，而庶政施行，始能齐头并进，并可为中央开发边地之先驱。

马边河是岷江中游的主要支流之一，是岷江仅次于大渡河和青衣江的第三大支流，全长192公里。马边河因为发源于马边而得名，流经马边、沐川和犍为，清水溪汇入岷江。过去，马边河是马边连接外界的交通要道，从马边河上游到马边城，周年可通行木筏，从马边城到清水溪船可到荣丁，其间有平滩32处，稍事疏导更为畅通。但在荣丁以上只能通木筏，主要是一些地段河谷狭窄，河道蜿蜒，有险滩49处，大石头265块，这些都成为通行的瓶颈。但是，如果将河中障碍排除，河运通畅，马边的社会经济状况会大为改变，而要改变马边的交通，疏浚马边河在当时是最为现实可行的方案。所以，余洪先在民国二十六年（1937）初向行政会议上提出了一个需时4个月的"疏导马河案"，请求省府拨款8000大洋，并建议成立一个导河委员会，查勘绘图，制定疏导计划。

余洪先在马边的三年时间（1936-1938）里，描绘了一个宏大的振兴马边计划，从上面的叙述中可以窥其一斑。他每做一件事情都是开拓性的，但现实中往往又举步维艰，因为马边的财政极为短绌，全县粮额仅三百余两，按照他的话说是"穷蹙之家，一任搜箱倒柜，终难寻几件完整而有值之事也"。

余洪先在他上任之前，川局多乱，马边军政屡遭变故，社会状况极度恶劣，特别是面对两次大震的惨状，他依然镇定自若，有一份为马边开拓肥沃之野、宝藏之山的雄心，当然，由他一手开创的马边之治也就在小城历史上写下了不同寻常的一页，只可惜由于抗战军兴的到来，这一切迅速被大时代的潮流淹没了。

垦社热潮：沸腾的雷马屏峨

在马边近代史上，有一群马边籍的青年学生是不能被忘记的。

马边地处四川边地，彝汉杂居，虽然从明朝建城起就设立有书院，清朝又办有学宫，但当地生童受教育程度仍然很低。至民国后，马边也办起了新学，有"天成""振武"两座小学堂，但能够上得起学的都是当地富庶家庭孩子，于是这些"凤毛麟角"便成了马边的一个特殊群体，他们有机会受新式教育，也有可能继续深造，到宜宾、乐山、泸州、重庆、成都这些比较开化的城市读书，甚至有能力的还可以留学海外。

这个特殊的群体非常活跃，组织了一些团体，如"马边旅外同学会""马边旅蓉同学会"等，它们不仅是青年才俊们的外联组织，也是马边政界、绅商等社会各界人士交往的据点。在当时的人们看来，这批走出去的青年学生除了受到良好的教育，有见识、有理想之外，也是未来不可低估的力量。

这里说的是1939年冬天的一件事情。

地点是成都天府中学，这是1937年由杨森创办的一所中学。这个学校里有个马边籍的学生吴祖沛，他同一个叫唐传华的同学关系很好，两个人都是学校"曙光篮球队"的队友。

有一次，两人聊天，谈起今后的打算，吴祖沛就无意间说准备回马边去办垦社。唐传华虽然不是马边人，但为吴祖沛的激情感化，两人一拍即合，决定一起去马边创业。于是他们又邀约了其他一些同学参加，没有想到响应积极，1940年春，一个名叫"建华垦社"的股份制集体农庄就在成都祠堂街成立了。

"建华垦社"的股东大多是吴祖沛的同学，其中有个叫张希禹的，其父是成都防空指挥部副官长，同四川省主席王缵绪关系不错，便说服其父去邀请王缵绪做名誉社长，又邀请成都市警察局局长唐毅当副社长，有了这样大的后台，回到马边自然会得到当地的支持。实际上吴祖沛在马边也不简单，他的岳父董祝三是马边县士农工商各界的"名望之首"，有很大的影响力，所以他们选择的垦地在马边回龙乡，乡长正是董祝三的妻弟龚德甫。

但为什么吴祖沛会想到在家乡办垦务呢？难道是一时心血来潮？我们得回顾一下当时的那个时代。

马边的大规模开荒垦地可推及清代乾隆时期，四川总督阿尔泰在马边大行垦务，成效可观。但后来彝汉之间争斗不息，致使这个边地无一日之宁，边民逃离，垦地荒芜，昔日"荆楚豫章黔粤巴渝之民，原受一廛之氓"的景象早已不在。

但民国肇始，开发大小凉山的声音再度响起，实际上在本书前面所讲的内容中就可以看出，凉山正在为外界密切关注，而这块未开垦的处女地即将揭开它神秘的面纱。特别是抗战的来临，半壁河山沦陷，边远的凉山更是成了国人所期待的民族重振的大后方，正如任映沧《大小凉山开发概论》所言："殷忧启圣，多难兴邦。东南开发于五胡乱华与辽金入寇之时，西南与西北必建成于强寇进攻之

1945年马边旅蓉同学会合影。同学会中的学子是马边的青年才俊，也是影响马边政治文化的一个不容忽视的力量，同马边政界士绅等有不少联系。　（图片由马边彝族自治县档案馆提供）

日，再因以拯救东南，收复东北，自应为历史所昭示于吾人之任务者。"

1937年10月，四川省政府拟定了开发雷马屏等县的三年计划，确定马边等12县为四川边区第一屯垦区。第一期开发地带是马边、雷波、昭觉、屏山、峨边、会理6县；确定在"雷波及马边之黄茅埂、万石坪等山地，办理农垦及畜牧"（1937年7月《四川月报》第十一卷），并招垦民3万。

1938年1月，四川省政府再度发布奖励商民垦殖雷马屏峨的政策，"增设农合分社，并增拟农贷款项"（1938年1月《四川月报》第十二卷），同时要求在以上各县设立屯垦队，保护农民垦殖。

而仅过了一个月，《四川省政府垦荒大纲及实施规则》就颁布了出来，将雷马屏峨四县作为"官荒"区域，凡农户、农产合作社、公司、商号等团体一旦成为承垦人，就可以得到相应的奖励，如给予土地所有权，豁免保证金，扶助垦区内水利、交通工程，保障垦区内治安，特免一定期限内垦民的征工役，以及给予低息贷款等。

南怀瑾在生前曾整理过一部自己的诗集《金粟轩纪年诗初集》，其中有首叫《过蛮溪》的诗，跟当时正在成为热潮的垦社就大有关系："乱山重叠静无氛，前是茶花后是云。的的马蹄溪上过，一鞭红雨落缤纷。"他在诗的附录中写道："廿八年（1938）秋，在西南边疆从事垦殖事业，此为率部过蛮溪之作。"这段文字是年仅22岁的南怀瑾于1938年秋天在凉山创办垦殖公司时所作。在1939年这一年中，他又陆续写过六首《务边杂拾》的诗，都是反映这段垦殖经历的，证明了他是当年垦殖大潮的亲历者和见证者，大小凉山也留下过他青春的身影：

1939年4月中国抗建垦社的函文 （图片由乐山市档案馆提供）

东风骄日九州忧，一局残棋尚未收。
云散澜沧江岭上，有人跃马拭吴钩。

千岩万壑猎天骄，列队梯山士气豪。
深夜鸣笳亲校阅，魑魅惊走铩弓刀。

阵云乌合不成军，草泽流亡习气深。
闲取翼王遗墨读，剧怜成败论初心。

铜鼓争传年少名，江山毕竟属书生。
雕鞍归带斜阳影，偶一扬鞭北斗横。

竖子中原竟姓名，隆中何处觅先生。
星河刁斗征旗动，叱咤风云变态横。

挥戈跃马岂为名，尘土事功误此生。
何似青山供笑傲，漫将冷眼看纵横。

他的门生在帮助其收录这首诗时附录了一段文字："抗日之战初起，师年方弱冠，即统驭戍卒，在川康滇边境，从事垦殖事业。"南怀瑾一共在凉山待了一年时间，1940年即到宜宾和成都做事，后参贤访道，不再做"尘土事功"。也就是说他经历了一生中短暂的垦殖生涯后，很快专事传道，以为不误此生。南怀瑾一生多有神秘之处，这一段也如此，这些诗没有垦地的具体信息呈现，更多是情绪的流露，但那时他也是何等意气风发，"挥戈跃马""统驭戍卒"，这同吴祖沛等青年精英同时走入大小凉山的作为又有何不同？

可以看出，凉山垦荒计划已经上升到了国家战略层面，那么，这些计划虽然轰轰烈烈，但凉山是否具有大开发价值，开发计划是否可行，或者说是否有科学的考察论证呢？

关于凉山的开发价值，可以通过马边一地的自然资源来说明。

马边山地纵横，森林资源极为丰富，2000米以上的高山，随处可见云杉、红油杉、冷杉、铁杉等树木。2000米以下的高山，随处可见白杨、桦木、泡桐、柯木、丝栗树等树种，再低的山上有白蜡树、漆树、乌桕树、油桐等树种，这些林木可供建筑、造纸、火柴、雕刻、音乐器具、家具等取材之用。在过去，这些山上还盛产药材，马边出产的厚朴、茯苓颇有名。野生动物也是名贵药材的来源，马边出产鹿茸、熊、麝香、穿山甲、毒蛇等。马边的干鲜水果、菌类、蔬菜也颇为丰富，出产甜橙、高地萝卜等。

特别是在矿产方面，马边素有"边区富源，矿产最大"的说法，在民国初期三边屯务调查团报告中可以看到，马边分银沟是有名的银矿，马边西南的西安子是铅矿，马边西南的曾家崖、河口、西北的小沟汎，北面的旧山等四处有煤矿，马边的大坪、花板冈、六谷坡等十四处是铜矿。所以，过去在马边一带，一直有"打开万石坪，世上无穷人"这样的说法，足见马边的资源之丰。笔者曾经驱车在马边境内穿行，常常听到"金河""银河"这样的老地名，凭直觉就能够想到自然资源的深厚沉积。

而马边之为大小凉山中之一地，其他彝区各地情形也比较相似。据抗战初期对这一地区的调查，单雷马屏峨可作纯农垦地之生熟荒地面积就有132万亩，可作林垦之生熟荒地面积，也约132万亩；应整理之夷垦人民粗放耕作地面积，约264万亩；亟应整理之原始林及再生林面积，共约428.8万亩；可作牧场之草原地面及童山秃岭，各约321.6万亩，以上合计约1600万亩。

但面对这些土地怎么去开发利用呢？

任映沧是这一时期的一个重要人物，他以民间的方式对大小凉山进行了详细的考察调研，写出了《大小凉山开发概论》这一本影响了政府决策的专著，可以说他是凉山问题的思考者，也是凉山开发的推动者。

任映沧何许人也？据马边当地人讲，此人是个彝族通，彝语纯熟，与彝族人友善，能够在凉山大小家支中自由走动，不用保头出面，且与马边各界的关系也甚密，是个颇为神秘色彩的人物。当然，他也是个严谨的学者，以"昭明任映沧"自居，1943年又写出了《大小凉山僳族通考》一书，是研究凉山彝族的重要著作。但遗憾的是，任映沧的个人生平并不清晰，我们目前只能通过他的著述来看到他的背影。

对于凉山的开发，任映沧有自己独到的看法，他主张实施"军区屯垦制"。为什么要"军区屯垦制"呢？他认为是一为建设大后方的民族复兴基地，一为"解放奴隶以结束夷区"，一箭双雕。在下面的文字中可以看出他对屯垦凉山的大体思路，任映沧将之整理成十条具体实施方案，一目了然：

一曰就河湖溪谷规划军区，编划垦地，分别决定培养动植物之种类。二曰建基于西宁与烟峰及三河口，尤以西宁溪谷为重心之所在。三曰积极筹办废除奴隶制度之各项准备工作及其善后计划。四曰设国营示范农场于马湖及西宁至牧牛三坝异境之所在，以为改进稻麦杂谷茶树药材之示范，并广造苗圃以应推广种树造林之需要。五曰倡导集团经营园艺林场及各类产销合作社以应屯务之发展。六曰管理森林以为伐木造纸之利用。七曰推广家畜鱼虫之畜养，以增进马牛羊猪鸭鱼与白蜡蚕丝之生产，及牛羊猪鸡等皮毛乳肉之利用。八曰宽筹屯务经费及各类合作生产事业之贷款。其参加屯垦官兵之薪饷，至低限度发放至屯垦开始第四年至第五年止，以奖励功在国家之抗战官兵之大量移殖。九曰任何移家赴边之垦民军应无偿取得所分农地之所有权，各项地权纠纷均应由政府进行设法解决。十曰保留并禁止私人垦占昔年营城场基及所有文化交通与社会福利事业需用之土地暨各类森林，绝对取缔任意烧山焚林以摧毁富源及破坏地利之错误。

任映沧之所以有这样的提案，绝不是随意想象的，他是通过自己对凉山彝区的深入了解，在实地考察的基础上结合对历代文献、科考报告的研究分析，理出了历史的脉络，并在尊重客观实际的基础上，做出的科学开发思路。所以，当四川省政府将雷马屏峨作为农垦区开发时，他却提出了异议，认为他们的规划过于笼统，且有不切实际的想法。他认为，农垦在短期可以这样，如果是长期就行不通，因为没有武装保护下的开垦迟早会陷入阿尔泰时期的结果：边乱不息，垦户被掳，土地荒芜。

任映沧明确主张军区屯垦。他写道："雷马屏峨实非农垦理想区而为林牧管理区，如为增加粮食生产策划开发计，认为初勘应重农垦，而就社会环境言，亟应划为屯垦区，按实施军区屯垦办法切实筹办，实不应再作普通农垦区以延长大小凉山之开发时日也。"

那么，任映沧的军区屯垦制思路能否实现，真实的垦社发展又是怎样一种情形呢？

1941年初，吴祖沛回到马边后，招收了垦户五十多家，这些垦户主要是沦陷区难民、当地土著和附近各县贫民，但建华垦社的规模比较小，相比当时在马边雨后春笋般兴起的各种垦社，他们的实力明显不足，社会经验也缺乏，所以一直是苦苦支撑。

到后来，建华垦社在无奈之下也开始走私鸦片，为了生存被迫同流合污。他们利用"张希禹的父亲，在陈兰亭师长的成都办事处，购买了40支步枪，10箱子弹，充实垦社武装"，"唐传华在成都通过一位退伍师长，廉价购买了两支捷克式和两支花筒式轻机枪，8支步枪、4箱子弹。垦社增加了4挺机枪，在这边城小县，声威大震"（龚定海《马边建华垦社史略》）。也就是说，他们手里有了武器，确实是实现了武装自治，一定程度上防范了边患侵扰，但他们的经营已经与早期投身边地建设的初衷相去甚远。

这一群满怀理想的青年精英在现实的挣扎中沉沦了。

实际上，在马边创建的各个垦社都有背景和后台，不是军界强人，就是政府要员，或是地方豪杰。如抗建垦社的创办人就是国民政府参军长吕超，同生垦殖公司的创办人是二十一军边防第二路司令穆肃中，雷马屏丰拓殖社创办人是四川省临时参议会议员谢崇周，锦屏合作垦社的创办人是雷波税务局长甘达夫，夷务委员长刘殿蓬及财务委员长郭淡如，川南实业公司的创办人是新编第十七师的一部分军官等。1942年6月27日的《马边县政府三十一年度第八次扩大县政会议记录》中就讲到垦社的现状："本县各私营垦社大多有其特殊背景，自恃其武力与所居险要地势，兼之社内份子来源复杂，不无作奸犯科之情事，对政府之政令阳奉阴违。如本年抗建垦社出兵攻击夷人，县府迭令并派人前往制止俱无效可为证。"

当时单在雷马屏峨区域内就有44家垦社，"品类不一，动机各异"。

而马边就有13所，其中建川垦社因种鸦片被撤销，其占有土地充公，办成了县立烟峰农场。

垦社一多，为了各自利益的协调和保护，对建立同业协会的呼声也随之而起。1944年4月28日，相关垦社召集垦户座谈会，准备成立雷马屏峨沐垦社联合会，"以便共谋业务之发展，情感之联系"。

筹备会上选出建中、富华、抗建、大同、光复5个垦社负责筹备工作，但后来光复、建中垦社人事出现变迁，所以只好推迟。这一推就是两年后，到了1946年12月25日，旧事重提，推选富华垦社的经理刘书侬为筹备主任；1947年6月25日，才在马边城里举行了成立大会，选举抗建垦社经理吕镇华为理事长，刘书侬为常务理事长，王国英、王瑞儒、唐传华为理事，穆肃中担任监事长。

雷马屏峨沐垦社联合会的任务主要是：联络感情，调解纠纷，研究垦民福利，改进垦务，加强合作以及推进新闻报道等，另外还倡议建立"垦殖银行"。

雷马屏峨沐垦社联合会的成立大会是马边的一大盛事。会上，所有参加的垦社都来了，汇聚了社会上的各路人马，摆下了几十桌宴席，并发表了《四川省雷马屏峨沐垦社联合会成立大会宣言》：

> 雷马屏峨沐，位于川之南隅，良田沃土，一望无际，地下宝藏，尤为丰富，耕地牧场，随处皆是，森林矿产，星罗棋布。如金银铜铁锡锌铅硫磺等，均亟待开办，粮食自给而有余，木材取之而不竭，其农业副产以及山货、药材、丝、茶、笋、牛羊皮革等物，产量尤多，洵属得天独厚，国内罕匹之区也。惟杳各县地区，大多与夷接壤，民元以前国家为巩固边疆计，曾设制屯田镇边各营，佐以防军，辅以士勇，岁耗国帑百万两，概又蓄库具领，随到

随发，凡皆所以防夷也。民元以后，防军裁撤，边备空虚，夷匪随时骚乱，以致居民迁徙，良田沃壤，遂为荒芜，民廿年后，政府为安定边防，增加生产计，先后乃有督垦、移垦、奖励垦殖各项法规之公布，有识之士，相继发起垦殖事业……

由于垦社的兴起，垦民成为被关注的一个新群体，而文化新闻界人士也参与了进来。

当时，由雷马屏峨沐地方建设学会牵头，准备募股成立"边疆新闻社"，以"推进社会文化，协助边疆建设，发扬民主精神"为宗旨，筹办报纸、杂志、出版社和书店。

这个"边疆新闻社"在一番筹备后设立了董事会，董事长之下设总务、经理、编辑三部，初步设20人编制，社址设在乐山，并准备募集资金"二千万至五千万"，征集千户基本订户，先办一张四开小报，每日午后3点出刊一期，首印1000张。

垦民数量的不断增加也是新闻的土壤。在马边，最大的是抗建垦社，它在整个凉山开垦的垦社中也是数一数二的。因为实力强大，所以在马边拿下的垦地也是最好的，"圈封马边县属之烟峰、油榨坪、走马坪、丰溪及三河口一带平原，与雷波屏山间之荒地为基本垦区，号称荒地面积为九十四万七千亩"（任映沧《大小凉山开发概论》）。当时，抗建垦社在马边有318户，近千人。

由于各地垦社发展很快，1940年1月31日，四川省建设厅又提出了设置"雷马屏峨垦务局"的提案，以"管理垦区境界、地籍、地权、垦种实施各问题"，而这个垦务局成立后的首任局长不是别人，正是任映沧，他从一个学者摇身一变成了官员。

刚开始，方兴未艾的垦殖势头让人寄予厚望，人们甚至认为这样下去，小凉山的垦殖事业不仅是大有作为，甚至可以改善汉彝的民族关系，搞活边地的市场贸易，于是四川省政府就有些迫不及待地于1940年3月1日发布了《雷马屏峨四县设置边民商场办法》。

在通告中，省政府要求四地政府为边民互市起见，设置边民商场，商场内设平价委员会，设委员5—7人，"聘请当地公正士绅及商人与优秀边民充任"；每次集市之前，应由平价委员会将银钱、米粮、油盐、布匹、土货等市价先行议定，悬牌公告；市场一切交易以新的度量衡为准，器具供大家使用，不收任何手续费；当然，主要的责任是"随时稽查，以杜欺诈操纵之弊"。

边地商场与过去的山市交易有很大的相似性，如马边通宁垦社在创办之初，就设想"恢复走马坪原有市场，汉人售与彝人之盐、布、酒、锅、铧铁等件，彝人售与汉人之牛羊皮、蜂糖、笋、茶、药材等，进出都有厚利"。但边地的实际情况已经发生了很大的变化，因为被看重的日常交易并不是日常的生活、生产资料的买卖，而是枪支和鸦片。民国二十六年（1937）抗战来临，"马边一隅所有夷地，数十年来种烟从未断绝，汉奸夷房，因缘为奸，宣传已属无效"。

还是在这一年，有了强大枪支装备的偷种者，已经变成明火执仗，公然挑衅国法，无视政府。该年编撰出版的《马边纪实》里的记载是："日来督铲荒边夷人偷种烟苗时，该夷处等呼啸集结，大有抗铲之势。入山稍深已可瞭见毒亩，更深更多。左路由马边城至挖黑一带，约距二百八十里，中经大有冈、来斯冈、三河口、楠木坪、石笋岗、石哈衣打等处，种有烟苗者，纵横各约五十华里。中路由马边城、钻天坡一带约距六十华里，中经铜厂沟、桃子坪等处，种有烟苗者纵横各约二十华里。右路由马边城至大院子一带约距二百里，中经丰溪、烟峰、油榨坪、羊子桥等处，种有烟苗者纵横各约七十华里。"

在鸦片的巨大利益驱动下，马边种植鸦片愈演愈烈，任映沧当时的调查结果是："至三十年（1941）吾人查勘马边左中右各路时，则上述之六十里、二百八十里仅约二十里、六十里、七十里种有烟苗者，至是已无一地不遍种烟苗。而右营河一带更可谓除烟地外，已无寸土之残。且前述冰雪所封之老林，现已大肆焚毁，用以普植毒卉。"

而邻县雷波的情况也一样，雷马屏峨无一幸免，除了鸦片，无人对其他买卖感兴趣，"本县笋子在往年产量甚多，今年则突减。以采笋子时节，正在割烟，多数人民均往凉山工作，故无人采取也。至各种药材如天麻、贝母，亦靠凉山输出，夷人以种烟获利，不愿遍地寻求，故药材亦较往年大为减少"。

这时的情形是，政府大力鼓励的垦殖事业，在各个垦社圈地驻扎后，纷纷购买枪支，武装垦民，已经从客观上变成了任映苍所说的"军区屯垦"形态，但实际上这样的军事割据正是为鸦片种植提供了保护伞，枪和鸦片的关系更为鬼魅。

也就在这个时期，有林森、刘文辉、潘文华、刘航琛等军政大佬作股东的抗建垦社，从创建不久就开始私种鸦片，成为小凉山东麓最大的一个鸦片种植场。在这期间，抗建垦社总经理吕镇华多次抗铲，无人能闯入它的禁区。据统计，当时抗建垦社的垦户和守卫有步枪648支，中正枪60支，手枪69支，轻重机枪14挺，快枪2支，各式子弹59 880发，这样的武装力量一般人不敢随意闯入。所以，这些在当初以建设西南边疆为口号的垦社，已经大大变味，成为一个合法身份掩护下的巨大幌子，而这正是垦社的真实生态。

笔者曾在乐山市档案馆查询资料时，看到了1948年4月"雷马屏峨沐垦务管理局"给四川省政府主席的函文中写到垦社种植鸦片、屡禁不止的状况。

> 查本区雷波、马边、屏山、沐川、峨边等县，接近夷区，垦殖社团林立。在抗战当中，凭藉武力，乘国家多故，偷种罂粟，违反禁政，职于卅五年春季，率队亲往，协同驻军，武力查铲，将雷马屏沐等县垦夷烟苗，次第肃清。上年冬复将峨边恃强种烟顽夷击溃，失地收复。唯年来戡乱军事紧张，国军他调，地方武力薄弱，少数不肖垦社，仍有深入夷区种烟情事，或又有以垦社财力困穷，垦民无法生存为藉口者。除严敕各该县府派员分驻垦区，经常勘查督铲，并已由署派员复查外，为彻底完成禁政，进而开发边区计，实有整顿垦社、加强管理、核给农贷、扶植发展正常业务之必要。

这是一份重要的档案史料，可以看出当时的垦社种植鸦片不是个别现象，已成普遍趋势。特别是它们利用了抗战中军队忙着打仗，政务管理非常松散的时期，鸦片之毒猖獗至极；后来抗战结束稍有收敛，但内战开始，军队开往战区，无暇他顾，鸦片种植又卷土重来。

从客观上讲，垦社对凉山地区的改变仍有其积极的一面，这是不应抹去的，正如雷马屏峨沐垦社联合会在其成立宣言中说的："迄于今日，合法社团已有二十三个之多，垦民人数达四万二千八百人，垦地面积共五百一十七万余亩，生产粮食二十五万六千余石。其广土众民，生活富庶，几占雷马屏峨沐八分之一，可见各垦社团平时造成经边拓地、垦荒增产之伟绩丰功，实在不可磨灭。"

1947年4月，马边城突然听到一声枪响，吴祖沛倒在了血泊中，据称是手枪走火身亡，但在坊间猜测很多。这个蹊跷的事件在小凉山区发出了不祥之声，因为利益的争夺还在继续，而从抗战之前就纷纷涌起的各路垦社到底何去何从，它们的命运就只有交给即将来临的时代大变局了。

小城弥撒

新任神父汪波接手马边天主教堂是在1937年12月21日。

这天是在圣诞节前夕，国际篮球日，也是美国著名电影明星简·方达出生的日子。当然这跟汪波没有任何关系，只是笔者随意输入电脑搜索时跳出的一行字，这说明世界每一天都在发生一些奇奇怪怪的事情，但汪波来到马边，对他个人而言却是一件重大的事情，因为他一辈子的命运都同这个地方牵扯上了，在前面《挂灯坪之巅：去彝区的神父》一节中，已经说到他来马边的缘由，而本节主要是讲一个神父的日常生活。

上任之初，汪波除主持教堂的日常事务，主要做了两件事情：一是成立"公教进行会"，二是察看周边地区的教务。

何谓公教进行会？公教即天主教，公教进行会就是在教皇庇护十一世的扶持下，为在俗教徒从事传教的组织，主要从事一些社会慈善福利事业，凡天主教徒均可加入。实际上，这个公教进行会有点像教堂的外围组织，其目的是更紧密地团结一些教友，加强教会的影响力。

当时宜宾教区主教唐霭对这件事很关心，很支持汪波的想法，他的建议也符合高层教会的意图。汪波写道："余到边后的不久，或有提倡成立善会以联合人心，冀有团结合作之精神，某再三斟酌考虑应欲立会。"

就在汪波到马边快一年的时候，1938年11月1日这天，正是马边县天主教堂新建两周年纪念日，汪波就趁这个机会召开了公教进行会的筹备会。而在几天后的圣诞节，马边县公教进行会在弥撒之后举行了成立大会，入会的会员都是该教堂的天主教徒。接下来又召开了选举大会，结果是以前当过"圣公会会长"的王朝轩被选为马边县公教进行会会长。值得一提的是，这个王朝轩是马边茶叶商会会长，也是马边县城的保安团团总，乃当地一实力人物。

汪波在主持马边天主教堂期间，发展的教徒多是当地汉族的平民百姓，政府官员、商界大贾等信教的人很少，彝人信教更是罕见。到1945年的时候，马边天主教徒人数基本稳定，同林茂德时期相比人数增长不大，其中只有一个肖姓算是大户人家，汪波在《天主教成立马边县本堂区志略》中写道："据1945年之统计，汉人之进教者，共有二百人左右，其中教民或自云南移居，或自外河迁住，或由本地居处而进教者，皆以佃耕，或经商，或务职业为生，惟肖姓于拦马埂置有产业焉。"

汪波为马边天主教堂神父，负责教会的生存之计。所以到了第二年，教堂内外事务打点得比较顺当之后，汪波又将多余的房间租出去，以敷教堂经费之不足。笔者在档案资料中就看到了一封汪波写给一个叫邓子敬的信，是关于教堂房屋租佃事宜的。他在信中写道："邓子敬先生大鉴：前云欲佃敝堂店铺，现业已草草筑成，兹嘱李光谱、张子成前来立约并议定只佃前堂，实按押租时市法币洋贰拾元，每年月租四拾元五，银两月交清，不得短少。……又，不得

马边天主教堂神父汪波（右1）　　（图片由马边彝族自治县档案馆提供）

在店内设赌博以及蚊香蜡钱纸和有妨碍敝教会规律之物品。"（汪波档案资料，存马边县档案馆）

从这封信中也可以看到，当时马边城里吸大烟的人多，赌博成风，到处乌烟瘴气，所以他在租佃房屋时也要考虑种种细节，免得污染了清净之地，妨碍清规戒律。这些工作看似琐碎，却是汪波需要为之操心的。

在汪波1938年11月的部分日记内容中，就可以更为细微地看到他的日常生活：

> 十一月一日，田翠兰因与姨侄女李陈氏教友口角来堂，当日与数教友聚集时，了结二次，未得好果，因为姑孃宁死不归其家也。

> 十一月七日，李光谱携带叁拾元票洋前往中都场装修店铺。十元为还邓子敏。树根儿回蛮地。细雨纷纷落一整日，无聊的我便去拜会文房四宝先生们。

> 十一月十二日，发信两封，一与当家任牧公，一与中级修院院长林牧公。……是日细雨纷纷，寒暑表降。

> 十一月十三日。主日。晨起，除听七八人告解外，讲道，题为母杀人。侧重吃洋烟或贩卖之人。因当时教友中或有染此嗜好，或有贩卖之者也。

> 十一月十四日，寄家书一封，报兄婚姻无结果。黄昏时接冯惠愚司铎（纳溪天主教堂神父）一函。

> 十一月十五日，得梁肇铭自雷波寄来一函，内称云：雷属路途菁口山、宋江岩、金刚背等地一带，夷匪时而出巢拦途捆掳，枪杀行路人，无分老幼妇孺。

> 十一月十九日，余托教友张自成携带信一封往中都场。

……

日记包含了丰富的内容，民妇吵架、装修店铺、账务数字、季节寒暖、书信来往、行路消息等一一呈现，零零碎碎，却饱含了世俗生活的烟火气息。

有趣的是，汪波在马边曾遇到过一次意外事件，他记述得很详细：

> （1939年）二月十五日晨饭后出郊散步，一不经心踏翻一块石板，跌在水沟里，将衣服鞋裤浸湿小半，把眼上撞了五分长的一条口，红的血流个不停。急切起来拍了拍衣服，洗洗鞋裤，旁人观我那般，为我找点草药咬来敷上。伤处血不流了，余即以毛巾蒙上创伤处。回堂，换了衣服鞋裤，请一个素认识的汉人西医调了锰镪灰水为我洗涤，涂上些微白药粉，包上一块白纱巾，时就像小儿开始迷藏了。次日照常□□，惟左眼稍浮肿。早饭后医生改用碘酒，此药比锰镪灰更为凶猛，涂敷后眼不能睁了，因此拥被而卧；午时眼始能睁开，自此以后不再敷药。

这个小受伤事件看似并无意义，但恰巧是他融入马边当地生活的体现，遥想谢纯爱当年为了防备不测而持枪养狗护身的小心谨慎早已不见。

除了打理马边城教堂的事情，汪波还要去察看周边地区的教务，而这件事并非简单容易。他写道："余到边至今春秋两易了，所辖雷波地带因夷和匪的阻挠，从未至其地视察教务。表面观之不免有些怠惰，而实察情形确有不许可者在。"

实际上，汪波已经早就在准备这次外出行动了，1938年11月15日梁肇铭（雷波天主教堂神父）给他的信就是在告知雷波的行路状况。而在早些时候，他又得知1937年屏山县中都乡天主教会被烧房屋的情况，虽已重修，但详情则不得而知。这两处地方都属马边天主教堂代管，但他还没有去过，其实主要还是担心沿途匪患，因为那数月间，"边地匪风甚炽"。

在1938年年底的时候，马边在一支外来军队的清肃下，地方治安暂得安稳，"十二月十三日清乡军田营长进城。（为）边陲事业派大军清剿各匪，会新编陆军第十七师二旅四团长李唐尽量清剿不遗余力以来，始将各匪肃清，商旅行客才得了安宁，民生乐业，此该认为政府爱怜地方之功"。

实际上，新编陆军第十七师是看中了马边的垦务事业，并兴办了川南垦务实业公司，当然要清剿当地匪患，为发财扫清障碍。但汪波认为这是一个宝贵的时机，得赶紧利用，不然以后又不知道会发生什么事情，由此也可见当时的马边是多么的混乱和人心不稳。

> 余即乘此风平浪静之时，前往雷波视察教务和风土人情。于（1939年）五月二十三日率领二人，各负行李冒雨徒步进行。路途崎岖，复因雨而形成油抹的光石板般的滑，怪不好行。以言语激励属下振作精神，抵豲南坝乡五十华里，稍息片刻，用了午膳。雨水仍旧落个不停，至菠坝乡……

天主教堂虽为宗教信仰之地，但当地老百姓也将之视为诉苦申冤的地方，常常将很多无能为力的官司诉讼找上门来，而天主教堂在当地政府部门中也有些影响，确实能够在一些事情上给予帮助，教会有余力介入一些具体的社会事务。

如马边县安富镇乡民肖福阳，被查出瞒漏猪税，应予惩戒，经马边天主教堂的具保，将人从监狱中取出，"令具悔过书备查，如后再有以上情事，任凭依法议处"。

又如马边城里有个叫马玉良的人，他的老婆曾氏突然失踪，疑是被一个叫李忠的人拐走，曾氏的婆家迁罪于马玉良，将他告上法庭，马边天主教堂便找到县长，称此人"平素毫无劣迹"，恳请将之释放，"俯准该民宥释归家，倘审讯时，谨当随传随到"。

再如有个在马边经商的湖北人张荣禄，在途中被匪徒洗劫一空，连衣物都被刮得干干净净，身上穿的衣服是朋友送的。但问题就出在这里，因为这件衣服来路不明，就被拦路检查的驻军当成疑犯抓了起来。张荣禄在马边经商有三四年之久，也是天主教堂的教友，所以汪波就不得不出面请求驻军释放他，并证明此人"察其行踪，尚无劣迹发现"。

平时，教堂对教友的生活也会有一些帮助。如按照教会的规定，一旦成为天主教徒，在婚姻等重大人生问题上不仅要民政部门参与，也需要征求教会的同意。

当时马边城里有个叫张安纳的妇人，她的丈夫四年前到贵州经商，一直没有回来，音信全无，据称是被匪杀死。张氏便想再行出嫁，但因为她是教民，汪波就去信贵州毕节询问，得到的回音是可能被人害死，但无确切证据。为了稳妥起见，汪波就写信给叙府主教林茂德请求免除张氏以前的婚姻，很快林茂德就给予了回复。

由于马边天主教堂地处彝区，也有彝人的身影。

在教会中有一个叫"树根儿"的彝人，他是马边第一个信天主教的彝人，而这个"树根儿"不是别人，正是当年帮助谢纯爱到挂灯坪传教的水普说格（"树根儿"是近似读音）。

> 黑夷树根儿，挂灯坪人，其人刚直，信教虔诚，朝夕与谢司
> 铎游，常闻天主教道理，良心大动，摒弃一切，甘愿从奉公教。
> 一九三七年十二月二十五日，林茂德为之举行洗礼，名之曰：恩理
> 格。此为马边夷人中信奉公教之第一人也。
>
> （1945年《天主教成立马边县本堂区志略》）

这段文字表明 "树根儿"是在谢纯爱死后两年才正式受洗成为天主教徒的，为他施洗的人是马边第二任天主教神父林茂德，他好像并没有受到谢纯爱死的影响，决志信教。但作为一个彝人，"树根儿"要冲破的阻力之大是汉人想象不到的，其信仰选择在彝区可谓石破天惊，也就是汪波说的"摒弃一切"。

信教后的"树根儿"与教堂的关系密切，除了去教堂参加重要活动，还常常去寻求解决困难。如1938年10月的一天，"树根儿"同三个白彝来到马边城里，但那三个人在当日就被莫名其妙地逮捕，说是1936年六俄家抢娃子的事件跟他们有关。

其实，这完全是个冤案，"此三夷虽与彼案无关，亦逮捕之，此汉民对夷民之通例也"（汪波档案资料，存马边县档案馆）。为此，"树根儿"来到马边天主教堂求助。但事情颇费周折，汪波动用了教会内外的各种关系，才在几个月后将三名白彝救出，而其中一名已经在监狱中死去。

就是在这一过程中，"树根儿"自己已经病重，但他还来为自己的同胞料理后事，等事情办妥，他已经病倒，仅仅在十多天后他就死在马边天主堂内。汪波在日记中写道："一九三九年二月七日来堂，

料理灵事，以及营救被监禁已久之夷民。于同月二十日，以患重病不治，备领圣事，安逝于马城堂内矣。惜无子孙之遗留，而夷人之进奉公教者，从此断绝也。"

笔者曾经在马边县城里寻找当年的天主教堂，当地一位老人指着市中区一块已经被新建筑覆盖了的地方对我说："就在这一带。"我顺着他的手指望去，那边已经成为马边的主要商业区，商铺林立、车马熙攘，早不见过去的任何痕迹。

这是在冬天的马边，天气干冷，寒风呼啸，我站在那里竟有些茫然，而思绪向着那个久远的年代飘去。

时间又仿佛回到六十多年前的一个场景。

那是初冬的一个早晨，汪波早早起床，那是他多年的生活习惯。但这一天好像不太寻常，他站在天主教堂外抬头一望，见莲花山和真武山上已经铺满了雪，银装素裹，格外壮观。

这时候，他听见城里的人在发现了这一景象后传出的惊呼之声，"下雪了，下雪了！"喊声不断传递着，有老人，有妇女，有小孩，这个小城的每一个人都好像是意外得到了一笔奖赏。汪波也是第一次看见马边下这么大的雪，心中有种难以名状的感觉，既兴奋又感伤，因为这时他已经在马城住了14年之久，美景之下，而诸事沧桑。

青春之歌：边区办学记

　　贺昌群回到马边是在1939年夏天，即在乐山被日机轰炸之后。

　　应该说，他这次回到故乡实属意外，他原本在迁到广西宜山的浙江大学里教书，但考虑到战争的变化，1937年的时候便将家眷送回了马边。后来马一浮要在乐山创办复性书院，邀请他去做教务长，贺昌群为照顾家庭，便同意了。

　　贺昌群是马边县官帽舟黄桷溪人，1903年生，1921年到成都读中学，后来考入上海沪江大学，仅读一年便辍学，后到上海商务印书馆编译所担任编译。这一期间，贺昌群靠自学成才，从1926年起开始学术研究，渐成学界大家。

　　1939年5月初，贺昌群来到乐山，参与复性书院的筹建。然而不到两个月，他就离开复性书院，之后待在乐山埋头写他的魏晋南北朝史。不料在8月19日乐山被炸，他被迫把家搬到城外的乌尤山，也就是这个时候，他接到马边方面的邀请，希望他回去当马边县立中学校长。

　　马边县立中学的创建就跟当地落后的教育有关。当时，在广大的小凉山地区，"雷马屏峨四县只有一屏山中学，除此之外，即须赴

枫葉吟

霸葉紅於二月花　葉時心血着袈裟

庸～未解東來意　遙笑琵琶抱別家

人間花草太匆匆　春去殘時花已空

未羡君家丹色美　閒寒誰許一枝紅

東籬把酒話春秋　殘菊紛飛落翠濃

高唐行吟皆悵望　枫山遥指老来紅

李伏伽刚到马边中学不久写下的《枫叶吟》一诗。（图片由马边彝族自治县档案馆提供）

叙府嘉定，雷波则至云南金底坝就学，马边至叙府五百五十里，至嘉定三百六十里，至屏山三百二十里……故四乡之学生特少，有将学生送至成都，在外求学，十数年不归。毕业之后，即在外服务，亦多不回本县"（四川边区施教团《雷马屏峨纪略》）。而这就是马边的教育现状，也是召唤贺昌群回乡办学的动因，"本县文化低落，教育不振，一般学子向外升学极感困难，筹设中学势所必须"。

当时，当地的开明士绅非常积极地倡议办学，其主要的推动者是行伍出身的董祝三，他召集了当地的贤达人士集思广益，要为马边的学子开创一条出路。

1940年8月1日，马边县召开了第一次扩大县政会议教育会，会议提请设立马边县立中学。关于办学经费，也在这次会上得到了初步的解决，其主要来源有三：一是向盐商乐捐；二是整理称息（即货物过秤时的捐税）收入，照百二标准抽收；三是利用马边县银行的公股余利。

会议下来后，盐业公会主席唐焕湘大力支持办学，他负责联络各盐商，答应拟每斤盐按标准提取相应金额；马边县财政委员会主任苏伯和也积极支持，同意在物价上加收百分之二的税率，这样每年学校将有七八千元的收入，"办理中学一般也足敷用"。

这年8月13日，中学筹备委员会召开了第一次会议，决定校址设在马边县城西街守备衙门及川主庙，并讨论了培修设计与工程预算问题。而这次会议最重要的内容是，决定暂聘李伏伽为校长，王纪三为教导主任。

为什么要聘请李伏伽为校长呢？四川省教育厅规定校长人选必须要有大学文凭，1940年的时候，马边的大学毕业生只有两名，李伏伽就是其中之一。马边士绅不愿外聘，"因为害怕堂堂一县找不出个校长引

1944年，马边县立初级中学为声援抗战，学生志愿从军合影照片。
（图片由马边彝族自治县档案馆提供）

人笑话"（李伏伽《旧话》），所以找到了他。

　　但李伏伽这时尚在外地，收到联名邀请信后，他的反应是："我童年的噩梦未忘，外出后三次回乡的印象也不好。我不相信在那样的地方能干出什么好事来，便回信谢绝了。"

　　李伏伽不去当校长，他们就想到了贺昌群，他虽然没有大学文凭，却当过大学教授，而且他当时已经是国内很有名的历史学者了。贺昌群这个时候正为乐山的安全担忧，又加之有一份桑梓之情，于是在当地的盛情相邀下回到了马边。

　　这里面值得一说的是，民国二十七年（1938）任马边县长的宋际隆是贺昌群的朋友，他曾经请贺昌群为马边新编县志撰写导言，贺昌群也慨然应允，洋洋洒洒地为马边写了五千言的修志纲要。所以，当宋际隆在筹备马边县立中学时自然又想到了贺昌群，后来贺昌群在《马边县立初级中学计划书》中也提到了宋际隆在办学中的作用，"经教育会之提议，县政会议一致议决，士绅倡导于前，邑宰宋君玉门热心规划于后，乃不期月而成立"。

　　刚回到马边，贺昌群见到了久违的父老乡亲，欣喜交加，他有种要在家乡做出一番事业的强烈愿望："欲将雨露润桑梓，惆怅天涯一童生。"（《还乡见诸老昆弟》）

　　但居住了一段时间，人事的纷繁接踵而至，可能是见到了当地更多的社会现实，他又写了一首《八声甘州·自乐山返马边居南郊遣怀》的诗，诗中的情绪不免有些苍凉：

　　　　正三年，转徙有沉忧，零落又经秋。渐华年锦瑟，诗书事业，都付东流。万叠乱山寒月，极目望神州。枫冷江声转，那吟愁。料得渊明当日，想拂衣赋，何去何留。下西风黄叶，怎许不登楼。且安排，冰天奇骨，待几时，化作旧沙鸥。无人会，倚栏干意，笑看吴钩。

作为首任校长，贺昌群面临诸多的困难，因为这毕竟是开马边历史之先河的事情。在此期间，贺昌群将丰子恺送他的漫画《移兰图》挂在他的办公室里，直到他离开马边。这幅画有个寓意，即要把良草种上，将坏草除去，这也无意中契合了贺昌群办学的宗旨：在家乡种上更多的良草。因为在贺昌群看来，过去的马边教育是"文风不振，人才零落，风俗败窳，青年子弟无力升学，不能负笈于通都大邑"。所以，这所中学不仅在振兴地方教育，也是在顺应国家教育为先的政策。

但由于贺昌群待的时间不长，所做的工作也更多只是基础性的，从民国三十年（1941）一月，贺昌群在向马边县政府呈件备案的《本校计划书及三十年度支出预算书》中，就能看到一些他所做的事情：

> 本校去岁八月，经县政会议议决设立以还，瞬将半载，正式上课亦已十有八周，虽因设立未久，诸多欠周，差幸校舍工程，大部完竣，经费来源，并有的款若能假以时日，不难日趋充实。惟本校之设立，纯由地方之实际要求，使命既大，办理自不能不力求审慎，现有未周之处，固已注意改善，此后之进行大计，似亦有预为规划以求尽善……

1940年夏，四川省政府组织了四川边区施教团，率二十余人深入小凉山区，除了对当地社会状况、风俗民情、经济物产做了调查之外，特别考察了雷波、马边、屏山、峨边四县的教育状况。7月31日他们到达马边，在将近一个月的时间里，主要调研边民教育，参观马边县立中学，贺昌群正好在那里。

边区施教团见到的马边中学是什么样的呢？校舍系前清的武备衙门，破破烂烂，还没有完全装修好，只有两间教室，两间学生寝室；有九十多名初中学生，分为两班；教师也只有两名，一个叫张育健，一个叫刘荷生，还有两名为兼职，而学校这时已开办近一年。

虽然教学条件非常简陋和艰苦，但边区施教团在考察了马边县立中学后，认为是"数十年来所未有，自为边地之福"，肯定了贺昌群回乡办学的积极作用。

不过，他们也不无担忧，提出了一些意见，比如在办学经费上，刚开始有捐助和临时费，但今后恐有不接，"省方经费不能按时领到，兼之汇兑不便，支付无定期，影响教职员生活不安，及事业时常停顿"；在教师队伍上也有很大的困难，"边县教师，多仰内地毕业生，内地尚不足，外出之路费甚大，更无人肯就"（张云波《雷马屏峨之教育及改进计划》）。

上面的两个问题实为一个问题，经费的掣肘影响聘请教师，教师的收入低就很难待在边区，因为他们连回趟家的路费都可能不够。四川边区施教团团长柯象峰就写道："马边处边远之区，地瘠民贫，守中等以上教育者数甚少，至擅长于边民教育之人才，更寥若晨星，故欲聘请适当教员充当教职，颇为不易。兼之待遇甚低，欲在数百里外聘请人才服务边区，匪特难觅，即使觅得而旅费一项之负担，已属不轻。"

而就在这时，更大的问题出现了：贺昌群受东北大学之邀准备离开马边。但还在嗷嗷待哺的新学校怎么办？连一般的教师都很难聘请，何况校长要离开，马边县立中学面临着很大的危机，他一走，学校会不会停办了呢?

可就在人们深感忧虑的时候,之前婉拒了邀请的李伏伽却突然回来了。

李伏伽第一次来到马边县立中学是1941年的2月28日,他在日记中记得清清楚楚,那一年他33岁。

他为什么会回到马边呢?是他的好友介平的一封信打动了李伏伽,他在信中鼓励李伏伽回乡搞教育:"半壁河山都已沦陷,民族前途岌岌可危的时候,凡是有热血、有良心的中国人都应该踏踏实实地为她做点事。尤其是教育,这是民族的根本;而边地环境污浊,更需要教育这一澄清剂。"(李伏伽《旧话》)

李伏伽生于1908年,李家是马边的书香门第,其父李建屏是清末秀才,曾是马边县高等小学的创办人。但父亲去世得早,家道中落后,李伏伽靠他父亲的好友、同科秀才冯斗山的资助,才在1924年读完小学,那时李伏伽已满16岁,正在迷茫之际,又是冯斗山拿出三块大洋让他去考泸州川南师范。但只读了三年,学校就停办,无奈之下,他又只好跟同学一起到成都读师大预科,1931年秋李伏伽升入四川大学外语系,1935年7月毕业。

但李伏伽见到的马边县立中学还是让他心里凉了半截。

学校只有破破烂烂的几间房子,"唯一的运动器械是一只篮球"。办学条件极为简陋不说,学生的年龄还参差不齐,大的大小的小,甚至有些已经在"操社会",滚过一趟江湖了,而就在他去的那天,便有学生在后山上放枪,说是欢迎新来的校长。

李伏伽深感要办好这个中学,非下决心不可,而且要有长久的打算,也就是准备扎根马边县立中学。

李伏伽一上任,就给校务委员会提出了几条建议,其中主要是

1948年10月成立的马边长老会，由当地的绅商名宿担任。　（图片由马边彝族自治县档案馆提供）

扩充校地，当时的办学环境实在是太糟糕了，如果将学校后面的文昌宫和节孝祠两座破庙划给学校使用，就能将庙子改为校舍，并开辟一个运动场。还有一条最重要的是提高教师的薪水，要求从100元提高到180元。当然，要解决上面的这些问题，非常之难。

为此李伏伽起草了一份《马边县立初级中学三年计划草案》，在弁言中向马边县的百姓和士绅们阐明办学意义，文字极为振奋人心："从此以后，吾县有一较高级之文化机关，青年得有比较深造之机会。白鹿兴而湘中文风斯盛，东林立而明季士节乃昌，则此校关系于吾乡今后文教之盛衰，风气之良窳，以及社会人心之向背，岂可限量！"

李伏伽为马边县立初级中学设立了八大目标，而这成为以后长期影响学校发展的办学纲领，其办学理念与外地先进学校丝毫不差。

一、侧重战时教材，使学生具有爱国抗敌之精神；

二、实施公民训练，使学生具有健全良好之人格；

三、利用科学陶冶，使学生具有精密正确之头脑；

四、注重基本训练，使学生具有优良丰富之知识；

五、注重文艺教育，使学生具有创造发展之能力；

六、加紧体育训练，使学生具有活泼强健之身体；

七、提倡课外劳作，使学生具有劳动服务之习惯；

八、注重职业训练，使学生具有独立生活之技能。

就在李伏伽刚刚到马中不久，马边每年四月的"烟会"也到了。

在当地人眼里，只要收割鸦片的时候一到，马边城里就会涌动着一股"黑潮"（鸦片），一股"白潮"（白银），当地很多人家一年的生计全靠这两个月的收入。在李伏伽1941年5月6日的日记中就记录了一个学生退学的原因，是"他妈要他回去帮助料理烟馆"，此也可以看出鸦片买卖在马边的普遍情形。所以一到烟季，学校的不少学生会逃课，去彝地参与鸦片买卖，而就在这个过程中，常常发生危险，有学生为此被捕，甚至丧命。

这样的情景让李伏伽极为不安，他问自己：这个新的学校，就如"一盏可怜的小小的灯，可怎能把它拨得更亮些，让它招引着更多的人呢"？

"烟会"的考验，让李伏伽有了更多的思考。他突然感到，他之前一直在寻找的人生价值完全可以在这里实现，报效国家、服务社会这些都不应该是空洞的口号，他的青春和激情只有在这样的地方淬炼，才能发出耀眼的光芒。于是，李伏伽亲自写下了《马边中学校歌》："凉山峨峨，马河汤汤，大哉吾校，肇造其旁，劳动、创造、战斗，自觉、自治、自强，同心同德，相亲相爱相将。要作光明先导，挽边区滔天罪恶之狂澜！"这首歌充满了向上的、蓬勃的、让人振奋的力量。

在李伏伽的心中，他要建设一个新学校，要同过去的那些旧式学堂不一样，当然他也希望新学校要有个像样的面貌。李伏伽想象的新校舍是这样的：有大礼堂一间，楼房四座，分别用作食堂、厨房、浴室、厕所，有附属小学、农场、仓库二十余间，但要修建这些设施需20万元，想靠政府拨款显然是不现实的，只有自己想办法。

接下来，李伏伽采取自己动手、丰衣足食的办法，带领学生先后修筑了"先驱路""留青院""好望亭"等，又开辟后山，建起了"五洲花园"，种植各类树木，在短短的几年内学校的环境得到了很大的改变。与此同时，他们又在郊外教场坝的一块烂河滩地上开办了试验农场，用竹篾装鹅卵石扎堤，填土作坝，培修路基，又将农场分为果树、园艺、畜牧三组，每年收获的新鲜蔬菜水果，放到"学生劳作售卖处"销售，所获得的利润50%补助学生伙食，30%留下来继续扩大生产，20%作为学生福利公积金。

马边县立中学的校园生活也是丰富多彩的，学生在课余还要学习缝纫、刺绣、食品和用具制作以及农作，让学生学到了更多的生活技能。李伏伽经常亲自带领学生去搞野外活动，他们爬遍了马边周边的山脉，让学生获得了身心的锻炼；还举办月光晚会，讲故事，演出歌舞和话剧，边区孩子的课堂内外变得更加丰富，他们看到了外面的世界。

由此，马边县立中学很快名声大振，成为雷马屏峨小凉山区教育之翘楚。李伏伽也在这一时期收获了爱情。他的妻子廖幼平是1942年来到马边的，他们患难与共，在马边抒写了人生中最美好的一段。

廖幼平的父亲廖平是经学大儒，可能她的身上也有她父亲对追求理想和真理的执着，所以同李伏伽走到了一起。李伏伽在很多年后回忆廖幼平时说："参与了校务的一切擘画经营，也分担了所有的辛酸艰苦，没有她的帮助，我是难以支持下去的。"（李伏伽《1941年在马中》）但实际上，他们相濡以沫的故事已经随着时光的流逝而不再为人知。

在李伏伽办学的过程中，遇到的最大问题仍然是教师问题。1941年夏，李伏伽利用暑假专程到成都去请教师，但没有一个人愿意到马边，有人甚至认为到马边无异于去充军。

在四处碰壁之下，李伏伽只好另想办法，他找到一些中学学习好却无力升学的青年来解决无教师的困境。这一招非常奏效，这些老师对薪水要求不高，工作也努力、踏实。同时，李伏伽又去乐山武汉大学聘请迁来的学生，这些学生很多是流亡青年，没有生活来源，愿意到马边来打短工解决学费问题。

笔者在马边县档案馆看到1944年2月马边县立初级中学的一份工资单上，当时的教职员工、工友已经三十多人了，如教导刘瀛，专任教员廖幼平、张景芳、张子明、周裕芹、李纯甫，训导张默若、赵明智，会计冯伟明，干事肖庆文、朱彭年、冯益颀，事务陈向荣，图书管理何仁，校医翁云圃，书记莫文金，园丁田焕文等，月发薪水2191元。可以说李伏伽在短短的几年内，让学校在各个方面渐臻完善。

在教学上，李伏伽也针对边区的特殊情况，在正常教学之外，增加了一些实用的职业课程。因为他认为马边的学生大多贫寒，中学毕业后十分之九的学生都无力升学，所以马上就要面临进入社会，如果没有一技之长，实际是教育的失策。所以，他在初中二年级的课程中增加了农业和会计两科，在三年级的课程中增加了教育，以让学生获得实际经验。

1943年上学期，马边县立初级中学的第一班学生毕业了。在毕业典礼上，李伏伽不无深情地说道："你们年轻力壮，受过几年正当教育，从荒僻里生长起来，应当爱惜你们的生命，珍重自己的前途。岂可因为一点挫折，便灰心失望，至于倒行逆施？中国若亡，我们还要作孤臣孽子，艰苦忠贞地图谋恢复，何况国家正当有希望的时候呢？"

后来，这毕业的28名学生到莲花山去砍回了41根木头，在学校后山上搭建了一个亭子，取名叫"好望亭"。李伏伽专门作了《好望亭记》，其中写道："第一班诸生野水孤航，风波险恶。登斯亭者，其默祝其若迪亚士（今译作麦哲伦）之好望乎？"

到1945年初，正好是五周年校庆，很多当年的学生纷纷回到学校来参加这次庆典，李伏伽就在会上又对他曾经的学生说道："当看见了你们的先生，你们的弟妹，你们亲手栽的花木，和你们一锄一铲开辟出来的道路、操场以及校园之类，总不会忆不起三年来同甘共苦的生活，因而引起一种亲切和温馨之感的吧？"（李伏伽《致毕业返校诸生》，马边县档案馆资料）

话语殷殷，那是一种无私的爱。

就在这年的下学期，学校因为资金困难已经到了无法支撑下去的地步，李伏伽发起了"万人三百元运动"，希望全社会来助学。然而，捐助寥寥，特别是马边那些肥得流油的垦社一个都没有捐，而李伏伽向政府再三申请，每次都是不了了之，让他彻底失望。

当时李伏伽作为一校之长，一个月的薪水只能买两斗米，一般的教师更加艰难，连生活都不敷，就更谈不上什么教学。也就在这种情况下，李伏伽顿生炎凉之感，一气之下，拂袖而去。

但两年后，换了四任校长的马边县立中学已经深陷困境，李伏伽再度回到马中，他不能无视他亲自哺育起来的事业中途而废。这时已经到了1948年，国内经济急剧恶化，国共内战正如火如荼，这个偏远的边城也不再宁静，天地玄黄，等待马边的是什么样的命运呢？

结尾：飘不散的马边往事

1949年冬天，马边县天主教堂外贴出了一张"本堂司铎汪通告"的告示：

> 时值冬令，寒气逼人。
>
> 盗贼充斥，更宜慎谨。
>
> 到黑关门，决不延迟。
>
> 住堂人等，各须早归。

贴出这样的告示，并非汪波别出心裁，也就在之前的10月，他路经蔡家山脚新街时，就被土匪洗劫一空，损失衣物银钱八十多元。这好像是一件小事，但人们已经感受到了动荡前夕的不安，虽然马边是偏远山区，也同样逃避不了时代潮流的强烈冲击。

1949年10月，国民政府马边县县长王德深感局势不妙，借口到乐山专署述职，带着烟土钱财神秘失踪；一月后，新派的县长方启璜才走到沐川就被打死，马边城里早已乱成了一锅粥。

1950年2月15日，新政权第一任县长张绍先到达马边，次日宣布马边县人民政府成立，同时启用人民币，生银1元合人民币6000元。但不到一个月，就遭到叛乱，军政人员被迫全部撤出城区，汪波在日记中写道："市无粮食交易，店铺关闭，人民惶惶疏散。"

直到8月才平叛，解放军重新回到马边。

也就在这一动荡不安的过程中，汪波发现来教堂的人越来越少了，而小城里上空时时响起的一两声枪声，更增添了人们的不祥和恐惧之感。在此期间，汪波内心极为不平静，他到马边十多年，经过的县长就有宋际隆、袁宗汉、贺德府、王子野、张大明、闾永树、王德、张绍先……这些人很多都与他有过交往，对他们都比较熟悉，但他不知道哪一个才能真正地给马边这个古老的小城带来平安。

从1950年8月开始，马边县人民政府迅速开展了清肃运动，雷厉风行地枪毙了吕镇华、肖泰香等一批叛匪头子和敌对势力。这个吕镇华就是抗建垦社的总经理，他在3月初纠集垦民四千多人暴乱。而肖泰香曾经当过马边县立中学的会计，喜欢投机取巧，吕镇华一度攻占马边城后，他被委任为县长，但时间不过几个月，他就被镇压。

这一期间是汪波一生中最为动荡的时期，马边天主教堂也不平静了。

1950年11月30日，四川广元县（今广元市）的神父王良佐发表《自立革新运动宣言》，主张天主教与帝国主义割断，脱离梵蒂冈的控制，建立自传、自养、自治的新教会，这一宣言影响巨大，成为中国天主教三自运动的发端。

1951年2月底，汪波接到了一封从宜宾都长街138号天主教宜宾叙府教区主教公署寄来的信：

汪波神父：

倾奉宜宾专员公署通知，叫接受外国津贴的宗教团体速予登记，兹寄来外国津贴登记表及填表说明各一份，请您照实并详细的将各栏填好，在得信后三日内将填的表交邮寄来为盼。

此祝

主佑！

主教　林茂德

二月廿四

其实，汪波还不能准确判断这封短信到底预示着什么，但是"接受外国津贴"这几个字本身就是个强烈的政治信号。在过去，马边天主教堂是由巴黎外方传教会创立的，有很少一点津贴："每年由宜宾天主教堂津贴、薪津黄谷十二石，（另外）补助药械。"（《救济机关及宗教团体登记表》，马边县档案馆）但这并没有改变马边天主教堂的经济窘困，后来汪波在相关交代材料中也反映了一些具体情况："1944年4月，因生活不敷，个人自修、自办公信诊所，以补助生活之不足，但药品不多、设备简陋，幸赖群众爱护，迄今已八年矣。"（汪波档案资料，马边县档案馆）

1951年3月5日，汪波就按照林茂德的要求填好了表格，他在表格中反映了马边天主教堂的基本信息，其中最重要的有几行：

过去信教人数：132人

现在信教人数：125人

现在实际参加礼拜人数：10人左右

新中国成立后新入教人数：无

也就在这一年，汪波得到了一个令人震惊的消息，法籍主教林茂德被捕了。

汪波这时应该彻底明白，他填写的那份外国津贴登记表，不是件简单孤立的事情，如果从国家历史来看，这是天主教在中国断裂的开始；而如果从个人历史来看，则预示着汪波在一场疾风暴雨式的政治运动下的人生突变。

这一年汪波51岁，他已经在马边生活了14年，他是马边天主教堂的第三任本堂神父，而马边已经成为他的第二故乡。

1952年6月，汪波被派到马边县人民政府第三区（马边县走马坪）卫生所负责，他的身份开始变化，他已经不再是神父，而是当地的一名医务工作者。

就在1953年12月圣诞节前夕，汪波还想按照过去的惯例举办这个基督教盛事。可让汪波万万没有想到的是，12月25日这天晚上，公安部门突查他的家，并将他带到公安局进行审问，理由是他的家里来了几名陌生人，没有报请批准。其实，来的陌生人就是来参加圣诞的教友，因为没有地方住，所以就只好在他家里挤一挤。但公安局的人说，就算这样也应该向治安组补报，在特殊时期无故聚众是不允许的，这是严重的治安事件。

这一夜，那四个人被分别审问，而汪波就只好待在公安局里写反省书，足足让他待了一整夜，直到12月26日午时左右才被同意离开。

然而事情并没有结束，12月27日一大早就有人来敲他的门，汪波开门一看，见又是公安人员，心里不免一怔。但他还是迅速镇静下来，这一两年来发生的事情已经让他对所有的不测有所准备，何况前晚的事情也不是什么大事。到了公安局后，说是了结前面事情，要罚款人民币十万元（旧币制，相当于他后来在医院上班时半月的工资），限当日缴清。

这件事情后，汪波再也没有组织过任何教友聚会活动。应该说，参加了马边县中西联合诊疗所工作的汪波，对待工作是积极的，1954年初，他由于医术不错，曾被马边县卫生工作者协会选为执行委员。那时候人们对西医越来越认同，看病的人也越来越多，单1956年1月这一个月内，他就诊断内科人数1038人次，外科还不包括在内。

1956年2月12日，马边卫生院搬进天主教堂，更名为马边县人民医院。

也就在这段时间里，汪波的日记越记越少，间隔时间很长，而且也几乎没有了任何宗教活动的记录，只是些鸡毛蒜皮的日常琐事，如："12月2日，付纸烟（高塔牌）一盒，0.18元，又付电池一对，0.45元。""12月12日，损坏一只体温表，经彭根秘书说作报废，不赔。""12月15日，交12月份所内伙食4.36元，又交杨化鹏会员费1.20元。"等等。

1957年，中国天主教友爱国会（1962年更名为中国天主教爱国会）成立，汪波认为既然有了新的组织，教务也应该有一些新的变化，心中又燃起了希望。于是就在这年6月8日，他给筹备处写了一封信，借祝贺之名提出了两点建议，其实他是想为马边天主教堂争取一点权利：

> 我是四川叙府教区派往边区马边县接近夷胞少数民族地区的一员，自解放至今，已有七年之久。在此期间内，在政府和党的领导下，除满怀宗教生活外，当尽心卫生工作者事业，多为人民服务，曾两次被评为卫生工作模范。近悉于本年6月17日将在

北京召开中国天主教友爱国会成立大会，喜讯传来，不胜欣悦，遥祝大会顺利成功。

　　另外，我有两点建议：1、我和教友都希望有一个适宜的地点来办爱国爱教的工作地点，我想这点要政府来协助，因为在解放后的一年我就被退出了原来天主堂的住处，私租佃一间破旧的店房住下，以至于今。在这又小又破的店房里做爱国爱教的工作，是不适宜的，因此有这个建议。2、各教区的教务事业，应由各教区负责召集会议，商议办理。我想可以不因行政区（如专区）的限制，而影响到本教区的学习和生活……

　　　　　　　　　　　　　　（汪波档案资料，马边县档案馆）

　　1957年8月2日，中国天主教友爱国会召开成立大会，会议闭幕第二天，《人民日报》发表了《深入开展天主教反帝爱国运动》的社论。社论指出："中国天主教徒完全有权自办中国的天主教会。""这次中国天主教代表会议开得很好，它进一步提高了天主教人士的政治觉悟，确定了今后爱国爱教的努力方向。"

　　当然，汪波的建议毫无回音，石沉大海。

　　自此以后，汪波便再也没有了声音。据与汪波共事过好几年的徐福荣老人介绍，后来汪波是在马边中西联合诊所收费室工作，不再坐诊。虽然是同事，但汪波平时不怎么言语，下班就回家，也不跟其他人接触，独来独往；她告诉笔者，汪波这个人很瘦小，看上去就是个小老头，毫不引人注意，所以她也回忆不起更多他当时的生活细节。

　　过去的教堂很多都会办一些医务机构，汪波在民国时期曾经加入过医师公会，也曾在1944年起开办公信诊所，他的这家诊所是马边县最早的西医诊所。当时在马边懂西医的人非常少，马边人看病一般都去找擅长用凉药的"王犀角"，和擅长用热药的"傅（附）片"这两个郎中，而西药在马边流行，应该说跟汪波有一定的关系。

1994年版的《马边彝族自治县志》"宗教"一章中有一段关于汪波的文字："汪波，天主教马边教堂司铎，西医，懂法语。国民政府主席林森曾赠过他对联一副。解放后，在县城从医30年，后病逝。"

汪波自从来到马边后就没有离开过这里，直到去世。他一生都没有结婚，无子女，他去世的时候，是单位的人去送的葬，埋在马边城外的松林坡。人们为尊重他的宗教信仰，在他的墓前插了一个木制的十字架，这在当地是极为罕见的葬礼。

据《马边彝族自治县志》记载："党的十一届三中全会后，政府拨出专款7万元，置房产于教场坝，重修教堂。但因无神职人员，教务活动未正常开展。现有教徒50余人，主要分布在城区和水碾坝等地。"

当我在写下这些故事的时候，汪波已去世四十多年了，他只是马边小城历史中的一个过客，就像所有的过客一样，人们早已忘了他们的面容。但我相信，如烟的往事还一直盘旋在莲花山下、马边河畔那一块氤氲之地，并时时变成故事的云蒸霞蔚。

非虚构和一座城

龚静染

这些年来，非虚构写作有兴盛之势，很多人都在关注非虚构写作，特别是2015年诺贝尔文学奖颁给了白俄罗斯女作家斯维特兰娜·阿列克谢耶维奇之后。阿列克谢耶维奇是一位非虚构作家，她的作品里"每一页都是奇异而残忍的故事"，关注人类苦难是其作品的主题。阿列克谢耶维奇过去从事过新闻工作，长期当记者，所以她的写作也带着职业的特点，或者说受新闻写作的影响很大，在对现实的真实摹写上呈现了一般虚构文学难以企及的深度和锐度。

非虚构这个概念，最早就是从二十世纪初期的新闻学中诞生的，在二十世纪中叶迎来了繁盛时期。哈佛大学新闻教程中设有专门的非虚构写作课，中国还翻译出版过《怎样讲好一个故事》这本非虚构教程，里面都是些获得过普利策奖的新闻工作者、出版人、作家写的创作谈，讲的是采访实践和报道案例。如今的非虚构在概念上显然扩大了，延展了，从新闻写作到文学写作，中间又跨了一步。但我们应该知道，非虚构文学写作是深受新闻精神影响的，而它们之间又有相互影响的一面，新闻实际上也在吸收文学方面的一些东西，如在人物的勾画、场景的描述、对话的提炼等上面。不过，中国的非虚构文学写作才刚刚起步，对中国的写作者们来说，这是一门全新的写作尝试，并没有固定的模式，从概念的接受到写作的实践都是在摸索，更多的是借鉴西方经验。

那么，到底什么是非虚构写作呢？这是一个来源于西方的概念，它是这样解释的：广义上说，一切以现实元素为背景的写作行为，均可称之为非虚构文学写作。这种文学形式因其特殊的叙事特征被誉为新的文学可能性。

"一切以现实元素为背景的写作行为"这句话颇为费解，它包含的东西实在是太多了。什么是现实元素？小说中没有现实元素吗？依我的理解，连诗歌这种凌空蹈虚的文体也会有现实的土壤，所以这句不甚了了的话不能给我们带来明晰的启示。有人就会问，既然讲不清楚，那么有什么可以作为比较或者参照的对象吗？同报告文学、纪实文学、传记文学、游记、回忆录等文体的区别在哪里？下面我就来结合《昨日的边城》这本书，用我的写作亲身经历和一些思考，来对非虚构写作做一个粗浅的分析和认识。

《昨日的边城》这本书写的是四川彝族小城马边的故事，书的副题是"1589-1950的马边"，说明这本书的时间容量精确到了一个具体的年份，是为了让时间概念有种空间感。这本书截取了马边四百余年以来的重大事件来作为写作题材，从明朝万历十七年马边建城，写到1950年改天换地，这里面的故事是非常多的，其实我就是想把马边数百年历史的立体画面展现在大家面前。那么，我为什么要做这件事情呢？我想这是有些机缘巧合在里面，世界上的事情都是有机缘巧合的。大概是十年前我在乐山的一个旧书摊上买到了一本叫《旧话》的小书，是一个叫李伏伽的马边人写的自传，当然这个人有点意思，他是经学大师廖平的女婿，在民国时期同廖平的女儿廖幼平一起到马边去办学，他经历了从抗战到新中国成立后这十多年动荡、艰难的边城教书生活，是那一代知识分子教育报国的典型。我第一次读它的时候，就被里面的故事吸引了，当时就想，要是把这些故事写成小说肯定会非常精彩，后来这一想法就变成了文字，但不是小说，而是一部非虚构作品，当然内容上已不局限于他们的故事。

《昨日的边城》这本书是我写得最快、也是最投入的一本书，闭关一年，完全是职业写作状态，算是一气呵成，这真的是一段神奇的写作经历。这样说起来好像很轻松，风轻云淡，但是细细从头重温，一本书的整个写作过程其实不是那么简单的。因为在动笔写的时候，很多问题就来了，想象要落地，文字要生根，很多工作要做。

首先要确立怎么写，而这个判断是根据你手上的材料来定的，是写成虚构文学呢，还是非虚构文学？在厚重的历史面前，我觉得我应该选择后者，因为我的想象力无法跨越历史的浩瀚。所以，定了方向以后，实际也就选择了你的写作方式，甚至也决定了你在写作前的工作和行为。在非虚构写作中，特别重要的是要去进行一些实地考察的工作，其中不断发生的是认知方面的改变——刚开始你已知的东西渐渐会被后面未知的东西覆盖、影响，有的被保留下来，有的被修正。这是一个需要穿过荆棘丛生地带的时候，也是思想开始枝繁叶茂的时期。所以，我有一个清醒的认识：非虚构写作往往不是直接动笔，而是需要大量的查阅、考察和走访，从而建立起一种更真实、更客观的认识。这也许就是非虚构写作与虚构写作不同的地方，当然针对的是以一定时间范围内的写作目标而言。其实，这也是非虚构对作品本身的一种要求。

关于《昨日的边城》这本书，有人曾经问过我：你是如何将自身置于如此广阔的创作背景中的？我想，在近四百多年间马边发生了许多重要的事件，先要在一个成形的史观基础上开始下笔，去找到故事与故事、故事与人物间的勾连，最后形成一个相对完整的描述，只有如此，这座小城的故事才是有价值的。那么，史观是怎么建立的呢？首先是广泛的阅读，这种阅读大体上分为两类，一类是专业阅读，其中就要读历史学、社会学、人类学、地理学等方面的经典著作，但这不是一时而为的事情，需要做长期的功课；一类是定向阅读，其中包括各种当地的文献资料、档案资料、回忆录、传记等，这需要花专门的功夫。从开始到这本书写完修改，我对史料方面的搜集、整理、考证是没有间断的，读了上百万字的史料，很多是文言类旧书，以前的县志、档案文献等，这个工作非常费力，不胜其苦。但收获也很大，通过史料的大量阅读，逐渐寻找到了一种对写作对象如何进行描述的状态，即触摸到了历史的合理性情状。

"历史的合理性情状"这个说法是我臆造的，可能词不达意。我想表达的是，历史叙事与历史本身是不同的，只有在叙事中去还原历史的合理性情状，才能接近可信的历史。在非虚构写作中，写实是最基本的，一开始就要面对，如对素材真实性的甄别就要检验作者的考证、校雠能力，而最后形成的文本，也要看是否呈现出了写实的质感。所以，写实要摆在非虚构之首，非虚构的首要任务就是写实，真实的时间地点，真实的人物，真实的故事，而真实无可替代，这就跟定义中说的"现实元素"一致了。

在《昨日的边城》这本书中，要写好几百年的历史必然要动用大量的文献史料，但这些文献史料就是历史吗？当然是历史，却未必是真实的历史，它们的存在只展现了历史的一面，因为历史叙述常常是建立王朝统治者的话语下的，它很难去反映"沉默的大多数"。一般来说，在历史的记载中，王权对异己的排除在文献记录中表现得尤为突出。每个朝代几乎都有钦定的修志活动，大学士、翰林院等都是官方的专业人士、专门机构，他们的工作就是为皇帝歌功颂德，站在皇帝的一边说话，这也体现了成王败寇的历史规律，而这自然反映了历史叙事的局限。比如《昨日的边城》中多次写到的"三雄之乱"，彝族的历史记载几乎是空白，我们看到的只有《明史录》《清史录》和一些官编的地方史志，无一不是一种得胜者的腔调，这就成了一面之词，存在严重的话语缺陷。但是在写作者这里，就必须意识到这点，在叙事中应留出人性和伦理的空间。

那么，历史的真相在哪里？如何去寻找可信的历史呢？美国著名学者柯文的《历史三调——作为事件、经历和神话的义和团》一书，就认为历史有三个层面：人们真实经历的历史、历史学家笔下叙述的历史、被神话化的历史。我们在写作的过程中也应该注意到这三个层面，如果能够更好地展现，才可能有扎实而独到的文本呈现。非虚构写作在对历史的发掘上有天生的优势，它可以借鉴一些先进的研究方法，深入到历史的岩层中去。非虚构写作中必然有历史的维度。

《昨日的边城》是一本非虚构作品，是关于地方历史的非虚构作品，题材比较独特。马边是西南边的一个彝族小城，知道它的人可能不多，但它的边地历史非常有代表性，这个"点"的意义就出现了。如何来写好这个"点"，就涉及到了如何调动和挖掘地方文化资源的问题，我一直认为，非虚构与地方历史文化之间是一个可以深入而持续的话题，可谈的东西很多。不过，在这里我说点实际的，仅就现状说两点：一是地方文化资源保护状况。我去过很多地方，深感在对地方文化的挖掘、整理和研究的成果上非常薄弱，资料缺乏不说，还支离破碎，就是无米之炊的状态，这对写作者是非常大的挑战。但你想想，一个小城，最少也有几百年的历史，难道它没有可写的东西？难道你还找不到可以下笔的地方？这确实引人深思。另一点，在地方历史的写作上，状况也堪忧，我们见到的常常是掌故似、民间传说似、传统散文似的写作，当然就个人写作而言，这本身没有问题，但对地方历史文化的深度挖掘贡献不大，所以要改变写作观念和方法，这个非常重要。

如果要在地方历史文化话题上再深入一点，那我想借此来谈谈"小城叙事"，这是我一直比较关注的一个写作方向。在过去，小历史通常被淹没在大历史当中，不受重视，所以人们可能会认为小地方无历史可言。恰恰相反，它们有很多很精彩的历史，这些历史区别于我们通常看到的宏大叙事，碎片化和民间化往往是小历史的存留方式。小历史提供的价值也是特殊的，是大历史忽略或遮蔽的，但可能就是最为鲜活的东西。那么，小历史在哪里呢？它们就在历史遗址、档案馆、历代地方文献资料、当地人的口述记忆里，但它们又分散在各个以县为基本行政单位的地区中。中国的郡县制让历史记载也自守疆界，县志只记录与本县有关的东西，地域性非常明显，从这个意义上讲，一座小城天然就是小历史的聚合地，且县与县各异，城与城不同，这也是"小城叙事"的魅力所在。

我写过一本叫《桥滩记》的书，"桥滩"指的是乐山五通桥，一个小城，也是我童年生活的地方。这个地方过去本来是乐山和犍为之间的一块飞地，因盐成邑，后来就成了川盐的两大中心之一，又因为岷江穿境而过，是过去非常有名的盐码头。在这样一段厚重的历史背后，如果简单用传统散文的方式去叙述肯定是不够的，那时我就开始思考要怎么写。后来明显感觉到除了童年记忆和乡土情怀，实际上仍然略显单薄，于是通过大量的走访、查阅资料，我才逐步清晰了写作上的思路——必须要有更为厚实、坚硬的东西来支撑，我要寻找写作中的"磐石"，而对非虚构的思考也始于此。

邓丽君一曲"小城故事多"，唱出了天下人的小城情。但是，小城不仅仅只是甜美，它还更深沉的东西在吸引我，即小城的生活图景与复杂的人生况味。所以我会去写小城记忆、小城历史、小城人物，小城的喜乐表情，以及在小城的变迁背后那种强烈的乡愁和文化焦虑，这些都是我熟悉的，也是骨子里的，或许这才能触及一点有意思的东西。小城的生活有独特的一面，因其杂糅了乡土性和城市性等多种元素而呈现出了一种文学表达上的独特风貌，我一直想的就是围绕小城在时光流逝中的生活表象，写出有温度、有余味的小城故事。当然，"小城叙事"同地方历史文化就有着密切的关系，在非虚构视角下会更具活力，《桥滩记》就是基于这种想法下的产物，而《昨日的边城》也可以视为"小城叙事"下的又一写作实践。

所以，文学的小城与历史的小城完全可以走到一起，文学因历史而厚重，历史因为文学而丰盈。钱穆在《国史新论》中说过，所谓历史，其实就是世道人心的历史。也就是说历史是活的，不是死的，历史有当下性，历史寓于当下；当下是历史的此，历史是当下的彼，拂去尘埃我们通过当下去体味和回首历史，这也就是克罗齐说"一切历史都是当代史"。我讲的"小城叙事"自然也包含了文学和历史的双重视角。

如果说历史是一个作品的骨架，文学就是作品的血肉。对普通人来说，他们并不关心历史，他们理解的历史可能就是《康熙微服私访记》或者《甄嬛传》。但小城没有帝王将相和后宫嫔妃，是不是它就没有历史呢？当然不是，历史不是影视剧，每一个生活在小城的人都应该知道生活在那里的依据，他们的祖辈是怎么来的？那里的历史沿革、风土由来，这块土地上到底发生过什么事情？我想这就是《昨日的边城》要做的事情，它们证明了一个事实：历史就一直发生在我们的身边，甚至我们自身也是历史的一部分。

再回到写实这个话题上来。在《昨日的边城》中我写到了一个法国传教士谢纯爱，在西方作家那里，民族、宗教、战争、人性等正是他们最为关注的领域，我想这也是为什么会用大量笔墨写一个传教士的原因。这段史料非常珍贵，传教士在彝区的故事一直缺少真实、客观的记录，我当时发现这个故事的时候非常兴奋，有种探秘的心情，于是就翻山越岭找到了那个已经只剩下几块残石的教堂遗址。通往那个地方的道路很险峻，但没有这样的亲身经历很难理解传教士当年的艰辛，因为在今天的宣传中仍然把他们当作殖民文化侵略者，有人甚至讹传谢纯爱想在山上修建飞机场，想霸占那里的矿藏。其实那根本是不可能的事，四周全是大山，找不到一块平地，别说修机场，修一个篮球场都很困难。但在《四川彝族历史调查资料、档案资料选编》这本书中，是白纸黑字这样说的，采访人、被采访人俱在，我很惊讶这样的"口述史"，也许这只是个历史性文本，但它更刺激了我寻找事实的想法。而我在通过实地调查考证之后，相信谢纯爱到艰苦的彝区传教不是为了升官发财，也不是去为国外势力充当间谍，贩卖情报，而确确实实是基于一种基督教信仰，他最后是在那里殉道。我做的这件事与其说是在为大家讲述了一个悲壮的故事，不如说是在改变中国人近百年来的一些文化偏见，还历史以真实。

讲到这里，我其实是想说明两个问题，写实的本质是求真，求实同求真是连在一起的，而求真是非虚构写作的又一特征。马边地处四川盆地西南边缘小凉山，位于乐山、宜宾、凉山彝族自治州结合部，是一个少数民族边城，被称为"西南边区之中心，汉夷贸易之总枢"。但是，马边是怎么来的呢？或者说，为什么马边会具体出现在这个点上呢？这个问题好像有点虚无，但却很重要，至少我是这样认为的。在史家的眼里，明朝万历年间是个风云动荡的时期，守疆治边是当朝的头等大事，岌岌可危的边防似乎已在动摇国本。而马边一名就诞生在万历十七年，是在平叛了"三雄之乱"的产物，战争结束之后，马湖的实际控制区域沿着屏山县（当时的马湖府驻地）向西延伸了近百公里，并在此设城驻军，这才有了马边。

　　了解到这里似乎就已经够了，但我认为这仍然不够，我还要继续问下去，为什么是这个点？能不能换在其他地方？我最后找到的答案是不能，必须就是在这里！我后来又专门开车沿着中都河、从马边出发，到金沙江边的蛮夷司（屏山县中都镇）。这趟考察极有价值，我突然发现了马边河与中都河的延伸交接点就是现在的马边城，历史本相在行走中出现了，我相信过去很少有人这样去想过，大家都会觉得这是理所当然的事情，但你真正懂得了此中的玄机之后，才有可能去打开更多未知的历史秘密。我为什么这样去推断呢？其实这得益于我运用了历史地理学的方法，这是著名历史学家侯仁之先生创建的一门学术，简单说就是用地理学来研究历史，所以我就用了他的分析方式去思考马边的问题。当然，这个方法只是技术，或者说工具，但其核心是求真。

　　一个高质量的非虚构作品，除了具备写实的功夫和求真的精神，它还需要客观的叙述。这也是非虚构写作的重要特征。可能前两样需要的是新闻工作者、学者去做的工作，而到了客观叙述这个环节，就应该是作家做的事情了。当然，客观的叙述并非排斥主观因素，每个作者在处理叙事结构、写作技巧上，以及在语言风格都是不一样的，只有个体精神的绽放才能呈现文学的繁茂。这几年非虚构写作为什么会越来越被重视？我想，这是一个需要求真务实的时代，虽然时风浮躁，世局难安，但追求真相、唾弃虚假的趋势永不可挡，非虚构带来的将是一场阅读的革命，有人形容它是戴着镣铐跳舞，我却认为它自有其卓然独立的风姿。

客观的叙述大概属于叙事学的范畴，它是专门讲写作技艺的，而非虚构也是有技可寻的，如果把非虚构作为一门写作课，这恰巧是最值得深入去探讨的地方，未来非虚构写作会伴随着叙事学的发展走得更远。写作技艺的重要性，在白俄罗斯作家斯维特兰娜·阿列克谢耶维奇的"复调写作"中就能看到，她在文章的语境和内在结构中进行了一种类似蜂巢似的繁复的营造，使她在对复杂的人物、场景和思想上找到了一种丰富而有力的表达方式。她的写作告诉我们，非虚构写作具有很大的包容性，跨文体、多学科融合、现代趣味等都在颠覆传统写作模式，而这就为未来的写作带来了新的可能性。

但中国的非虚构写作才刚刚兴起，对它的认识还需要一个过程。过去有些人认为报告文学、纪实文学就是非虚构，其实相去甚远。报告文学基本沿袭的是苏联时期的创作思维，有非常强烈的政治服务意识。它注重典型性，在塑造人物上，往往高大化、抒情化，而被"塑造"的人物或事实只会走向假大空。纪实文学以故事为单一线索，在讲述中常常利用戏剧性冲突来推动故事，从而吸引读者，导致故事性大于真实性，这就容易造成渲染失度。而非虚构在方法论中有个重要的东西，那就是要如何去制约主观的泛滥，从而摒弃偏狭，因为它把写作行为延伸到了文本以外，呈现了一种多元性和开放性，这是传统写作所没有的，可以说非虚构就是一种更为高级的现代性写作。

讲到这里，有一点需要强调，那就是非虚构的前提是独立写作。所谓独立写作是建立在追求自由精神基础上的写作，独立思考，坚守真知，离开了这就不是独立的写作。台湾学者王明珂为了写《羌在藏汉之间》，长期独自一人穿梭在四川藏羌地区，不辞辛苦。可以说是在冒着生命危险去从事田野调查和写作，他们的学术成就不是书斋里完成的，他是在困厄险境中寻找真知灼见。所以，独立写作精神是非虚构写作的灵魂，只有拥有了独立写作精神，你才能获得一种崇高的力量去洞察和阐释历史、时代、社会和人性。

当然，独立写作精神也是虚构的灵魂，而非虚构并不排斥虚构，写作永远离不开虚构，虚构与非虚构只是写作的一体两面，或者两个方向而已。

值得一说的是，虚构写作与非虚构写作虽非泾渭分明，但发展却不尽相同。如今，虚构写作的引擎缺乏强有力的动力，浮华之下难掩疲弱之态，真正有份量的、能够代表这个时代的大作品是凤毛麟角，这是非常值得深思的问题。所幸的是非虚构的崛起，它代表了一种新的现代写作，我相信这是写作观念的一大进步，在未来的时间中，非虚构写作一定会成为能影响未来文学发展的重要力量。

在《昨日的边城》出版之后，我常常会想起那个小城，因为它给了我一个认真思考的机会，思考历史，思考文学，思考人生，真的是受益匪浅。就像今天我们在这里谈论非虚构和一座城，这样的话题不是很有趣吗？而这正是我思考过的一些问题，这些问题可能是写作中的一个个困境，也可能是走近那座小城的一条条路径。

（本文根据在重庆电力作家协会文学讲座上的发言整理而成）